情，敵

The Aftermath

瑞迪安・布魯克（Rhidian Brook）著
宋瑛堂 譯

本書謹獻給

Walter, Anthea, Colin, Sheila & Kim Brook

你要建立拆毀累代的根基。

——《聖經》〈以賽亞書〉58:12

這麼大的房子只住一家人——似乎不太合理。

——《夢斷白莊》（*Brideshead Revisited*），艾佛林．渥夫（Evelyn Waugh）

一九四六年九月

第一章

「大野獸在這裡。我看過牠。波提看過，迪特瑪看過。牠身上的黑毛像貴婦穿的皮草，牙齒像鋼琴鍵。我們非宰了牠不可。不然等誰去宰？英軍嗎？美軍？俄軍？法軍？算了吧，他們全忙著找別的東西，哪來的閒工夫？他們要這要那的。他們像一群狗，爭咬一根沒肉的骨頭。我們只好靠自己，在大野獸對付我們之前逮到牠。然後，日子才會好過一些。」

男孩奧茲再調整頭盔，帶領其他野孩子穿越一片遭英軍轟炸機蹂躪過的地表。他戴的頭盔是贓物，是從阿爾斯特河（Alster）附近的卡車後面偷來的。雖然這一頂比不上美國軍盔拉風，甚至也比不上他蒐集到的俄國軍盔，這頂卻最合身，而且戴在頭上，英文髒話罵起來特別順口，比得上英國士官飆罵的口氣——有一次，他在漢堡市的達姆特（Dammtor）車站見到英國士官對著戰俘罵：「喂！媽的，雙手舉起來。舉起來啊，聾子嗎？舉到老子看得見的地方！欠幹的蠢德國佬。」挨罵的幾個德國人一時之間手停在原位，並非聽不懂，而是餓得虛脫，無力舉高。欠幹的蠢德國佬！奧茲頸部以下是貧富混搭、急就章的衣物：花花公子晨衣、老小姐開襟毛衣、老爺爺無領衫、以職員領帶為腰帶、褲腳捲起的納粹衝鋒隊軍褲、鞋頭開花的作古站長皮鞋。

野童幫跟著老大走，怕得睜大眼睛，白眼球被髒臉襯托得更加醒目。他們踏過岩屑堆前進，在碎磚堆之間穿梭，來到空地，眼前是一座落難教堂的尖塔。火箭形的圓錐尖塔側躺在地上，奧茲舉一手，暗示大家止步，他同時伸手進晨衣掏魯格手槍。他嗅一嗅空氣：

「牠躲在這裡。我聞得到。你們聞得到嗎？」

野童幫像兔子般緊張地左嗅右嗅。奧茲緊貼斷塔，寸步朝開口移動，手槍像探礦桿似的向前平舉，引導他前進。他暫停腳步，持槍敲敲尖塔，暗指大野獸極可能躲在裡面。冷不防，一陣黑影從中衝出來。野孩子們不敢動，只見奧茲站向前，張開腳站穩，閉一眼瞄準，射擊。

「死吧，大野獸！」

槍聲被滏悶低沉的空氣蒙住，從回傳的金屬撞擊叮噹聲可知，子彈並未命中目標。

「你有沒有射中？」

奧茲放下槍，把槍插進腰帶。

「改天再找牠吧，」他說：「我們先去找吃的。」

「上校，我們幫你找到房子了。」

威金斯上尉語畢捻熄香菸，伸出被燻黃的手指，指向釘在辦公桌後面牆上的漢堡都會區地圖。臨時總部以圖釘標示，他從圖釘往西指，遠離炸彈洗禮過的漢默布魯克區（Hammerbrook）和聖葛歐格區（St Georg），劃過聖保利區（St Pauli）和阿通納區

（Altona），指向舊漁港白岬（Blankenese）郊外——易北河（Elbe）在此北轉，注入北海。這張地圖取自二次戰前發行的一本德國旅遊指南，無法顯示這些大都會區目前形同幽靈城，只剩灰燼和瓦礫。

「房子在這裡。河邊一棟豪華得不得了的宮殿。」威金斯指者沿大河北岸而行的易北路（Elbchaussee），在盡頭轉彎處以手指畫個圈。「我認為很適合你的品味，上校。」

「品味」一詞不合時宜，只適用在酒足飯飽、舒適的平民生活。近幾個月以來，路易斯的品味已簡化為一份列出即時而基本需求的清單：每日兩千五百卡路里、香菸、保暖。「河畔豪華宮殿」乍聽之下，他認為無異於昏君的要求。

「上校？」

路易斯又「失神」了；意識退回腦中那間難駕馭的議事廳裡。在裡面，他覺得自己越來越常和同事陷入激辯。

「房子不是已經有人住了嗎？」

威金斯不確定該如何回答。直屬長官的名聲廉直，戰績無懈可擊，可惜就有這一點缺陷——看待事物的角度有違常人。年輕上尉只好背出準則裡的說法：「上校，這些人欠缺道德規範。他們對我們構成威脅，也有危害他們自身的可能。他們有必要明白主控權握在誰手上。他們需要領導。需要一隻堅定但公正的手。」

路易斯點頭，擺擺手，打斷上尉的話，省得他多費唇舌。天冷加上缺乏卡路里，他已學會節言儉語。

「屋主是姓魯伯特的一家人，照德文發音。女主人在漢堡大轟炸期間死了，娘家是糧食業界富商，和布洛姆福斯造船公司有往來。他們戰前也先後有幾座麵粉工廠。魯伯特先生戰前是建築師，目前身分有待檢證，不過我們猜他八成能領白卡，最壞的情況也是可接受的灰色地帶，和納粹沒有明顯掛鉤。」

「麵包。」

「上校？」

路易斯已經整天沒進食了，一聽「麵粉工廠」，未經大腦思考，思路竟直通麵包，腦海裡的麵包條然比上尉更迫近、更真實。上尉站在辦公桌另一邊的地圖旁。

「繼續報告——魯伯特家背景。」路易斯擺出聆聽的神態，不時點點頭，腮幫子打斜，狀似好奇。

威金斯繼續報告：「魯伯特夫人在一九四三年過世了。死於地毯式轟炸期間。一個小孩——女兒，名叫芙莉達，十五歲。家裡有幾個下人——一個女傭、一個廚師、一個園丁。園丁能修水電，技術一流——進過納粹國防軍。這家人有幾個可以投靠的親戚。至於下人，我們可以安排他們改住其他地方，不然上校也可以留下他們。他們還算清白。」

「清白」與否，由同盟國管制委員會情報處的心靈判官判定，審核工具是德文的「Fragebogen」：一份一百三十三題的問卷，以釐清德國公民與納粹政權配合度高低。由此問答結果，受測者被區分為黑、灰、白三大類，三色之間各有濃淡不等的分級，藉此判定民眾清白與否。

「他們正等著房子被徵用。只等上校去看房子、趕他們走。我不認為上校會失望。」

「你認為他們會失望嗎，上尉？」

「他們？」

「魯伯特家人。被我趕走的時候。」

「上校，他們沒有失望的福氣。他們是德國人。」

「那當然。是我講傻話。」路易斯點到為止，不宜再問這一種問題。辦事有效率的威金斯上尉斜披著黑亮的肩帶，綁腿紮得一絲不苟，如果再聽到這種問題，勢必會向精神科舉報他。

英軍分遣隊總部暖氣開太強，路易斯走出來，踏進九月下旬提前報到的寒流，口吐白煙，戴上羔羊皮手套。盟軍在不來梅（Bremen）宣布分割新德國的界線時，美國裝甲軍官麥克勞德上尉在市政府送這雙手套給他。當時麥克勞德說：「看樣子，你們撿到賠錢貨了。」他邊看命令邊說：「法國人分到葡萄酒，我們分到美景，你們分到廢墟。」

長久居住廢墟的路易斯早已習以為常。在四國分據的新德國，他這一身制服很合乎總督的角色——在戰後的莫衷一是和監管重訂之中，這種國際化的便服大家見怪不怪。

美國手套寶貴，但最得他心的卻是俄國戰線羊皮大衣，是麥克勞德透過納粹空軍中尉取得的，原主是被虜獲的紅軍上校。如果低溫持續，他不久就能穿了。

能擺脫威金斯令他如釋重負。德國管制委員會當中有一群超編的新公務員，常拿著帶夾寫字板到處走，自詡為重建德國的建築師，年輕上尉威金斯就屬於這一型。這群人上過戰場者屈指可數，見過德國軍民的人也寥寥無幾，講話卻敢大聲，更敢自信滿懷憑理論下決策。威金斯短時間內必定能升少校。

路易斯從外套取出鍍銀菸盒，打開，以鞣皮擦拭過的清亮盒面反射陽光。他定期擦拭這菸盒。這是他身上唯一的珍藏品，是臨別時瑞秋致贈的禮物。夫妻倆告別的地方是在英國阿默舍姆（Amersham）的自家院子門口，三年來路易斯不曾再住過像樣的房子。「抽菸時記得想我」是她的指示，至今路易斯每天儘量想她五、六十次，以這習慣動作為情火煽風。這時候，他點一根菸，想起那團情火。有時空隔閡，很容易把情火想像成熾焰。遙想夫妻的魚水之歡，追念妻子光滑似橄欖、曲線玲瓏的肌膚，讓路易斯熬過無數冷寂的日子（戰火延續期間，她的肌膚似乎越變越光滑玲瓏）。然而，時日一久，他已習慣和想像中的替身怡然互動，如今重逢在即，終於能碰觸、嗅到本尊了，他竟覺得心神不寧。

一輛黑亮的賓士 540K 車駛來，停在總部門階前，引擎蓋上插著一枝英國三角旗。側照鏡上的米字旗是唯一顯得突兀的標誌。儘管這系列賓士車當年專為納粹高官製造，路易斯照樣心儀它的線條，覺得滑順的引擎噗噗聲悅耳。540K 車型比照遠洋輪船外觀，在德籍司機施若德先生格外謹慎的操縱下，更有徜徉汪洋中的錯覺。但英國標誌再多，也無法消滅這輛車的德國味。英軍注定坐的是毛病繁雜、外形像根莖作物的奧斯汀16，不是坐這種形體蒼勁、稱霸全球的機器。

路易斯走下門階，向司機半行禮。

鬍鬚未刮、體態弱不禁風施若德戴著黑色小帽，身披斗篷，從駕駛座一躍而下，急忙繞向乘客座的後車門，朝路易斯的方向一鞠躬，揮一揮斗篷，開門。

「我坐前面就好，施若德先生。」

坐前座無異於自貶軍階，施若德面露難色。他以德文說：「不行，指揮官。」

「真的沒關係。前座就好，」路易斯英文夾雜德文說。

「請，上校先生。」

施若德關上後車門，舉起一手，仍不願勞駕路易斯一根手指。

路易斯後退，照他的心意配合，但施若德卑躬屈膝的態度令他難過：吃敗仗、逢迎拍馬的人才有的動作。上車後，路易斯遞紙條給司機，上面是威金斯寫下的地址。這棟房子如果看了滿意，在可預見的未來可能是路易斯的棲身所。司機瞇眼看了看，點頭表示讚賞這地點。

炸彈將圓石路面炸得坑坑洞洞，路上散見行人茫茫然、懶洋洋、漫無目的地走著，司機被迫左閃右躲。路人以包袱、布袋、木箱、紙箱裝著舊物帶著走，沉重的煩憂幾乎不言可喻，看似退化至以狩獵採集維生的游牧民族階段。

轟隆聲響的餘音繚繞在這片景象的上空。天外之物整垮了這座城市，留下一組無解的拼圖，有待今人拼湊回原貌。拼圖永遠湊不齊了，原貌也不可能復舊。現在是德文所謂的「Stunde Null」，可直譯為「午夜零時」。這些人從原點起步，從零開始討生活。一座馬車上堆著家具，由兩個婦人連拖帶拉。有一名男子提著公事包路過，似乎在尋找以前上班的地方，面對周遭的崩壞奇景視若無睹，把末日建築視為理所當然似的。

極目所及，全市盡是一片東倒西歪，瓦礫堆高至二樓，而直立的樓房所剩無幾。難以相信的是，這裡曾有民眾閱報、烘焙蛋糕、考慮該在前廳掛什麼畫。路旁有一座教堂殘餘的門面，彩色玻璃被天空取代，信徒只剩風。對面是綿延不絕的公寓，正面被炸垮了，但其餘一切完好如初，公寓內的房廳和家具暴露無遺，宛如玩偶屋。在一間開放式的房間裡，一名婦人站在梳妝桌前，為小女孩梳頭，容貌慈愛，無視於天候，不顧外人的目光。

同一條街再往前走，可見婦孺圍著瓦礫堆站，撿拾堪用的糧食，或想挽回殘破的往昔。待埋葬的屍首以黑十字架標示。管狀煙囪從地底城穿出，隨處可見，朝天直送黑煙。

地面有幾個隱形小洞，路易斯看見生物從中探頭而出。「是兔子嗎？」

「瓦礫兒！」施若德以德文說，難掩突如其來的怒火。路易斯這時看得出，探頭的是在瓦礫堆中求生的小孩，他們聽見汽車路過，紛紛從洞裡鑽出來瞧。

「害蟲！」施若德罵，口氣多一分畫蛇添足的憤慨。他看見三個小孩——一眼難辨是男是女——衝向車頭。他按一聲喇叭示警，但行進中的大黑車缺乏嚇阻力。小孩站定不動，迫使車子停下。

「讓路！走開！」施若德再以德文叫嚷，盛怒之下，頸部青筋脈動著。他再按一次喇叭，瓦礫兒之一穿著睡衣、戴著英軍頭盔，毫無懼色邁向路易斯那邊，跳上踏腳板，開始敲車窗。

「你有什麼，英國佬？他媽的三民治有嗎？巧克？」小孩以半吊子英文說。

「滾蛋！馬上滾！」司機彎向路易斯的車窗罵，唾沫噴到他臉上。司機對小孩舉拳頭。這時候，另外兩童爬上引擎蓋，想摘下三叉形的鍍鉻賓士商標。

司機縮回上身，跳下車，衝向小孩，見他們匆忙滑向車頭另一側逃生。他只抓到長睡衣的尾巴，猛然把小遊民扯過來，一手掐住小孩脖子，另一手開始揍小孩。

「施若德！」路易斯喊。這是近幾月來他頭一次提高嗓門，喊得突然，聲音因而開岔。司機似乎沒聽見，繼續以蠻力打人。

「住手！」路易斯以德文喝止，下車干預，另兩位兒童怕挨揍，趕緊向後退。這一次，司機聽見了，歇手，臉上的怪表情參雜了羞慚和自以為是。他放小孩走，嘟囔著回車上，仍因剛才打罵而氣喘吁吁。

路易斯用德文對小孩們呼喚：「留下！」

年紀最大的一個掉頭走向車子，兩個朋友以遲疑的步履跟進，另有幾個野孩子此時湊過來撿殘渣，渾身汙穢似迷彩，靠近後散發飢民才有的病態臭。所有野孩子把他當成黑戰車載來的英國善神，伸手乞討著。路易斯從車上拿來行軍包，從中掏出一根巧克力棒和一顆柳橙，把巧克力送給年紀最大的一個。

「分！」路易斯指示。最小的孩子是女童，年約五、六歲，生長在戰亂的小孩，路易斯把柳橙送給她，也叫她和同伴分食。不料，女孩二話不說，對柳橙咬下一口，當成蘋果吃，連果皮也一塊兒咀嚼。路易斯想教她這種水果必須先剝皮，但女童遮住柳橙，唯恐禮物會被搶回去。

此時，有更多孩童聚集而來，對他伸出手，其中一男孩只有一條腿，拄著高爾夫球桿當拐杖。

「巧克，英國佬！巧克，英國佬！」兒童們叫喊著。

路易斯身上的食品已經給光了，但他另有價值更高的東西。他取出香菸盒，敲出十根普雷爾（Player's）香菸。他把菸遞給最大的男孩。男孩的眼睛原本就瞪大了，見寶物入手，眼珠子瞪得更圓鼓鼓。路易斯知道這項交易已觸犯兩道法令——和德國人交好，縱容黑市——但他不在乎：十根菸能讓男孩向某地農人換取食品。在新秩序中，制定法律和規章的全是坐辦公桌的人，憑藉恐懼心和報復心擬定這些規範，而從今以後，一直到未知的將來，路易斯是這一小塊土地上的法律。

史蒂芬．魯伯特面對三人站著——跛腳園丁理察、上氣不接下氣的女傭海葛、頑固的三十年廚師貴妲，對他們下最後一道指示。海葛已經哭了。

「要畢恭畢敬，比照你們服侍我的態度。另外呢，海葛？——你們大家都一樣，假如他有意聘你們，你們一定要拋開顧忌接受。我不會介意的。你們如果能留下來，照料這棟房子，我會感到欣慰。」

他向前彎腰，抹掉海葛圓臉頰上的一滴淚珠。

「好了。不許再掉淚。沒遇到俄軍，我們應該感恩才對。英軍就算沒文化，他們起碼不是殘暴的民族。」

「魯伯特先生，你要我準備點心嗎？」海葛勉強問。

「當然。我們一定要彬彬有禮。」

「家裡沒小餅了，」貴妲指出。「只有蛋糕。」

「無所謂。泡茶，不要泡咖啡。只不過，家裡也沒有咖啡。不提也罷。對了，請他進圖書室喝茶。這裡太亮了。」魯伯特原本盼望上校來的日子天氣陰沉，可惜今天初秋豔陽高照，從裝飾藝術風格的彩色玻璃透射而來。彩色玻璃裝在高窗裡，對面是樓台。陽光也照在大廳的地板上，讓屋內更顯暖和。「咦，芙莉達在哪裡？」

「她在她房間裡，魯伯特先生。」海葛說。

魯伯特按捺住情緒。戰爭已結束一年多了，女兒卻仍不肯投降。這一場小政變非即刻鎮壓不可。他踩著疲憊的步伐上樓梯。來到芙莉達臥房門外，他敲敲門，呼喚她名字，等一會兒，自知她不會應門，然後才開門入內。女兒仰躺在彈簧床上，雙腿抬高幾英寸，一本書放在腿上面。這本書是湯瑪斯・曼親筆簽名的《魔山》（*The Magic Mountain*），是妻子克勞迪雅在他三十歲生日送他的禮物。芙莉達見父親進來，沒有反應，繼續專心維持雙腿騰空舉重的姿勢。她漸漸因體力不支而顫巍巍。這動作維持多久了？一分鐘？兩分鐘？五分鐘？鼻子的呼吸急促起來，她企圖掩飾力不從心，拒絕顯露弱點。她的力氣令人刮目相看，可惜這運動做起來毫無樂趣可言。大戰開打後，她開始做幾種納粹少女聯盟的體操，持之以恆，從不間斷，這是其中之一。

全靠蠻力，毫無樂趣。

芙莉達的臉泛紅起來，點點汗珠在額頭晶瑩著，腿漸漸左右搖晃時，她不願任其下墜，而是憑意志力緩緩放下。

「妳應該試試莎士比亞的書——不然，用地圖集也行，」魯伯特說：「比較能試煉妳的力氣。」戲謔語從他嘴裡冒出來，撞上女兒通常會加速反彈，但面對女兒強悍與不苟言笑的心情，輕鬆仍是他愛用的武器。

「用什麼書不重要。」她說。

「英國軍官快來了。」

芙莉達不插手支撐，忽然坐起來，雙腿矯健地盪下床，用手把汗往後抹向辮子。近幾年來，她習慣擺出這副叛逆的醜面貌，他見了心痛。她以瞪視回應父親。

「我希望妳能去迎接他。」他說。

「為什麼？」

「因為——」

「因為你打算拱手讓出我媽的房子。」

「芙莉蒂，拜託妳口氣不要這麼衝。一起來吧，拜託。看在媽媽的分上，好嗎？」

「她如果還在，絕對不肯離開。她絕不會讓這種事情發生。」

「來吧。」

「不要。求我。」

「我希望妳現在跟我走。」

「乞丐！」

瞪不贏女兒，魯伯特轉身走開，心臟怦怦跳。下完樓梯，他瞥見自己在鏡中的模樣。他顯得削瘦無血色，鼻子線條也少了一分優美，但他希望這副面貌能發揮作用。他穿的是蛀得最慘的西裝。他心知這房子逃不過被徵用的命運，畢竟在易北路上比這棟高級的房子不多，渴求奢華生活的英國中階軍官將無法抗拒，但他仍需給對方留下得體的印象。他聽人說，德國投降後，盟軍大肆搜刮財寶，而帝國心態、俗不可耐的英軍踐踏文化的行為眾所周知。魯伯特家的大廳裡掛著費爾南・雷捷的畫作與埃米爾・諾爾德的木刻版畫，特別令他憂心，但他明瞭，如果自己的表現讓英國軍官看得順眼，或許對方比較不會踐踏他的家產。魯伯特撥弄壁爐中的灰燼，稍微調整昨晚未燃盡的木頭，以顯示家裡最近都以家具代替柴薪。接著，他脫下西裝外套，鬆開領帶，擺出一個介於莊嚴和可敬之間的姿勢：雙手自然下垂，一腿稍斜。感覺太隨興了，不夠正式，也太有自信，太接近他的本性。穿回外套，領帶紮緊，往後抹平頭髮，站直一點，雙手乖順地交握在褲襠前。這姿勢好多了：甘心交出房子給別人住的男人才有的儀表。

前去看房子的路上，路易斯和司機施若德不再對話。路易斯看得見他的嘴唇囁嚅動，重提剛才和野孩子交手的經過，默默表達剛才的嫌惡和煩躁，但他選擇不再對這事表達意見。不久後，車子來到市郊，抵達三年前英美恣意轟炸的外圍。路面現在平整了，懸鈴木夾道而立，完整的民宅矗立在高樹籬和院門內。這條路名叫易北路，居民以銀行業者和商人為主，為漢堡市帶來財富，建立港口和工業區，乃至於成為英國轟炸機司令部（Bomber Command）覬覦的標靶。比起路易斯在倫敦近郊見過的民房，比起他可望入住的屋子，易北路上的豪宅顯得更雄偉、更現代、更醒目。

魯伯特家是馬路從易北河畔北轉前的最後一棟。乍看之下，路易斯懷疑是威金斯上尉搞錯了。房子的外形像巨大的白色婚禮蛋糕，建築風格華麗，有幾道門廊，更有一座半圓形柱廊大陽台。屋前有一條長長的車道，兩旁種植楊樹。一樓高出地面幾英尺，中間有一道壯觀的岩造樓梯，延伸至矮陽台。較高的另一座陽台以圓柱支撐，紫薇藤順柱爬升，從這座陽台可欣賞易北河在大約一百碼外流動的美景。這棟屋子格局大，風姿明媚，令路易斯震驚。雖然稱不上是宮殿，卻仍是將軍或大學校長才配入住的民房，不適合在軍隊逐步攀升、至今尚未當過屋主的上校。

賓士車駛進環形車道之際，路易斯看見三人組成的禮兵隊恭候他：兩女一男，後者想必是園丁。一名高瘦紳士正從樓梯下來，身穿鬆垮的西裝。司機減速慢行，停在迎賓團的正前方。不等司機為他開門，路易斯自行下車，走向他認為是魯伯特的男士。路易斯舉手行禮到一半，改和屋主握手。

「晚安，」他以德文說，然後以英文自我介紹。「路易斯・摩根上校。」

「歡迎光臨，上校先生。請。我們可以講英文。」

魯伯特以友善的力道握路易斯的手。即使隔著手套，他仍能感覺魯伯特的手比他溫暖。路易斯朝兩女一男的方向點頭。兩女對他鞠躬，較年輕的一位以好奇的眼光看他，彷彿他是遺世部落的土著。她似乎對路易斯的口音感到興味盎然——也許是他身上的制服怪異吧。路易斯微笑以對。

「這一位是理察。」

園丁肅然立正，伸出手。

路易斯握住長繭的手，任園丁的機械手臂以活塞動作上下甩他的手。

「請——進。」魯伯特說。

路易斯留施若德坐在車上駕駛座。司機雙腳放在賓士踏板上，剛被長官斥責的他仍在生悶氣。路易斯跟隨魯伯特走上階梯進屋門。

這棟房子的風格在屋內呈現。對於房子的稜角風格、未來式家具、詭異深奧的藝術品，路易斯無法贊同，認為太摩登、太怪誕了，有違個人品味，但建物本身的品質和精心設計的工夫超越他在英國見過的民房，連在阿默舍姆的貝立斯—西列斯（Bayliss-Hilliers）家的莊園屋也相形見絀。在瑞秋眼裡，阿默舍姆那棟富麗之家是民房的登峰造極之作，令她渴求。魯伯特帶他參觀途中，風度翩翩介紹各廳室的功用以及本屋歷史沿革，路易斯則開始預想瑞秋踏進這房子第一步的反應。他想像妻子沐浴在充足的採光下，欣賞著各廳室的素雅線條，對室內的華美景象瞠目結舌——大理石窗台椅座、大鋼琴、食品升降架（dumb waiter）、女傭寢室、圖書室、吸菸室、美術品。想著想著，他突然希望能以這房子彌補戰時遠赴他鄉、冷落嬌妻的缺憾。

踏上通往臥房的樓梯時，魯伯特問他：「你有小孩嗎？」

「有。一個兒子，艾德蒙。」講這名字的口吻彷彿在自我提醒兒子的存在。

「那麼，或許艾德蒙會喜歡這房間吧？」

魯伯特帶他參觀的臥房裡滿是兒童玩具——以女生的玩具為主。遠遠立著一隻黑眼珠暴凸的搖搖馬，一個瓷娃娃側坐馬背上。一座大如狗屋的玩偶之家擺在小型四柱床尾，風格仿效喬治國王時代的城市屋。幾個不大不小的娃娃坐在玩偶房的屋頂，腳垂在小屋臥房的上方，看似瓷巨人一字排開，蹲在別人家的屋頂上。

「你兒子不會介意這些女生的東西吧？」魯伯特問。

路易斯無法確定艾德蒙的喜惡，畢竟上次見兒子時，兒子才十歲。然而，以這臥房的寬敞和奢華，捨得排斥的兒童必然在少數。

「當然不會介意。」他說。

每進美觀的一間，魯伯特便介紹說：「我們以前喜歡在這裡看船」，或「我們以前喜歡在這裡打小牌」，透露居家生活私密的一面，路易斯越聽越心虛，感覺像魯伯特對著他的頭上堆積火熱的煤炭。假如屋主表現出一些敵意，至少也以無言暗表稍觸即碎的反抗心，他反而較能接受，只求屋主不要太和氣，讓他能硬起心腸遂行任務，但這趟參觀行程進行得溫文，氣氛近乎儒雅，更讓他難以出手。抵達主臥房——這一樓的第八間臥室——他見到高而窄的法式箱床，看著床頭上方掛的油畫，他已覺得狼狽不堪。

油畫裡的中世紀古城綠尖塔林立，魯伯特見他端詳著，似乎在臆測地名，於是對路易斯說：「是我最喜愛的德國城市。」他說：「呂北克市（Lübeck）。建議你有機會去看一看。」

路易斯看畫但不流連。他移往落地窗，向外看花園以及遠處的易北河。

「我妻子克勞迪雅夏天喜歡坐這裡。」魯伯特走向落地窗，打開來，外面是陽台。「易北河，」他高聲說，踏上陽台，一手對著河景揮出一百八十度弧線。這條是名正言順的歐陸大河，比英國任何一條河來得寬，流速也更和緩。易北河流經此處北轉，幾乎是最寬的一段，也許寬達半英里。這條河流和河上往來的貨物建造出這棟房屋以及沿河北岸多數民宅。

「它流進我們的 Nordsee。你們英國人稱為北海，對吧？」魯伯特問。

「到頭來是同一個海。」路易斯說。

魯伯特似乎欣賞這句話，聽了之後複誦最後四字。「同一個海。是的。」

假如第三者看見魯伯特的表演，或許認為他有意讓路易斯汗顏。在第三者看來，也可能從魯伯特挺直孤傲的站姿偵測出民族優越感，認為他的姿態象徵一度想毀滅世界、如今自食惡果的德意志民族。但路易斯的見解不同。在魯伯特身上，路易斯見到一名文化素養深厚、生活環境優渥的男人，如今人生淪為廢墟，他不惜壓低身段，拚命展現最後一絲恭敬，為的只是控損。路易斯明白，這場戲意在討好他，以求降低某方面的衝擊性，也許甚至妄想說服路易斯改變心意，但路易斯無法譴責魯伯特力挽狂瀾的舉動，也無法強裝憤怒，扮演不了冷漠、果決、臨機應變的角色。

「你的房子很美，魯伯特先生。」他說。

魯伯特鞠躬表達謝意。

「我不需要這麼大的房子——超出我們一家的需求了，」路易斯繼續說：「而且……也絕對比我們住慣了的房子大得多。」

魯伯特眼神一亮，等著路易斯講完，以為路易斯想打退堂鼓。

路易斯瞭望這條流進「同一個海」的大河，正飄洋渡海而來的是分散已久的家人。「我想提出另一套方案。」路易斯說。

第二章

「『你即將在陌生的敵國遇見一個陌生的民族。你必須和德國人保持距離。你不能和他們一同行走，不能和他們握手，也不能拜訪他們家。你不能和他們玩遊戲，不能參與他們的社交場合。不要親切對待他們——對他們而言，親切是懦弱的象徵。讓德國人順從我們。不要顯露恨意：德國人會因此得意。隨時隨地表現出冰冷、端正、莊重，言語粗率，態度冷漠。切勿與他們交……好……』」

艾德蒙重複最後兩個字：「『交好？』什麼意思啊？媽媽？」

瑞秋聽到「言語粗率」時，思緒已開始飄搖，想像自己面對德國陌生人時擺出這些表情。艾德蒙正在朗讀的是《赴德國須知》，是政府發給前往德國的所有英國家庭的一份手冊。政府希望英國人在打包甜食和雜誌的同時不忘帶著手冊走。找讀物給兒子朗誦是瑞秋近來的策略，既能鼓勵兒子學習外界新知，也能為她營造沉思的空間，一舉兩得。

「嗯？」

「這上面寫說，我們不能和德國人交好。什麼意思啊？」

「意思是……友善相處。意思是，我們不能和他們建立關係。」

艾德蒙思索一陣。「連我們欣賞的人也不能交往啊？」

「我們不必跟他們打交道，艾德。你沒必要跟他們交朋友。」

然而，艾德蒙打破沙鍋問到底的態度是一隻九頭蛇妖，瑞秋才斬掉發問的頭，另外三顆頭爭相冒出來取而代之。

「德國會不會像是一個新的殖民地？」

「有點像，對。」

過去這三年來，她多麼需要路易斯迎頭痛擊這些沒完沒了的疑問。艾德蒙的頭腦靈活好奇，需要一個陪襯角色，也需要一個能討論己見的人。路易斯長年不在家，而原本悉心照顧兒子的她也變得魂不守舍，艾德的提問多半碰壁，她頂多心不在焉地點頭敷衍。艾德蒙見慣了母親反應慢半拍，因而學會每句話講兩遍，把她當成耳聾的老姑媽來遷就。

「以後會規定他們學英文嗎？」

「大概會吧，艾德，會的。再讀幾段給我聽聽。」

艾德蒙繼續：

「『當你遇見德國人，你可能覺得他們的長相和我們非常接近。外表像歸像，但德國的瘦子比較少見，金髮高壯的男女較常見，尤其在德國北部。然而，他們的內在與我們不同。』」艾德蒙點點頭，見到這句話如釋重負。但下一句卻令他意外。「『德國人非常喜好音樂。貝多芬、華格納和巴哈全是德國人。』」他停止朗讀，一臉不解。「是真的嗎？巴哈是德國人嗎？」

巴哈是德國人，但瑞秋幾乎不肯承認。美好的事物應該全歸屬於天使的國度才對。

「那時代的德國不一樣，」她說：「繼續讀吧。內容很有意思……」

手冊擾動了瑞秋內心一股原始而安定的情緒。她感覺得到自己認可這情緒的基本要義：再怎麼說，德國人各個是壞分子。戰時，這概念通用於全民，阻止大家怪罪到別的民族身上。舉世的亂象幾乎全可歸咎於德國：收成欠佳、麵包價格上揚、年輕人道德觀念鬆散、教會出席率降低。有一段時日，瑞秋順應這種思潮，把擾人的家中芝麻小事起因一概推給德國。

後來在一九四二年春天，德軍空襲米爾福德港（Milford Haven）的煉油廠，回程有一架亨克爾 HE 111 轟炸機（Heinkel He 111）擅自釋放機上殘留的炸彈，誤擊瑞秋姐姐的房子，炸死瑞秋十四歲的長子麥可，瑞秋也像碎布娃娃被轟向會客室的一邊。儘管她毫髮無傷走出災區，有一片無形的碎片卻卡進心靈深處，令外科醫師束手無策，荼毒她的思想，導致她理智失衡。那顆可惡的炸彈擊碎了她「人生本美好」的信念，炸成粉塵隨風飄，轟聲在腦殼裡迴盪不休，戰後音量不減反增。

在她往來密切的友人圈中，如果以數目代表損失輕重，她矮了別人一截。在諾曼第登陸戰中，布雷克家慟失兩個兒子；喬治．戴維斯從戰俘營歸來，發現妻小全數命喪卡地夫（Cardiff）空襲事件。儘管別人家的經歷再淒慘，瑞秋聽了仍得不到慰藉。痛是個人獨一無二的痛，就算普世眾生苦海無邊，個人的痛也無法稍減。

然而，怪罪德國人也僅能獲得短時間的抒解。兒子被炸死後，屋頂沒了，屋椽尚在，殘景仍在悶燒之際，她曾仰頭望天，想像德軍飛回德國途中哈哈笑著，但是，空軍士兵是奉命行事而已，遷怒他們，感覺很空虛。她一度想怪罪希特勒，卻及時打住這想法，唯恐想到希特勒會玷汙對亡兒的懷念。

事隔數星期，知覺恢復後，瑞秋竟發現自己無法照以往的方式祈禱，隨即也興起一個不期然的念頭，質疑上帝是否存在。原本她始終想像上帝與她同在，這上帝卻突然變得和德國領導人一樣遙遠而空泛。她的反應不像一般信徒的捶胸頓足（不信上帝的人罵上帝不起勁），而是像懷疑自己是否真正信過上帝的那種人的無言。蒲陵牧師告訴她，「從哀傷中學習到的東西有助於提升我們」。她聽了只覺得，心無上帝的異樣感覺更複雜了一些。牧師想安慰她，進一步說，上帝也曾慟失兒子，她以出奇尖銳語氣回嘴：「祂的兒子死三天就復活了。」一錯愕的牧師讓這句話漂蕩一會兒，隨即儘量以他最能安撫人心的音色勸她，相信天子死而復生的世人同有這一份希望。瑞秋聽了搖搖頭。她親眼見過兒子殘破的屍首，從傾倒的梁柱下面救出來的兒子面容無罪無瑕，蒼白的臉皮布滿塵土和死氣。麥可斷無死而復生的一天。

在撙節的時代，顧影自憐是一種嚴格配給制度下的商品，當眾享用者人人喊打。儘管如此，瑞秋仍自覺打了敗仗，被得罪的成分多於得罪他人。缺乏上帝可怪罪的她，改回地表尋覓遷怒的對象，結果找到一個。她沒想到自己會責怪這人，起初極力壓抑這想法，以為這想法更能證明自己如梅菲爾德醫師所言：「心神脆弱。」路易斯打了一場勝仗，是戰場上的英雄，兒子遇害時他遠在威爾特郡（Wiltshire）訓練新兵。從阿默舍姆西遷求心安雖然是路易斯出的主意——「遠超出納粹空軍的範圍和興趣」——堅持她帶兩個兒子走雖然也是他的意思，他怎可能料到德軍飛行員會為了早點回家而投彈了事？但悲慟在其他難言的憎惡情緒助長下，能釋放出一群呱呱叫的想法，一旦脫籠而出便難以追回。怒斥聲最大時，映入腦海的最大一張臉是路易斯，而缺席只加重他的罪行。她想怪罪誰的時候，她就怪罪他。

「媽媽？妳在跟誰講話啊？」艾德蒙問。她又越想越遠了，又由碩果僅存的可憐小兒子喚回她的思緒。哀慟是禁忌，迫使她萬事藏心底，壓進私領域，帶著她飄向天外遙遠的境界，她有時會把現實的時空忘得一乾二淨。瑞秋努力摸清目前的時間和地點。

「沒有人啊，艾德。我只是在想……」她說：「我剛剛只是在想……我又蒐集到一張卡了，可以給你。」她伸進手提包裡拿一包維爾士（Wills），點一根梅菲爾德醫師建議能「舒緩身心」的菸。她把香菸卡遞給兒子。艾德蒙先是求之不得，接下後卻不想要。

「那張卡我已經有了。」他說。

瑞秋看著菸卡，上面畫著防範轟炸的護窗之道。「妳的品牌到現在還全是這種無聊的戰時宣導卡，」艾德蒙解釋。「妳不能換個牌子抽嗎？」

「你爸會有新卡送你。我猜他還在抽普雷爾牌。」

瑞秋把菸灰點進菸灰缸，撢掉粗呢裙上的碎屑。一年多以來，這是她首度為了路易斯而盛裝打扮。上次見他是在歐戰勝利日之後，短暫三天，氣氛詭異，因為她覺得全英國放不開的人唯獨她一個。當時，路易斯見她穿這件裙子，一改常態稱讚她看起來「美極了」，也從法國帶回一瓶沃斯（Worth）牌的「歸鄉」（Je Reviens）香水（「勁爆！」）。多年來以窗簾布縫製外套，以甜菜根汁充當口紅，如今這身打扮幾乎顯得像在炫耀。

她瞧見火車窗戶映照自己的模樣，也留意到對面的一對母女，女兒年約十歲，兩人各自閱讀手冊和漫畫書。母親似乎以眼神傳達不滿的心意。

「我覺得這很重要，露西，」她對女童說：「這是艾德禮首相的指示。」婦人照著手冊朗讀：「『英國妻將被德國人視為大英帝國代表，德國人將以英國妻和子女的言行論斷英國與英式習俗，國軍的言行尚在其次。』我們應該記住這句話。」婦人說。雖然婦人說話時視線落在女兒身上，瑞秋卻認為這話衝著她而來。無疑的是，這婦人以模範英國妻自居，認定對面這個服裝太華麗、太自我中心、心神渙散、幾乎無視兒子的存在、自言自語的女人，肯定是個自私自利的人妻，是個非常差勁的人母，是最損英國形象的一型。

「炸彈落地以後，所有東西都靜止了，好像慢了一秒……」艾德蒙語氣暫停，以增強效果。「然後，所有聲響和空氣全被吸走了，我媽在家被炸到……三十英尺外的地方。」

艾德蒙是一個活在刺激年代的十一歲男童：搭乘德國運兵船改裝的輪船橫渡北海，即將和活生生的戰爭英雄父親團圓，即將在德國定居，而史上最強大、最邪惡的政權才剛在德國稱霸過。更棒的是，他握有幾個王牌戰爭故事，聳動的程度少有人能比。

炸死艾德蒙胞兄麥可的炸彈也把母親轟到十、二十英尺外（聽眾屬性合適時，誇大為三十），地點是在姨媽家的會客室地板上。此事或許造成母親輕微顫抖和動不動落淚（連芝麻小事都哭，例如電台播放的古典樂、花園裡有一隻跛腳野鳥），但這些小毛病的源頭明顯是麥可身亡、她死裡逃生，他能諒解。母親逃過死劫，他感到莫名的驕傲，更能借題渲染一番。

而現在的他正忙著渲染，因為他看準眼前這群觀眾適合「三十」。三個觀眾當中有一名十一歲左右的紅髮少年；一名大約十三歲的女孩，臉上有顆美人痣；一名可能十六歲、身穿千鳥格紋獵裝的大男孩。越洋期間人人興奮，階級分際暫時解除，令人一時難以估算自己在新環境裡的相對位階。甚至在各人說出父親的官階之前，艾德蒙已猜出他的地位和紅髮男孩、美人痣女孩至少不相上下，也幾乎能篤定比格紋獵裝男孩高。格紋男不和他們坐一起，佯裝沒興趣聽艾德蒙母親九死一生的故事，點一點菸頭，往後抹一抹塗了百利髮乳（Brylcreem）的絲綢頭髮。

儘管格紋男故作冷漠狀，艾德蒙能意識到，轟炸故事讓他難以抗拒。艾德蒙剛描述炸彈擊中房子的那一刻，不忘附加「轟」的撞擊聲，也借用母親向他比喻的「推與拉」的奇特感受。他的描述多半詳實，唯有「砰砰砰」的地對空槍砲是虛構的。威爾斯鄉下的納伯斯（Narberth）是趕集鎮，哪來的地對空武器？他也覺得沒必要補充說明的是，事發當時，他其實在鄰居家的農場上。

「三十英尺啊？長度差不多是……這個艙房的三倍。」紅髮男的頭隨著故事中的騰空母親轉，劃一道弧線，落點在比甲板更遠的地方，最後以「天啊」一聲強調，表示認同。彷彿為了摒除聽眾的疑慮，艾德蒙以無庸置疑的麥可之死結尾，細節無須引申：

「我哥就沒那麼幸運了。」

艾德蒙以「母親逃過死劫」贏得聽眾的敬意，進而以「兄長命喪黃泉」博得同情。

有道是，人人皆有「炸彈故事」可談，但艾德蒙尚未遇到故事講得比他精彩的人。他等著看這三人有無動作。紅髮男清一清嗓子，以遲疑的口吻提起一位親戚在倫敦郊區布倫來（Bromley）的阿罕布拉（Alhambra）戲院看《亂世佳人》，和另外十人一同喪生，但他和這位親戚不太熟。格紋男一直不講話，但艾德蒙從他冷笑的表情猜得到，格紋男的故事不可能更勝他一籌。被V型炸彈轟死？看到德軍飛官卡在樹上？即使編得出這種故事也無所謂。艾德蒙藏著另一張王牌，只等時機。

艾德蒙拿出一套撲克牌。「你們會用紙牌搭房子嗎？」他問。他攤開紙牌，在伸縮式桌上搭建金字塔底座。輪船搖搖晃晃，為這遊戲增加挑戰。

「我們要跟另一家人同住一個艙房，」美人痣女說：「我父親只是上尉而已。」她已留意到艾德蒙艙房的格局，大一號的空間和他父親的官階相對應。「不過我母親希望他趕快升少校，這樣我們就能在德國換一棟更好的房子。你父親的階級是什麼？」

艾德蒙匆匆瞥格紋男一眼，以確定格紋男在聽。終於有個輕鬆、謙虛的機會方便他打出王牌。若說「母親逃過死劫」是撲克牌中的葫蘆，「父親榮獲勛章」就是他的同花大順。

「戰爭開打的時候，他只是上尉而已。沒多久他就升少校了，後來贏得一面勛章，又升官了，從少校跳過中校，直接升上校。」

「他拿到什麼勛章啊，那麼神？」格紋男上鉤了，艾德蒙聽出他的口音：渴望讀中學的階級。上再多的正音班也無法掩飾。

不太需要鼓勵的艾德蒙告訴他們，有天一輛軍卡掉進埃姆斯河（Ems），父親見兩名工兵受困車中，不顧德軍狙擊手虎視眈眈，跳河救人。艾德蒙並非頭一回講這故事，已知道應該在父親浮出水面前停頓一下。他說父親救出工兵後，設法游上河岸，以一顆手榴彈解決狙擊手。講完後，大家肅靜無言，直到格紋男問：「他拿到什麼勛章？」

「DSO。傑出軍職勛章（Distinguished Service Order）。」

「『不傑不出』勛章才對吧。」格紋男輕蔑一笑，猜疑的氣氛此時滲入艙房，宛如河水灌進卡車。艾德蒙覺得自己的故事正在下沉。美人痣女適時講一句大家都能贊同的話，為他解圍：「只有一種德國人是好人，就是死翹翹的德國人。」

艾德蒙和紅髮男點頭同意，美人痣女則繼續對德國人的本性發表看法。全是她坐在祖母大腿上學到的言論。

「我祖母說，如果你仔細看他們的眼睛，你就能看到撒旦……」

紅髮男也曾做過研究：「我們不能和他們交談，甚至不能對他們微笑。而且，他們應該向我們敬禮，照我們的命令動作。」

「我們也不能和他們交好。」艾德蒙補充說，慶幸能現學現賣。

格紋男點菸，擺擺頭。艾德蒙暗暗欣賞他鼻孔噴菸的模樣，也欣賞他絕對不信任何人說法的態度。

「聽聽你們講的傻話。你們根本沒概念，對吧？談到德國，你們該知道的事只有一個……」他夾著香菸伸手。「這東西只要一根，就能換來一條麵包。一百根能換一輛腳踏車。夠多的話，日子能過得像國王。」

語畢，他誇張地吸一大口，對大家吐菸，燻得人人猛眨眼，只有艾德蒙例外。艾德蒙的眼皮開得夠久，看見紙牌屋倒塌。

「丈夫已赴德國的人妻聯誼會」在船上的交誼廳相聚。這艘輪船曾煞費苦心掩飾出處，以萊姆綠和乳白色油漆重新粉刷，懸掛歡樂的三角旗，抹煞曾經為納粹運兵的跡象。這艘船曾運送武裝親黨衛隊至剛攻陷的奧斯陸和卑爾根港（Bergen）。唯有眼睛最精的乘客才會注意到，甲板欄杆殘留一個舊刻字，向世界訴說二等兵托別斯·梅塞曾在此地駐足久到有空持刀刻下姓名，以供後世瞻仰。

帝國荷拉岱爾（Empire Halladale）號客輪是「團圓行動」的展示船，船上的貨物能象徵英國依舊是世界強權，即使在物資短缺的年代，仍能為國民提供奢侈品。以「貨物」而言，現在能搭船離開英國是福氣，能遠離馬鈴薯彼特和紅蘿蔔醫師*，不必再以肉汁塗腿充當絲襪，揮別錙銖必較的極節儉人生。帝國的這一小座海上樂園似乎嘲諷著國內生活，暗示將來的日子有福可享。

瑞秋和三名軍官妻同坐，相互比較著家具列表。由於她是上校妻，她的列表長達三頁；博南姆夫人的丈夫官拜少校，列表兩頁半；上尉夫人艾略特和湯姆森只有兩頁。這能證明英國官僚神力無窮，即使在國庫破產的時代，仍能罔顧財務吃緊，照常決定上尉妻不需要四人茶具組、少校妻需要全套餐具、唯有指揮官的妻子應該多領一個裝波特酒的水晶瓶。

瑞秋是「高官妻」，但博南姆夫人是這群人當中理所當然的頭目，瑞秋也欣然退而求其次。美豔的博南姆夫人充滿自信，可以說是萬事通，伶牙俐齒，言語粗俗，但她為這次聚會增添一份心照不宣的神祕意味，讓大家覺得德國之行是一場華麗的冒險，是一個應該用雙手把握的良機。湯姆森夫人是個言語輕慢的勢利眼，對她言聽計從。只有艾略特夫人顯得不自在。船從提爾柏立（Tilbury）出港後，她就感到不適，蒼白的面容如同茶杯和碟子常有的灰綠色。

「身體好一點了嗎？」瑞秋關心她。

* 譯註：Potato Pete and Dr Carrot，二戰期間英國鼓勵民眾多吃蔬菜的平面廣告人物。

「這茶有幫助。」

「儘量享用吧，」博南姆夫人說：「德國人就算是咖啡專家，在泡茶這一方面，他們連皮毛都不懂。」

瀏覽過家具表的博南姆夫人察覺少了調味料、餐巾和高腳杯，這時把注意力轉向瑞秋的家具。

「全都有嗎？」

瑞秋的怨言不多，但路易斯連升兩階的官位將她提高到她不熟悉的新特權領域，她感受到必須展現自己有富貴命的壓力。

「有雪利酒杯就好了。」

博南姆夫人假正經地抱怨著：「哎唷，我不知道該說什麼呢！總督夫人家是一定要有雪利酒杯啦，不然國會裡肯定有人質疑！」

所有人聽了笑呵呵，瑞秋慶幸有人能逗她笑。博南姆夫人說出瑞秋內心有感卻無從抒發的心情。枯燥、收斂、僵化的東西，全留在灰暗、枯竭的英國。在英國，博南姆夫人有可能被歸類為舉止粗俗、言語不留情，但在這裡，置身未知的領域，大家不受禮教制約，她能以探索新大陸的無拘無束自信暢所欲言。

艾略特夫人比較講求實際，她提出的疑問澆大家一頭冷水。「聽說德國被轟炸後，適合居住的民房短缺，是真的嗎？喬治上次來信，也不確定我們找得到房子住。」

博南姆夫人打消她的疑慮。「他們已經開始徵用民房了。到時候房子多得很。」

「聽說他們的房子蓋得不錯，」湯姆森夫人附和。「尤其是廚房。」

「我擔心的不是廚房，」博南姆夫人說：「我擔心的是臥房。我指望能有一張舒服的大床。」在她哈哈笑的同時，瑞秋留意到她喉嚨出現一片紅暈，宛如一枚春情蕩漾的胸針。

但艾略特夫人仍憂心住家短缺的後果。

「那『他們』呢？他們能住哪裡？」

「誰啊？」

「德國家庭啊……房子被徵用，他們住哪裡？」

「安排住宿。」博南姆夫人說，把這句話當成子彈射出。

「安排住宿？」

「安排住宿。」她再說一次。

艾略特夫人試著去想像德國家庭被安排住宿的環境。「太慘了。」她說。

「我不太覺得我們應該為他們感到難過，」瑞秋說，語氣是出奇的重。

「就是說嘛，」博南姆夫人拍拍手。「他們應該趕快讓位給別人住。這是他們能盡的一點微薄心力。」

「我也有同感，」湯姆森夫人附和。意見獲得多數決之後，德國家庭被迫遷居的討厭話題就此不再續。大家開始閒聊，博南姆夫人轉向瑞秋，壓低嗓音訴說心事。

「嗯。妳多久沒見到丈夫了？」博南姆夫人的潮紅似乎會發光，瑞秋能嗅到難聞的香水掩不住肌膚，氣味香甜，近乎嗆辣。

「歐戰勝利日。相聚三天。」

「這麼說來，你倆可有很多事可忙了。」

「這幾年來，我自己一個人睡慣了，恐怕會不太適應。」瑞秋訝異自己脫口坦承，都怪這位活潑、豐滿的女人似乎能引人直言不諱。

事實上，在瑞秋心目中，路易斯已蛻變成虛實參半的人。當然，兩人曾有過一段親密時期。然而在當時，兩人親密是自然而然的事，無須過問，總是直來直往，毫無錯綜複雜的情緒，而且——她敢確定——在施與受方面，雙方都同等歡暢。儘管如此，她回味不出親暱的感受——甚至連想都無法想像——博南姆夫人的話因而更加困擾她。瑞秋即將踏進敵邦，展開充滿未知數的新生活，但對她而言，未知數最多的並非敵人，而是自己的夫婿。一年多了，夫妻不曾「溫存一下」（這是新婚時路易斯慣用的委婉語），好久不曾「做愛」（這是她放膽說出的用語，喜歡這詞的曖昧深度），但房事如今變得模糊朦朧，迷失在戰後失望氛圍中。

「妳嘛，想怎麼辦，我不清楚。至於我呢，我想把錯過的那幾年一股腦兒補回來。」博南姆夫人說，接著深吸具有暗示性的一口菸，傾身向前，對著自己茶杯再加一顆方糖。儘管瑞秋已有五年喝茶不加糖，今天卻在自己杯中連加兩顆。

第三章

在漢堡市達姆特火車站月台，路易斯看著英國士官兵聚集。幾乎所有人都是來接妻子。對有些人而言，來自庫克斯港（Cuxhaven）的班車即將終結一段延續數月甚至數年的分居生活。

對路易斯來說，夫妻倆有十七個月沒見面了。上次相聚是在倫敦，那三天是異常的洩氣。已有一年五個月，他不曾看著瑞秋的血肉之軀、嗅著她如蘭的氣息、聽她彈鋼琴。不必再仰賴她的照片了。那張相片攝自酷熱七月天的彭布洛克郡（Pembrokeshire）沙灘，他蒐藏在菸盒裡，以橡皮筋束著。相片裡的她似乎正值盛夏年華，身上一襲寬鬆的花洋裝，傾頭倩笑，即使是黑白相片，她的芳頰看似怒放的鮮花。路易斯不是視覺至上的男人，但他竟能在分離兩地期間遐想她的倩影和往事，連他自己也詫異。他的遐思不屬於文藝片刻意營造氛圍的美景，比較像電影無法刻劃或於法不容的脫稿親熱戲。最常回溯的時光是他介紹瑞秋給家人認識的那天——胞姐凱特見他帶回家的女友氣質不俗，驚喜之餘表示讚賞。他也常回想兩人一時興起在卡瑪善灣（Carmarthen Bay）午夜裸泳，回憶滑黏的海帶輕拍著手腳。

幻影成真的時刻逼近，危及長久以來的遐思，站著抽菸的他開始思考即將下車的人。相片中的瑞秋容易蒐藏，仰慕起來也輕鬆，戰時晴雨不計，總以微笑回應他，真格的瑞秋如何和她一較長短？

路易斯把相片夾回橡皮筋，壓住一張較小的相片——長子麥可。他闔上菸盒蓋。菸抽完最後一口，被他扔向月台下的鐵軌。玻璃被轟破的火車站天花板徒剩框架，他抬頭看著，見野鳥在合適的地方築巢。腳前突然傳來某人歡呼聲，路易斯低頭一看，見到一名面容枯槁的六旬老翁駐足鐵軌上，撿起路易斯那根仍在冒煙的菸蒂，站著撥弄，看看裡面有沒有菸草，喃喃說德語：「謝謝，謝謝，謝謝。」反覆不停。若在承平時期，拾獲微不足道的物品如果像老翁一樣感激不盡，會讓旁人覺得他語帶挖苦，但現在是「午夜零時」，隨手丟棄的菸屁股也算是蒼天賞賜的至寶。憐惜和憎惡的感受在路易斯心中拔河，前者再一次占上風。他從銀菸盒抽出三根菸，彎腰遞給老翁。見到沒抽過的菸，老翁一時傻眼了，擔心是海市蜃樓，不太敢接受。

「收下！快！」路易斯以德文告訴他，深怕周圍多數軍人見狀鄙夷他的善行。老翁收下香菸，捧在手心上，塞進大衣裡藏起來。

路易斯站直的同時，看見兩名男子從月台走來，一人是威金斯上尉，明顯因為即將和妻子重逢而眉飛色舞。他常不害臊地暱稱妻子是「我的花瓣」。即使在瑞秋面前，路易斯也難以對她明示愛意，更不會在他人面前提起，因此他暗羨副手溺愛老婆的心意。威金斯愛妻的表現十分幼稚，活像難以自拔的小男友散播愛的點滴，有一次寫了一首名為〈獻給花瓣〉的詩，裡面包含一句「我將灌溉妳，我的花朵，以我的愛氾濫妳」。

伴隨威金斯而來的男子佩戴少校肩章，野性的外形不像英國人，黑髮柔亮，眼神帥氣但機警，路易斯立刻警覺有必要在他面前戒慎。

「上校，這位是博南姆少校，」威金斯說：「情報處。他的任務是區分黑白灰色等等的人種。」

博南姆不行禮，直接伸手給路易斯握。情報單位的層級自成一格，也常把一般軍人視為資歷不足、不宜承擔重建戰敗國的重任，因此情報人員絕不輕易向一般軍人表示服從。少校不向他敬禮，路易斯不在意，但他立刻從博南姆高效率的舉止和精確的用語偵測出，這人別有用心。

博南姆怒視著憔悴拾荒老翁之際，威金斯為僵化的場面破冰。「我們昨天剛為少校找到房子，離你家不遠，上校。同樣在易北路。」威金斯漸能敏銳察覺上校的喜怒哀樂、他不按牌理出牌、有話直說的傾向。威金斯已意識到衝突將至。「你們幾乎算是鄰居了。」他接著說。

博南姆仍在看老翁。已爬上月台的老翁對他伸手，無疑希望善人的朋友也會行善。博南姆少校以完美的德文對老翁說：

「你再不走，我就叫人逮捕你。」

老翁一聽縮手後退，連連哈腰，拖著羸弱的腳步儘速走開。

博南姆冷笑一下。「這些人的氣味啊。」

「一天只吃九百卡路里，就會這樣。」路易斯回應。
「還好，他們餓肚皮，比較不會惹麻煩。」博南姆皮笑肉不笑說。
「有道理，」威金斯說，試圖打圓場。博南姆點點頭，以熟練的偵訊式目光直盯路易斯。快進站的列車鳴笛響亮，省得路易斯多費唇舌，不必向博南姆解釋餓肚皮邏輯錯在哪裡。大錯特錯。

「為什麼那些小孩追著火車跑？」
火車上的艾德蒙趴在半開的車窗上，外面有成群的德國兒童伸手跟隨進站火車奔跑，車速已減緩許多，他們跟得上。小孩喊著三寶——「巧克、菸菸、三民治。」可惜這班車的乘客不熟悉本地習俗，不知兒童期望他們撒軍糧，因此兒童希望落空。
「說不定他們想看我們長什麼樣，」瑞秋只能以這話回應。「我們快到了。」
「他們是德國人嗎？」
「對。好了，趕快把大衣穿上。」
「他們看起來不太像德國人。」
瑞秋為兒子拉直領帶，舔指揉掉他臉頰上的汙痕，抹平他的頭髮。
「看看你這副德性。你爸見了不知道會有什麼感想。」
腳夫比乘客多，等著幫忙提行李，方便下車的旅客尋找丈夫和父親。見一名面目灰沉的老人一臉積極，瑞秋把行李交給他，帶兒子下車，走進洶湧的人河，順著粗呢、帽子、脂粉、口紅，流向等候中的男人。她已能見到重逢的夫妻在蒸氣中擁抱。正如少校夫人博南姆所言，她已急著把錯過的那幾年一股腦兒補回來。博南姆夫人走向丈夫，捧住他下巴，張嘴向他索吻，動作明目張膽，令瑞秋看了渴望難耐而激動。大庭廣眾之下，她絕不會如此和路易斯接吻；即使在年輕氣盛的日子，這種行為也顯得淫猥。

在路易斯看見瑞秋之前，瑞秋先看見他。路易斯裹足不前，站在人群後面，那一刻的神情略帶恐懼、脆弱，令她的心如《婦女界》（*Woman's Own*）雜誌所言蹦了一蹦，強化了咽喉脈搏的律動，呼吸加促。在稍縱即逝的一刻中，一股強烈的情意洋溢內心，可惜他的視線一飄過來，那份感受剎那間退燒，只見他眼皮瞬間擴張，對艾德蒙微笑。兒子衝上前去見父親。路易斯摸摸他的頭，撥亂了剛整理好的頭髮，以緊張的態度道出光陰荏苒的認知。

「看看你。跟花豆苗長得一樣快。」

「哈囉，爸。」

路易斯繼續看艾德蒙，訝異於兒子變化多大，講不出話來。對兒童來說，這種變化稀鬆平常，不值得成年人大驚小怪。一直到路易斯再也不能拿兒子當擋箭牌時，他才望著瑞秋，匆匆吻她一下，落點在嘴唇和臉頰之間。

「一路順風嗎？」他問。

「渡海時，浪有點高。」

「我們去喝杯茶吧。運氣好的話，說不定有德式酥皮果餡捲可吃。」

「德國人不會泡茶。」艾德蒙插嘴，想討好父親。

路易笑一笑。德國人的刻板印象很多，這是少數正確的一個。

「他們越來越拿手了。」

艾德蒙對周遭事物感到好奇，瞪大眼睛直看。鐵軌上出現一陣騷動，他忽然變得興匆匆。

「他們在做什麼？」

「我的天啊。」瑞秋低聲說。

橋上有兩名兒童，抓住一男孩的腿，讓他倒掛在軌道上空，等著火車通過。倒吊的男孩手持高爾夫球桿。乍看之下，他似乎即將被火車頭撞到，幸好火車從他下方幾英尺通過。在火車通過之際，男孩從無蓋的後掛車廂敲走幾塊煤，下面有幾名婦人攤開裙子等著接。

「他們做這種事，行嗎？」艾德蒙問，充滿欽羨之意。

「法律不容許。」路易斯回答。

「那你怎麼不去阻止？」

路易斯以心心相印的眼神對兒子眨眨眼。「眼不見軍艦為淨。」路易斯說。語畢，他帶妻小走向出口柵欄，以免再被兒子問倒。

「大西洋」（Atlantic）是全漢堡最高級的飯店，逃過戰火洗禮，如今蔚為撙節支出的荒漠中一座奢華綠洲。更能強化這份印象的是大交誼廳內的棕櫚庭，現場演奏音樂在棕櫚盆栽之間流轉，以饗英國茶客。在這裡坐幾小時，客人能暫時忘記灰暗的那幾年，想像這次調派的地點是最多彩多姿的一次。路易斯看上這裡光華半褪、供應茶水、此起彼落的餐具交響曲、厚軟的地毯，能營造舒適心安的氛圍，以便他宣布難以啟齒的消息。但這音樂不合他胃口。飯店樂團常演奏投合英國人的輕快通俗曲，今天則不然。今天是男鋼琴手搭配女歌者，傾全力演唱一首德文哀歌，曲風不巧和路易斯的期望背道而馳。難啟齒的消息必須以歡樂曲相隨；不管現場演唱的是什麼歌，路易斯覺得非改不可。

瑞秋馬上認出這首出自舒伯特的《藝術歌曲集》（*Lieder*），委身於雋永的深流之中。面前的果餡捲原封不動，她只吃音符，凝神聆聽，專心之情在嘈雜的這場合中絕無僅有。坐她旁邊的艾德蒙狼吞果餡捲，連珠砲似的對父親發問。他肚子裡的疑問累積了一場戰爭之久，巴不得一個勁問出所有答案。路易斯抽著菸，一面盡力回答，一面等候時機要求樂手換歌唱。

「德國現在像是個殖民地嗎？」

「不盡然是。過一段時間，我們會交還給德國人——整頓好了之後。」

「我們分到最好的一區嗎？」

「一般的說法是，美國分到美景，法國分到美酒，我們分到廢墟。」

「好像不太公平吧。」

「呃，廢墟是被我們打出來的。」

「那俄國呢？」

「俄國人嘛……他們分到農場。不過那不能一概而論。你的果餡捲好吃嗎，親愛的？」

路易斯注意到瑞秋趕緊拭淚。她叉起一塊果餡捲以轉移焦點，可惜為時已晚。

「媽咪又在哭了。」

這句童言宛如艾德蒙施放的求救訊號彈，在桌面照亮十七個月以來的黑暗面，供父親看個剔透。訊號彈的光輝超出路易斯想知道的範圍，超出他預備面對的事實。瑞秋近年來的辛酸被一語道破。而路易斯原本希望，她的辛酸或許能被醫療、時光、距離療癒。

「別傻了，艾德，」瑞秋說：「都只怪這音樂啦。你明知道，我一聽到傷心的曲子就哭。」

歌手唱完，現場掌聲有氣無力，路易斯見機不可失，想掃除陰霾。想去點歌的他才起身一半，就被瑞秋猜中心意：「拜託你，不要……」

「來一首輕快的曲子比較好吧，妳不覺得嗎？」

失望的瑞秋聳聳肩默許。等他走後，她轉向兒子：「求你不要再對爸爸提起我的事。你只會讓他難過。」

「對不起。」艾德蒙說。

路易斯低聲向歌手點歌時，瑞秋留意到歌手忍痛微笑著；也許這位歌手具有國際級的實力，如今樂團瓦解，她被迫屈膝接受音痴客人點歌。路易斯回來時，鋼琴手敲出〈兔子快跑〉（*Run, Rabbit, Run*）的開頭幾小節，原本沉吟著高深德國生死惆悵曲的歌手，一眨眼改唱膚淺的英國輕浮小調。

「聽起來好多了，」路易斯說：「這國家需要一首新歌。」

輕快的旋律調和出新心境，路易斯無法再抽一根菸拖時間，決定速戰速決。他沒有推銷的天分，推廣個人意見時往往自曝過度依賴形容詞最高級的缺點，例如「最漂亮」、「美極了」等等，再以「真的」、「實在」等副詞來強調。

「我有消息告訴妳。我們的新家有著落了。那棟房子真的很美。比我們在阿默舍姆的房子大很多。甚至比克萊拉姨媽家還要大。新家裡有一間撞球室、一台大鋼琴。」他在此停頓，讓瑞秋想像。「看得見易北河，景觀美極了。房子裡有很多有趣的繪畫，畫家相當知名吧，我猜。另外呢？對。房子裡有個食品升降架*。」

「我們家有服務生？」艾德蒙問。

「我們家有工作人員。三個：一個女傭、一個廚師、一個園丁。」

「他們全是啞巴嗎？」

* 譯註：dumb waiter，字面上是「啞巴服務生」。

能歡笑一下，感覺好輕鬆。連瑞秋聽了都笑。

「你馬上就會知道……」

「他們會講英文嗎？」瑞秋問，這時才加入對話。

「多數德國人懂得幾個字。過一陣子，妳也會懂德文。」

路易斯停下來。為了這一刻，他已在腦中演練過幾次。是不是該從人性的角度訴求，讓妻小和他一樣，為魯伯特家庭感到難過？是否該讓妻小把德國家庭當成人類看待，和你我一樣？或者，是否該堅守既有的事實，說明這房子大到足以容納二十人，趕走屋主未免顯得太貪婪？無論怎麼訴求，他的說法不啻為用棉花球裹炸彈。

「屋主是魯伯特先生。他是建築師。文明人。他的妻子在大戰期間過世了。艾德，他有個女兒，年紀沒比你大多少，名字好像是『芙莉達』吧。總之，他們的房子是……呃，很大。大到能住二十人。而且，頂樓還有一個完全獨立的住家……」

瑞秋沉沉吸一口氣，改變坐姿重心。

「事實是這樣的，房子大到能住兩家人。他們住頂樓，其他部分全供我們自己使用。」

瑞秋懷疑自己有沒有聽錯。

「我們和他們家住一起？」她問。

「我們幾乎不會注意到他們的存在。他們一家只有父女兩個。頂樓有自己的出入口，完全不會干擾到我們，他們需要的東西應有盡有。」

「我們和德國人住同一棟房子嗎？」艾德蒙問。
「不完全是。但話說回來，也沒錯，我們的確是共住一棟房子。不妨把房子想像成一棟公寓大樓，他們住頂樓。」
瑞秋急著沒事找事做，不想喝茶卻幫自己倒茶，也沒仔細看，結果打翻了牛奶壺，路易斯慶幸有事可忙，趕緊攤開餐巾救災，召喚服務生過來。
「我不懂，」瑞秋說：「別人家也和德國人住一起嗎？」
「沒有人徵用過我們這種房子。不太能等同而論。」
瑞秋容不下這論點。這不是房子多富麗堂皇的問題，也無關屋內有幾廳幾室、藝術品多精美、鋼琴的活動部件多靈巧。就算有一整座宮殿可住，有隔離式廂房和獨立式附屬小屋，家裡也找不到房間分給德國人住。她在手提包裡翻找香菸。路易斯習慣為她點菸，她決心不給他機會，但他已經扳開他的美式打火機，在她湊向前之際，他的手包住顫抖的小手，為她點菸。
「等妳看到房子再說吧。好美的房子。」
路易斯向來有一套雙管齊下的盤算。萬一軟性攻勢無法動搖妻小的心意，他只好祭出對比法，開車帶他們參觀漢堡市災情最慘重的地帶，以殘酷的現實打醒他們。他叫司機施若德駕駛奧斯汀16，載運行李，跟著他的車走，駕駛賓士車的他路線稍微繞遠一些，好讓「夫人和兒子進一步明瞭現狀」。

路面被炸得坑坑洞洞，路易斯以過度謹慎的手法蛇行。最初幾分鐘，艾德蒙對賓士車的性能大驚小怪，路易斯一時無法對他們上課。兒子坐在夫妻兩人之間，對這輛車展現高超技藝驚呼連連，毫不害臊。先前他得知巴哈是德國人，大失所望，如今體驗到德國車巧奪天工，優越感也因而潰散。

「這車最快能飆到兩百。」艾德蒙說。

「時速表的單位是公里。」

「我們可以試試看嗎？」

「這種路況行不通，艾德。」這時候，路易斯端出第一盤必殺數據：「我軍光是一週末在漢堡的投彈數，就高於德軍二戰期間在倫敦的投彈總數，你知道嗎？」他對艾德蒙說，但也希望瑞秋旁聽到，盼她能感受到這事實的威力，以掃除偏見和顧影自憐。幾乎在此同時，漢堡的災情在大家眼前攤開來。一眼望去，這景象和他們對倫敦、科芬特里（Coventry）、布里斯托（Bristol）的印象相去無幾，但車子每推進一碼，災情慘痛的程度隨之堆積。前方、背後、左右兩旁，完全看不到一棟直立式建築，只見瓦礫堆以及在路旁移動的人河。

「可是，開戰的人是他們吧，對不對，爸爸？」

路易斯點頭。當然。始作俑者是德國。妖術士匯集全國眾生的苦水，熬成一鍋稀泥，釀成一場侵略戰，從舉臂行禮、佩戴臂章開始，進而聚眾造勢，開道造路，掌聲擁戴領袖名言，搗毀商家店面，發動軍機起飛，投擲炸彈。沒錯，開戰的是他們。如今呢？他們哪裡去了？吞噬幾座大陸的優越人種在哪裡？不可能是在殘破道路兩旁踽踽前行的這些衣裝寒酸、弱不禁風的史前穴居人吧？

「他們看起來不像德國人，爸爸。」

「對。」

瑞秋仍不搭腔。

「有幾座十字架，看見沒？瓦礫堆下面埋的是屍體。到現在仍有超過一百萬德國民眾下落不明。」

路易斯望著瑞秋，看她聽了是否動容，但她臉上掛著堅決無表情。愛擺什麼臉色隨妳去吧，路易斯暗忖。待會兒見到房子再說。

路旁有幾家人，拉著一拖車的破爛前進。

「路邊這麼多人，想去哪裡啊？」艾德蒙問。

「他們是流離失所的民眾，簡稱流民，正往漢堡市區回流。有些人為了讓我們這種人有房子住，所以有家歸不得。」

「媽媽說，他們會被安排住宿。」

「對。不過，人太多，住宿的地方擠不下。我們每個月新蓋一座住宿營。」有空他想帶家人去流民住宿營看一看。

「住宿營像《新聞畫刊》（*Illustrated News*）裡的圖片嗎？」

「不像。」

「可是，是他們活該啊，對不對？誰叫他們愛打仗嘛？搬去住宿營是罪有應得吧？」

路易斯強壓煩躁心。深呼吸。孩子不懂事。

「爸？」

車外道路兩旁的民眾一臉只關心求生，只求每天有麵包果腹，不要再災禍臨頭，但折腰已深的路易斯無法繼續再挺這些人了。他不說一句公道話不行……

「有些人是活該，艾德。是的。」

瑞秋聽他這麼一說，在短暫的戰禍巡禮中總算開口了：

「當然活該。」

在勢如破竹又光鮮亮麗的德製賓士車開路下，英製奧斯汀尾隨在後，顯得駝背而笨重，形成奇特的車隊。聽見車子駛上碎石車道後，史蒂芬．魯伯特看表，下樓去迎接新居民。他把西裝拉直，儘量綜合莊重、謙遜、感激於一身──以他的性情而言，這種組合是強他所難。和他同站一排的是海葛和貴妲，準備效勞新家庭。他能體會到兩人緊張的心情，聽見她們竊竊議論：「他們不像別的英國人那麼醜。」

「我喜歡他們穿的衣服。」

「可憐的主人，他強擠出勇敢的表情。」

「那夫人好漂亮……」

「沒我們家夫人來得漂亮。」

緬懷夫人的貴妲當然是為了表示忠誠，其實克勞迪雅並不美。克勞迪雅五官端正、姿態優雅，風姿綽約，鷹鉤鼻，但稱不上美人胚子。反觀摩根夫人，正如海葛脫口而出的讚賞，的確是個美女，即使板著臉不笑也不太能掩飾豔麗的容顏。深赭色秀髮，寬大杏仁眼，豐滿嬌小的嘴唇，嬌小卻豐腴的身材，橄欖肌膚。她是哪裡人？絕對不是英格蘭人。肯定是居爾特民族，甚至可能有西班牙血統。

「她一臉不高興的樣子。」

「說不定她住城堡住慣了。」

上校走過來，和魯伯特熱情握手。

「芙莉達也想迎接你們，不過她今天身體不舒服，」魯伯特說：「我希望你能原諒她沒來。」

「當然，」路易斯回應，示意瑞秋上前來。「這是我妻子——摩根夫人。」

魯伯特伸出一手，但瑞秋並未做出相對應的舉動。

「妳好嗎？」魯伯特說著縮手，順勢一擺，做出揮手介紹的動作。「我們家的工作人員。海葛、貴妲。你們在門口見到的是理察。我把他們交託給你們差遣。」

海葛慎重行屈膝禮，貴妲則點到為止。

瑞秋依然不語，魯伯特留意到了。也許路過廢墟期間罹患了一點肌肉緊張症。

「另外，艾德蒙，」路易斯說，轉身吆喝兒子過來：「艾德！」

剛才兒子一時興奮，溜向草坪，現在雙手平舉成機翼，東奔西跑，頻頻發出打仗的聲響。小孩做事沒經大腦思考，魯伯特見狀大笑起來，彷彿為了顯示心中無疙瘩。但瑞秋覺得丟臉。

「艾德！別鬧了！快過來打招呼。」

見她開口，魯伯特感到訝異。這女人會講話！

艾德蒙跑過來認識魯伯特和下人。海葛嘻嘻笑著他剛才耍寶。

「你好嗎？」艾德蒙對魯伯特說。

「歡迎光臨新家，」他說：「希望你們喜歡這裡。」

路易斯剛才並沒有言過其實，瑞秋心想。這房子的確美不勝收。假如硬要她嫌路易斯的說法有偏差，她覺得這房子被他的形容詞低估了。可能是路易斯不具慧眼，看不出真正能凸顯這房子特殊性之處，但也有可能是因為房子的豪華度令他不太自在。軍中袍澤常在社交場合虛張聲勢，追求物慾滿足，路易斯卻絲毫不受影響。這份特質讓較敏感的瑞秋對他傾心，但現在，基於某種因素，卻令她心煩。德國人魯伯特帶他們參觀新家時，她一方面想表達大致上的疑慮，另一方面也覺得有必要讓德國屋主知道，她的品味不輸人，看得出精美之處，也懂得欣賞藝術品。魯伯特每介紹一間，似乎更加重她的自卑感，讓她覺得置身不該來的地方。無論魯伯特嘴裡吐出什麼字，她聽見的總是：「歡迎你們進住，不過這裡仍然是我家。」介紹到能瞭望河景的陽台時，瑞秋已經受夠了。魯伯特主動想帶他們參觀他在頂樓的住處時，她說由於旅途太累了，她想先告退。照理說，面對新環境，心情的震撼應能消減旅途的困頓，但這德國導遊太文雅了，她再也無法忍受。她也認為——是她無中生有嗎？——這德國人有點放肆，英語說得字正腔圓，絲毫沒有裝腔作勢的傻氣。瑞秋原本有點希望雙方言語不通，互動比較單純，能井水不犯河水，但這德國人的外語造詣勢必讓情況複雜化，除非雙方切實劃清界線。

後來，路易斯去幫艾德蒙蓋被子，見兒子趴在地板上。兒子把玩偶屋搬到臥房中間，路易斯看得出他已依照魯伯特家的現狀改造玩偶屋的配置。他把小家具搬上屋頂，讓德國家庭居住，拇指玩偶也照實情分布：一男一女的娃娃代表魯伯特父女，以另外三個娃娃代表他自己和父母。

「該上床了，艾德。」

艾德蒙站起來，爬上四柱床。

好久沒有為兒子蓋被子的路易斯，一時不確定既定的步驟有哪些。應該朗讀故事書嗎？

應該講幾句話嗎？要禱告嗎？他跳過這些步驟，直接拉毛毯蓋至艾德蒙胸口，稍微蓋住他的玩具兵。它名叫卡斯伯特，是個布做的玩具。路易斯想摸摸兒子的臉，想為他撩走眼睛上的一撮頭髮，可惜他缺乏這份自信，只拍拍玩具兵的頭了事。

「你喜歡這裡嗎？」他問。

「房子好大。」艾德蒙回答。

「你覺得，以後你會喜歡住這裡嗎？」

艾德蒙點頭。「他女兒為什麼不來打聲招呼呢？」

「我想她身體不太舒服吧。你不久就能認識她的。說不定你們能一起玩遊戲。」

「可以嗎？」

「當然可以。等我們適應了就行。」

艾德蒙停頓幾秒，彷彿想再說什麼，無奈父親已關掉床頭櫃的燈。

「晚安，艾德。」

「晚安，爸爸。」

說完，路易斯離開兒子的臥房。艾德蒙想著，最好還是別提起一小時之前巧遇某人的事——他閒逛到通往頂樓的樓梯間，盡頭是魯伯特家住的單位。

本來他只想向上看一眼而已，別無所求。他走上樓梯，來到轉彎歇腳處，不料看見魯伯特的女兒。金髮的她綁著兩條辮子，兩手臂水平張開，按住樓梯間的牆壁，撐起雙腿平舉前方，彷彿在表演鞍馬體操。

「哈囉，」艾德蒙說。他駐足凝視大姐姐，困惑著，懷疑她應該就是芙莉達。女孩外表健壯，毫無病容。

「妳是芙莉達嗎？」他問。

女孩默默盯著他看，雙腿維持完美的水平狀態，接著以極緩慢的速度張開腿，顯露內褲。艾德蒙看傻眼了，無法移開視線，不知道看了多久，感覺像看了好幾分鐘。冷不防，女孩對他發出貓生氣的嘶聲，目瞪口呆的他赫然驚醒，一步步倒退下樓梯，兩眼盯緊女孩，以免她突然撲過來。

魯伯特做噩夢醒來，發現自己躺在不熟悉的房間，睡在一個不再屬於自己的房子裡。午夜夢迴，他不確定置身何處，頭腦藉由感官取得的片段線索，拼湊出混沌的一盤舊地舊事，恍若睡在祖母位於敘爾特島（Sylt）的避暑別墅中，躺在單人床上。他曾和克勞迪雅在這張床上做愛，他的姐姐們當時在樓下廚房準備龍蝦和螃蟹晚餐，小情侶善用樓下敲打蟹殼的聲響，掩飾床頭板的嘎吱嘎吱和兩人奔向極樂世界的叫聲。

他睜開眼皮，天色從半開的窗簾滲入，照破幻影：他自己的床鋪被人占走了（現在躺著另一對夫婦），這裡是老司機菲德利奇（Friedrich）曾睡過的臥房。戰時家裡被迫縮編，司機搬走，更衣間總是擺不下衣服的克勞迪雅以這間應急。魯伯特身在自己房子裡，卻已不是屋主，女主人也走了，馨香不再，他也無緣撫觸。然而，他「竟能」嗅到她的氣息——或者嗅到的是與她共處的那段光陰。覆蓋他身上的羽絨被來自敘爾特島避暑別墅，島上的住家後來被納粹空軍徵用為海上飛機基地。羽絨被殘留海味，所以才喚回栩栩如生的回憶。

魯伯特拉被子湊鼻嗅一嗅，吸收海的氣息，再次回到他陪同未婚妻下樓的那天，克勞迪雅面色潮紅，準備享用姐姐烹調的大餐。他的指關節殘存克勞迪雅那份帶有香料味的鹹魚香，混合馬賽海鮮雜燴湯的滋味，他舉手偷嗅手指一下，以求她剛才激情的明證，對面的克勞迪雅對他微笑。魯伯特徜徉在這段往事之際，亢奮的氣息從被單裡的胯下飄來，邀請他重建當年的現場。

事後，他了無愧疚，只感到少量羞辱：落得如此卑微，僅能憑剪接往事以追求速簡而機械化的效果。他坐起上身，肚皮上那攤沒精打彩的精液已變涼。浪費了，用途全被消滅了。最令魯伯特感嘆的不是殘垣斷瓦，不是物質毀滅，不是戰爭暴行，而是曾經顯得堅不可摧的感情中斷、重組，百萬有情人痛失今生的摯愛，不得不重新來過。當然，對於婚姻不幸福、被綁手綁腳的人而言，戰亂是契機。在工廠裡，男作業員常戲謔說，德國男丁短缺，大家都有好處，一方面有更多女人可挑選，另一方面也有更多女人尋找伴侶。這是供與需的「新」經濟學。但魯伯特不想挑選，也不想被看上；他已看上——或看上他——的對象即使走了，也仍比可望發展的任何一段情更加真摯。

他用睡衣把手抹乾淨，下床，將窗簾全部拉開。上校倏然放過他一馬，他趕緊把主臥房和書房的家當搬進這一間，現在擺設仍凌亂不堪。在魯伯特想像中，一旦家裡失火，他最先搶救的是這一批寶貝：建築藍圖製圖桌和用品，裝飾婚禮用的壓花，以及全家最貴重、最珍惜的兩件藝術品：雷捷的自畫像和馮・卡洛斯菲爾特的裸女圖。捨棄的東西很多，魯伯特非但不痛心，反而體驗到一份意外的欣喜，慶幸能縮減身外之物，感覺到近乎赤裸裸，一身輕盈，想去哪裡就去哪裡。

窗前，他凝望月亮下面的草坪。弦月在冷冽無雲的紫色天空中露臉，但照亮庭園的光來自主臥房。久違的英國上校夫妻無疑正在敘舊。上校待人親切，人品正直，嬌妻長相美豔但暗藏一股悶氣。魯伯特儘量不去想他們，但越迴避越清晰勾起自己的床被外人占據的景象。這對夫妻不熄燈，也許是想看清許久不見的容顏，也許聊了又聊才做愛，或者先做愛再聊，然後再做一次。魯伯特夫妻總愛壓在床上不蓋被，這對夫妻也一樣嗎？或者，這一對習慣蒙被悄聲做愛？

樓下的主臥房熄燈，陽台、庭園、樹木陷入漆黑，夜空的群星增色不少。魯伯特的床鋪易主，如今他猜新主人已完成團圓儀式，他這才離開窗前，回到單人床，窩進有海鹽味的羽絨被。

在新臥房裡，瑞秋坐在新梳妝台前，梳著頭。在她正上方，在頂樓的某處，她想像魯伯特先生準備就寢，嘲笑著「那女人」無禮，笑她不認識撞球室那幅畫的畫家。雷捷？她從來沒聽過。

她坐在腰子形狀的梳妝椅上，不想走。假如樓上那男人瞧不起她，她仍有背後這男人的讚賞（以及期望）。她從鏡子一角看到，穿著睡衣褲的路易斯坐在高而窄的床上觀察她，她能意識到他的煩躁與慾火攻心。路易斯討厭任何一種形式的冷酷，見她對魯伯特不禮貌卻沒對她表示意見，顯示他或許指望能「溫存一下」。瑞秋停止梳頭的動作；她不想發放錯誤的訊號。肢體重逢的時刻到了，但她仍不準備做期望中的事。

「妳不喜歡這房子嗎？」路易斯問。他的口吻夠輕柔，但以他的標準而言，這話近乎質問。

「屋主如果不住這裡，我會比較喜歡。」

瑞秋看著路易斯伸手拿菸盒，抽出一根點燃。戰鬥中的反射動作：備妥作戰用的彈藥。眼前的情勢棘手：點菸來抽。

「妳就不能對他和氣一點嗎？」他說。這話也合理，畢竟她的確是毫不友善。然而，用不著揮舞紅布，瑞秋就準備頂著牛角衝向他了。她笑了，笑聲比實際心情多了一分歇斯底里，但她的措辭精心盤算過。適時吵一架能延後房事，擇期進行。

「什麼？要我假裝我們全是好朋友、全在同一邊嗎？」

「我們是啊。在同一邊。」路易斯說。

瑞秋起立，走向窄床，撿開黏在乳房上的睡衣。她攏一攏枕頭當靠墊坐著。床頭櫃上已擺著阿嘉莎·克莉絲蒂的《死亡約會》（*Appointment with Death*），提供她一條逃生路線，在他糾纏不休時備用。

也許他意識到良機正逐漸流失，他問：「我們要……溫存一下嗎？」

「我們一定要嗎？現在？」

「不一定要。」

「這嘛……感覺有點怪。他們就住在樓上。何況，三天的行程很累。」

「沒關係。妳累了。沒關係。」

也許，如果他不講話，直接突襲她，她或許能順水推舟，或許能和以前一樣。

她伸手取書。

「妳真的天天哭嗎？」

瑞秋緊繃起來。他想對話。

「艾德這個小鬼頭亂講話。」

「可是……是真的嗎？」

「梅菲德醫生說，我的神經還很脆弱。」

「蒲陵牧師呢？妳找他談過嗎？」

「我已經不上教堂了。」

能承認這一點，感覺很不錯——有一種異樣的滿足感。但她不多做解釋。對路易斯而言，這問題切中實際，因為他不常感受到「焦慮」（angst，梅菲德醫師使用的新奇語）。他真正想問的是：妳最近是否常與人共處？或者一直深居簡出？她的回答絕不會引他推論她已心無上帝，因為上帝讓隨便一顆炸彈掉進她家，而且正好在她叫麥可下樓的時候爆炸。

一股壓力蓄積在洩洪口，瑞秋感受得到壓力。情緒的洪流已被她壓抑數日，眼看她即將無力阻擋。

「對你來說，你無所謂，」她說：「因為你不在家。你的感觸好像沒有我這麼深。」

「感觸嘛，我不太有空。」路易斯說。是實話，可惜不適切。

「可是，你為什麼沒有感觸呢？」她省了他費唇舌解釋的工夫。「你無所謂。你有你的工作。有個國家等著你去重建……」說到此處，水壩即將潰堤。「……這個國家害死我……漂亮的兒子！」

憶起麥可時的這啜泣聲類似她少女時期的哭法，撼動橫隔膜，迫使她時抖時喘息。路易斯一手拍拍她的背，但無法進入她心房的痛處。

「而現在，你竟然逼我跟德國人同住一個屋簷下。」

「這裡的每一個人——這棟房子裡的每一個人——全都體驗過喪失親屬的感受。」

「跟我沒關係。就算天下所有人都死了一個兒子，也跟我沒關係。我的心照樣痛。我不同意你的安排……」

「這種事由不得我們同意。我們只能將就將就……」

「將就。老是講將就！你好像比較關心敵人的需求。」

「瑞秋。拜託。他們已經不是我們的敵人了。他們已經被徹底打垮了。一切都必須重建。」

瑞秋拍拍胸骨，停手，藉啜泣的空檔喘息。

「你重建我嗎？」她問，有點希望他奮而迎接這挑戰，也有點希望他拍拍屁股走人，留下她舔一舔自己的傷口。

第四章

芙莉達以藥球*進行晨間運動，做完後穿衣服上學。她沒制服可穿（大災難降臨後，停課的日子偏多），所以她選擇穿少女聯盟閱兵裙，搭配白上衣和運動鞋——稍微挑釁權威，惹父親生氣。父親叫她把舊體制的服裝全收起來。自從父女倆忍辱退居頂樓那天起，她對父親的叛逆心變本加厲。父親嫌她房間太儉樸了——「有點斯巴達」，鼓勵她把新房間布置得舒適些，建議她多掛幾幅畫，從舊臥房搬搖搖馬進新房間，但她喜歡目前的擺設。她想像自己是斯巴達小孩，無緣享受家中的舒適，被迫走進荒廢的瓦礫堆，學習求生技能。她只允許自己一項裝飾品——裱框的刺繡畫，作者是母親，上面有三人：男士手握建築師用的折尺，女士捧一束花，女孩牽著母親的手，三人站在河濱房子前，遠方有一艘紅帆船。這是母親送她的十一歲生日禮物，當時是一九四二年七月，是英軍開始轟炸漢堡的那一天，大轟炸發生在一年後。

搬來頂樓至少有個好處，讓她有機會扔掉老玩具，棄置父親堅持要她在空襲時讀的那些英文書——《愛麗絲夢遊仙境》、《快樂王子》、《魯賓遜漂流記》，因為父親希望為她趕走轟炸機的隆隆聲和保安團（Heimwehr）槍「咔咔咔」回擊的聲響。「想像力將成為我們的防衛。」他喜歡這樣說。但故事書再精彩，也無法讓母親復活。

芙莉達把藥球放在彈力帶中間，蹲到夜壺上。尿完後，她捧起夜壺，端到樓梯歇腳處。她下樓至以前的臥房，進入「英國區」，發現她的標靶正在玩她的玩偶屋。門開著，她站在門口觀看艾德蒙獨自拿著男娃娃和女娃娃，在玩偶屋的閣樓扮家家酒。雖然她聽得一知半解，但從兩個玩偶的體位，她能領會其中的含意。

「小男生在玩洋娃娃唷！」芙莉達講英文嘲笑他。

艾德蒙抬頭，看見芙莉達佇立門口端著夜壺，猜她是否想進行某種文化交流。

「哈囉，」他說，然後嘗試他剛學到的德文問候語：「日安，魯伯特小姐。」

芙莉達舉起夜壺，彷彿說「送你」，隨即放在臥房中間的地上，然後擺出弔詭的微笑，後退離開，關上門，在這位快樂王子腳跟前留下一盆溫熱的金色液體。

上學途中，芙莉達路過幾名身穿厚重罩衫、戴頭巾的「廢墟婦女」隊員，見她們前往市區，即將共同為堆積如山的廢棄物分類，挑揀出水泥磚石結構和磚造物回收，運氣好的話，可換取一碗濃湯、一條麵包、幾張糧票。許多女隊員扛著鏟子，少數幾人有說有笑，因有工作可做而高興。芙莉達寧願加入她們。一九四三年夏季，英軍摧毀市內幾乎所有中小學，之後她不再定期上學。但現在，英國人重啟舊市政廳，以三合板將大會議廳分隔成「教室」。由於這一區難民為數眾多，學童人多到教室無法容納，許多學生只好蹲在冰冷的地板上受教

---

* 譯注：一種健身用的實心球。

育。儘管困難重重，也缺乏紙筆和教科書等基本文具，英國人仍將教育德國兒童視為要務。英國人沉迷於其中。英國人先清除兒童頭蝨，接著重整他們的思想：直呼希特勒名字以視輕蔑，教德國學童認知希特勒和納粹主義是必須斬草除根的罪孽。在課堂上，英國老師教民主，問學生問題，以試探學生的知識範圍，對他們的無知感到詫異。芙莉達的老師是葛羅夫斯先生，他雖然喊學生的名字不喊姓，待人也裝得親切，教書時不站在課堂前，而是坐在教室中間，芙莉達卻覺得上這種課受到的屈辱多於知識。她決定，如果老師問她這一類的問題，即使她知道答案，她也不願回應。

芙莉達來到市政廳，看見大門深鎖，幾名兒童抬頭圍觀貼在磚牆上的一張德文告示：「學校依管制委員會指示停課。」附近站著幾位英國憲兵，欄杆旁邊停著三輛軍卡，後面有帆布覆蓋。一名上尉以德文指示兒童：

「十三歲以下的人可以自行回家，十三歲以上的人如果力氣夠大，可以協助瓦礫清除作業。勞動者可飽餐一頓、領取糧票、然後在天黑前被載回此地。」

現場響起一陣歡呼聲，年滿十三歲的人——許多明顯不足齡——開始往前往廢墟的軍卡移動。今天有飽餐一頓、明天或許也不必挨餓的誘惑太大了，他們無法抗拒。儘管芙莉達早上吃得還算飽，回家也能再吃一頓，她卻寧願在外面蹓躂，不想回家。她跟隨飢童，爬上軍卡後面。坐她身旁的男孩年約十四，是「瓦礫作業」的老手。軍卡駛向西郊阿通納區，路程顛簸搖晃嚴重，他忙著吹噓自己的收穫：

「這種工作還不賴啦。我有一次撿到一條項鍊，換來一整隻雞。而且，他們會讓你好好吃一餐。上次去的時候，我們吃到麵包和香腸肉濃湯。」

「是真的香腸嗎？」另一男孩問。「通常裡面包的是狗肉。更糟也說不定。」

「是真的香腸啊！」男孩說：「油煎香腸、牛肉香腸、蒜腸、合菜香腸、平克香腸、風乾香腸、和配啤酒吃的大香腸……」每一種香腸的品名從他嘴裡慢慢吐出，語氣崇敬，充滿憧憬，在眼前的空氣裡勾勒出一整間熟肉店，原本已睜大的孩童眼睛對這場盛宴奢望成金魚眼。

二十分鐘後，孩子們從帆布下面跳下車，置身阿通納區的廢墟裡，有些地方被夷為平地，居然能一眼望穿聖保利區，看見奇蹟似完好如初的幾棟舊倉庫，也看得到克爾維德島（Kehrwieder）和凡德拉姆島（Wandrahm）的運河。一群婦女排成一條作業線，交互傳遞廢棄物到隊尾。有些婦女見到兒童前來幫忙，露出不悅的神色：「看看這些個小老鼠，想過來跟我們搶配糧。」

芙莉達和同伴排成一行。接她磚頭的是一位年輕人，大約十七歲，周遭所有人的浮躁心思似乎影響不到他。他具有一份懶洋洋的精力，施力毫不費工夫，身穿鈕釦一顆不缺的藍夾克，外觀體面。她一面把廢棄物傳給他，心不在焉的她一面不知不覺唱著從前的納粹少女聯盟歌（「我們將繼續挺進，縱使萬物皆粉碎，因為今日將聽見你我的是德國，明日傳遍全世界。世界因大戰而斷壁殘垣，但你我百無顧忌，重建指日可待！」）

唱到第三段，她感到他的手暖暖握住她手腕。

「小心，小姐！」他打斷歌聲，兩眼盯著英國衛兵看。「他們有些人可能認得出這首歌。」

「管他去死，」她說。對這位鈕釦不缺的帥氣青年講出這句話，她覺得既心曠神怡又神力大增。

他審視著芙莉達。「妳的年紀沒有小到不會被槍斃吧。妳幾歲？」

「十六。」她謊報。

短短幾碼之外，兩名英國士兵邊抽菸邊談笑，馬馬虎虎監工。

「他們笨透了，」她說：「跩成那樣，以為這地方是他們的。」

他笑起來。「賣命的人是我們。隨地亂站納涼的人是他們。所以，笨的是我們。」

芙莉達臉紅了：幼稚的想法被點破了。她繼續傳磚塊，噤聲不再講話。有這青年相伴是一件樂事。她能嗅到他汗味夾雜培根香，欣賞他筋肉糾結而無毛的前臂。每次他傳一塊磚頭給她，她能瞥見手臂下面有一道疤或胎記，形狀像數字88。被看見了，他停止動作，伸手放下袖子。

「喂！金髮妞！」士兵突然吆喝，令芙莉達嚇一跳。「繼續動作！『快！』」

青年扣好袖口，繼續工作。過了幾分鐘，他抓住她的視線，面帶猶豫而好奇的神態。

「我叫艾波特，」他說：「妳叫什麼名字？」

「芙莉達。」

「芙莉達。」他跟著覆誦。

她從小就討厭這名字，也不喜歡小名芙莉蒂，但這三個字透過他的唇發音，聽來格外新穎，相當高貴。

「我喜歡妳的名字。不錯的德國名，」他繼續說。他的仰慕之情如棉被覆蓋她。

「字意是……姑娘。」芙莉達說。

聽見這話，他拉起小手，禮貌性握一握。

「妳的確是，」他說：「一個端端正正的德國好姑娘。」

作業線前面傳來一聲：「屍體！」所有人聞聲暫停動作，朝喊話的女人方向望去。女人這時從她發現屍體的地方退一步。其他婦女靠過去，合力扳開更多磚塊，露出一根手臂枯骨，手掌歪成懇求的角度。這群婦女加緊刨開磚頭，彷彿和時間賽跑，想爭取救人的時機。幾秒後，整具人骨見天日了，隨即再挖出一具，較大的一個趴在較小的一個身上，位於兩腿之間，可見遇難時兩人正在交媾。婦女們見狀語塞。

芙莉達脫隊上前看個仔細。她凝視著臨死擁抱的愛侶，深受一股異樣的吸引，和其他圍觀民眾顯露的唾棄神色不同。

「好了，各位。向後退。快一點。去你的，看什麼戲！」

兩個英國士兵過來，趕走大批瞠目以對的德國人，自己湊過去看個究竟。兩具枯骨躺在一個小洞，其中一士兵跨站在上面，低頭看著。

「這種死法不賴嘛，」他對同袍說：「熄燈前再幹最後一炮。」

「看他們這樣，好像能一直爽到現在喲。」同袍回應，逗得兩人大笑一陣，隨即發現仍有旁人在圍觀。「走開啦，你們這群人。還不回去工作！」

芙莉達無法動彈。死人各戴一枚結婚金戒指，她直盯不放。至少這一對能死在一起，能同時赴黃泉。不像她父母親。跨站墳坑的士兵也看見金戒指了。他彎腰下去摘除，匆忙之間折斷一根手指，然後舉起兩枚戒指看黃金純度，最後才遞其中一枚給同袍。「反正死了帶不走。」他說著把戒指收進口袋。「用袋子收骨頭！」他以德文對婦女叫嚷。

芙莉達回自己隊伍，站在艾波特旁邊，淚水在眼眶裡打轉。催淚的因素與其說是同情這對夫婦，倒不如說是對元凶蔑視到極點。另一因素是她懷念屍體始終不見天日的母親。

「這裡的採光要充足才行。我想請妳搬這些。海葛？幫我搬盆栽？」

瑞秋對著她看不順眼的植物比手畫腳。凸窗之一擺滿了盆栽，遮住她嚮往已久的陽光。在英國，她在低矮昏暗的房子裡忍受好幾個月了。除了在溫室裡，除了無所不在的葉蘭盆栽之外，瑞秋從未見過室內重要的一廳種植這麼多植物。也許，在德國家裡，擺滿灌木能顯示品味出眾，但她無法和這些花卉共生。

海葛走向第一棵擾人的植物——一株綠油油近乎塑膠的絲蘭樹，彎腰想抱起來，一時猶豫一下，望向瑞秋，伸出遲疑的手指，指著門口，以再度確定女主人的意思。

「是的。搬它們去另一間。謝謝妳。」瑞秋為彌補不懂德文的缺憾，講英文時發音太仔細，無意間在「妳」上面加重音，女傭海葛似乎為了這話微笑起來。海葛搬走盆栽，一面嘻嘻笑著，旋即為自己的笑聲臉紅。可能是緊張使然，沒有顛覆的意思，但瑞秋仍對嬉皮笑臉的女傭感到煩躁，好像女主人的要求能證明外國佬具有某種怪癖。

瑞秋正在新家首度宣示主權，講得言簡意賅，連艾德禮首相聽了也必定能認同。基於語言不通，也缺乏指揮下人的經驗，就算她的口氣嚴厲度超出本意，她也一定要從一開始就施展下馬威，以界定兩家同住一棟房子的規範。然而，家裡有再多軍方發放的英國陶瓷杯盤，家具再如何易地擺設，都無法改變一個事實：她住的是別人的家，睡的是別人的床，在別人的領域裡活動。但是，她策動的一些改革，例如移除盆栽，走廊的裸體雕像以布幕遮羞，飯廳椅子換成較舒適的廚房藤椅，反而更進一步確立這房子的風格。瑞秋在房子裡走動時，幻想自己聽得見房子從牆裡沉聲奚落她：「妳不屬於這裡，永遠休想。」

這份自信似乎能滲透進居家雇員身上。這三人儘管表現得唯命是從，鞠躬點頭顯得機械化，她確定他們視她為冒牌貨，認為她是個天真無邪的女暴發戶。尤其是面露疲態、惜言如金的貴妲。貴妲在魯伯特家效勞最久，效忠的對象也最久遠，常擺臉色給瑞秋看，表情威風，面露失望之意，類似服侍過歷代皇后的皇室僕役，總覺得沒有一代比得上最初的皇后。瑞秋意識到，這房子仍以前任女主人為軸心，她的餘威尚存，而最能彰顯這一點的是雇員的表情和儀態。雇員聽見命令時的遲疑和躊躇難以掩飾真正的立場：「我們家夫人絕不會做那種事。」

打從她第一次巡視這房子，她就發現自己和房子本身陷入一場小型戰役。擾人的不只有盆栽：家具和多數裝置設備都令她極為厭惡。她知道，這房子可以說是極品，但她無法愛上這房子的風格，更談不上欣賞。雖然她能認同各廳室的空間比例配置，她卻對極簡式家具感到畏懼，絲毫沒有這類家具給人的解放感。她追求採光和空間，卻需要撫慰和熟悉感。假如有人請她描述這房子，她會用「摩登」一詞形容，而且語帶貶義。以椅子為例，這裡的椅子似乎全被簡化為最基本的功能，毫無柔軟、舒適、魅力，令瑞秋找不到她認為椅子必備的條件。同理，碗櫥、檯燈、餐桌亦然，沒有一項東西美觀、輕薄、舒適，一切全顯得有點自作聰明，有點臨床醫學感，無法和心靈感應。她是中產階級威爾斯婦女，從小習慣維多利亞風格深色木製家具、煤炭壁爐、直立式鋼琴、講求實際而不引人反感的城堡複製畫和植物素描，對她而言，這裡礙眼的東西太多了。唯有客廳，裡面有黑檀木色的貝森朵夫（Bösendorfer）鋼琴和軟墊凳，勉強稱得上是她可能會想坐一坐的地方，條件是先移除角落那張怪椅子，也許換來主臥房那張式樣簡單、稍嫌太方正的雙人座沙發，如此或許她才會感受到家的味道。

討厭的怪椅子是鍍鉻框的皮躺椅。她定睛仔細看。這椅子真能坐人嗎？像進行痛苦的手術用的治療椅。也許這不是椅子，也許是手工藝品。也許兩者皆是。也許妙就妙在這裡。不管本意是什麼，她都不喜歡這椅子。

「妳應該坐坐看。」

她轉身發現魯伯特先生。不知為何，他穿著修車工的海軍藍連身服，一手拎著一大串鑰匙，神態微慍，頭髮亂糟糟，像剛洗完頭就睡覺，整顆頭怒髮衝冠。路易斯總是塗髮油向後梳，髮型維持得一絲不苟，當成制服的一部分；魯伯特的髮型放蕩不羈，有孩子氣，看起來像逃兵，也像儘量不從俗的藝術工作者。

「這是密斯．凡德羅的作品。聽過建構派（House of Construction）嗎？」

瑞秋被他嚇到——服裝、頭髮、隨和的態度——一個字也沒聽懂。

「那張椅子，」魯伯特解釋。「值得坐坐看。這造型是有史以來發明過最舒服的椅子之一。」

「看起來不像，」瑞秋說：「看起來——正好相反。」

魯伯特微笑，笑得有點太趾高氣揚，略顯不熟裝熟。

「嗯。妳的見解很有意思。設計師的用意是想排除『贅飾』……我沒用錯詞吧？」

瑞秋仍在思忖該如何應付這場合。什麼樣的態度才合宜呢？對這話有何感想？他為什麼穿藍色工作服？他的英文……這男人的英文自然而流暢，她不時必須提醒自我，對方是德國人，絕不能和他交好，交流以務實為重。但他依然自顧自地講話。

「他屬於包浩斯學派的人。他們想簡化事物，」魯伯特繼續說：「回歸實用。這是他們的哲理。」

「把椅子設計得舒服一點，能扯到哲理嗎？」瑞秋說，令自己吃驚，覺得這話夠嗆了，能為這段已經拖得太久、令人不自在的對話劃下句點。

魯伯特的臉色一亮。

「不就是嘛！在每一項手工藝品的背後，在每一件物體背後，都有一套哲理！」

她想終結這段對話。再講下去，勢必為將來互動立下一個不良的先例。她原本計畫設定的明確分界線——已經開始劃定的分界線——已經遭突破了。

魯伯特伸出手上的一大串鑰匙。

「身為這房子的女主人，妳應該保管這串鑰匙。哪枝鑰匙能開哪間，這上面全有標籤注明。」

瑞秋接下鑰匙。「女主人。」她不覺得自己是，也不信自己扮演這角色的信服力多大。

「希望妳昨晚睡得香甜，摩根夫人。」他接著說。

瑞秋往壞的一方面想，把無惡意的客套話聽成得寸進尺，因此決定向他宣示主權。

「魯伯特先生，我想一開始就跟你把話講清楚。和你同住一棟房子的安排讓我覺得彆扭——我認為，我們溝通時，最好只針對有必要溝通的事項討論。當然，我們必須保持以禮待人，但我們不宜……硬擺出友善的樣子……這樣對目前的情況……有害無益。我們必須劃清明確的分際線。」

聽她以專斷的口氣中止對話，魯伯特點點頭，但他似乎絲毫不放在心上，繼續以極為無憂無慮的笑臉面對她，令她震驚。

「我會盡我所能不要表現得太友善，摩根夫人。」他說。語畢，他鞠躬退下。

「早安，各位。」路易斯以德文說。

「早安，總督先生。早安，上校先生。」

「今天天氣很……kalt（冷）。」路易斯繼續說德文，雙手抱胸，以戴手套的手拍拍自己手臂。

大家都有同感。今天的確非常 kalt。

英軍在平訥貝格區（Pinneberg）徵用舊圖書館，做為總部，門口常有德國民眾排隊，路易斯已養成向他們打招呼的習慣。今天隊伍比平日來得長。寒冬將至，從白白的呼氣可見一斑。通常溫順聽話的民眾今天顯得畏懼。換季在即，流民迫切想在流民營申請到床位。

路易斯向大家道早安，向婦女鞠躬，對兒童微笑，對男人行禮。兒童對他嘻嘻笑，婦女行屈膝禮，男人舉手回敬，同時揮一揮手上的文件，盼能藉此通關進入有床有屋頂的國度。路易斯利用這種心繫民眾的舉動，設法安撫民眾，向大家保證一切沒問題，生活即將重回軌道。但事實是，博南姆少校在車站痛斥的饑荒症口臭仍在，路易斯雖已練就了聞臭不蹙眉的本事，口臭卻能提醒大家，儘管盟軍占領德國已經一年多，至今仍無法滿足最基本的民生需求。

進入總部之後，路易斯在心中記下，應該下令撤除辦公室周圍的帶刺鐵絲網。防範誰入侵？避免什麼危害？路易斯不確定，但管制委員會似乎認定怪人怪獸滿街跑：不服盟軍戰勝的傳奇民兵團狼人防衛隊、在瓦礫堆拾荒的野孩子，以及身染惡疾、一心想獵捕男人的德國婦女。有風聲指出，哈根貝克（Hagenbeck）動物園被炸垮後，逃生的動物仍在漢堡郊區流竄。上級規定架設醜陋的鐵絲網，若說真能發揮什麼作用，充其量是讓英國人變成動物園裡的動物，本地民眾成了遊人，對著籠中緊張的珍禽異獸擠眉弄眼。

威金斯上尉躲在辦公桌裡面，閱讀著一本小冊子。

「早，威金斯。」

「早，上校。」

「你在讀什麼？」

「這本叫做《德國品格》，作者是凡．庫岑姆准將。管制委員會規定我們拿出來溫習裡面的東西，拚命叫我們在實施計畫之前，先掌握德國人險惡的心態。他講的東西有道理。你聽聽這一段：『就算表面上不流露仇恨心，恨意照樣在表面以下的淺層燜燒，蠢蠢欲動，爆發時充滿狠勁和怨恨。切記：這民族明明戰敗了卻不肯面對現實。』」

路易斯仍站著，拖延坐下的那一刻，因為他認為坐辦公桌有損男性氣概。他看著年輕的副手，幾乎壓抑不住氣急敗壞的態度。

「威金斯。你來這裡多久了？」
「四個月了，上校。」
「你和幾個德國人講過話？」
「照規定，我們不太能和他們對話，上校——」
「你不可能沒和德國人講過話吧。一定觀察過他們。至少遇見過一些人。」
「一兩個，上校。」
「遇到他們時，你有什麼感受？」
「上校？」
「你怕不怕他們？你能感受到他們的恨意嗎？你看著他們的時候，會以為他們全想造反，只等同胞帶頭掏手槍開火嗎？你以為，德國人只等著訊號一來，就起義推翻我們嗎？」
「這很難講，上校。」
「再難也講講看。你有沒有見過大門外面排隊的民眾？那些流浪兒、無家可歸的小孩、瘦成骷髏、臉色枯黃、臭氣沖天、沒房子可住的人，頻頻哈腰奉承，急著找東西吃、找地方睡。你看到那些人，難道會心想：天啊，沒錯，我應該提醒他們，他們已經打敗仗了。你會嗎？」
威金斯正想嚅嚅回答，路易斯等不及，繼續訓話：
「在我遇到的德國人當中，沒有一個難以相信德國已經打敗仗了，威金斯。我認為，他們全接受了，而且是欣然接受，鬆了一口氣，沒有一個人例外。他們和我們之間真正的差別只有一個，就是他們被搞得徹底全面沒屁可放，而他們有自知之明。拖了這麼久還沒辦法適應的人是我們。」

「上校。」威金斯放下惹長官生氣的小冊子，拿起爭議性偏低的文書。他面露近似受傷的神色。長官今天的口氣出奇傷感情。

路易斯立即舉起一手，表示歉意。他剛說的話字字出自肺腑，可惜語氣太過於強硬，參雜累積數日的惱怒和失望。自從瑞秋抵達漢堡，他天天有這兩種心情。他一直睡不好。雖然他告訴自己，也告訴瑞秋，睡不好的原因是，這幾個月他睡多了軍方徵用的旅館床，習慣能自由伸展雙腿進涼涼的床角，但實情是，夫妻倆的團圓和他期望的完滿有落差。他本來希望，瑞秋能秉持當年的興致適應新環境——婚後，小倆口在什里弗納姆村（Shrivenham）租屋，光線昏沉，缺乏色彩，她卻適應良好。外在條件改變時，她原本能靈活應付，如今卻顯得缺乏動力，凡事都惹她心浮氣躁。他也是「凡事」之一。麥可之死對她的打擊比他預期沉重，他不僅誤判喪子的影響，更講了不該講的話，然後乾脆不講話，令情勢雪上加霜。在這裡，相形之下，在工作場合，他暢所欲言，情緒無保留，信念堅定；與瑞秋同在時，他體驗到一種被勒得無法言行的感受。重逢至今兩星期了，兩人仍沒有「溫存一下」。

當然，上述情況不能歸咎威金斯，也和威金斯無關。

「威金斯，我建議你多出去外面走走，多認識一些人，這樣做，最能破解小冊子裡那種光說不練的鬼話。總部設在這裡沒有好處，不過你最好往東邊走幾英里，去見識一下現實狀況。去好好相處。這是命令。」

「上校——」

有人敲門，探頭進來的是巴克上尉，以快活的圓臉探查情勢，察覺氣氛不對勁，決定把身體留在走廊。

「上校，來應徵的婦女正等著面試。」

「好，巴克。謝謝你。有多少人？」

「我精挑細選出最後三個，上校。」

「怎麼篩選？」

「挑最漂亮的，上校。」

路易斯允許自己露出微笑。英國占領區成立以來，吸引不少適應不良的英國人，有些是在印度殖民地被裁撤的冗員，有些是外來投機客，也有不得志的公務員和怠惰成性的警察，但其中不乏寶貴的人才。巴克令路易斯如獲至寶，因為他事事盡心盡力卻以最輕鬆的態度看待。巴克來德國，既不是貪圖小利，也不是因為在別的領域不得志。他說他的來意是做大事。剛來報到的這批年輕軍官當中，很多人懷抱著妄想，或興趣太濃厚，巴克似乎沒有這兩種毛病。個性篤實的他在一群蠢材裡分外耀眼，讓路易斯覺得有青年才俊可用。

「她們的英文好嗎？」

巴克回頭望走廊一眼，暗示應徵者聽得見對話。「每一個都流利，」巴克說：「為了去蕪存菁，我叫她們列舉英國足球隊，越多越好。其中一個居然提到克魯·亞歷山卓隊（Crewe Alexandra）。」

「你覺得，情報處也用這麼高深的徵才法嗎？」

「當然沒有，上校。情報處盡挑醜八怪。」

路易斯先面試提到冷門球隊的一位。她進辦公室時，路易斯起立，帶她走向辦公桌對面的椅子，請她坐。桌上堆著檔案，妨礙視線，被路易斯推到一旁。她戴寬沿帽，身穿絨袍，看似爭取婦女投票權的貴族，腳踩大一號的軍靴更加強這份印象。她的寬臉稜角分明，濃眉狼眼，靈異目光能在注視路易斯的同時看穿他的心。他心生異樣的似曾相識感。儘管兩人素昧平生，他仍不禁臉紅，彷彿這能證明他內心深處圖謀不軌。他把持住自己，瀏覽著巴克倉促打好的報告。

「娥蘇拉·鮑陸斯，一九一八年三月十二日生。出生地維斯馬（Wismar）？」

「是的，沒錯。」

戰禍使得年齡難以猜測。慟失親屬、流離失所、物質匱乏、飲食持續失調，使得人人都顯老，對婦女的衝擊尤其大。臉皮的小細紋推擠成蒼老不均勻的皺褶，頭髮變白變稀疏，有些人扯頭髮消愁，有些人飽受驚嚇，頭髮的光澤和活力盡失。和一般二十八歲的民眾相較之下，路易斯從她表情看出更多歷練、更多智慧、更多痛苦。

「妳家住綠根島（Rügen）？」

「是的。」

「妳是怎麼來漢堡的？」

「我走路來的。」她低頭看靴子。「對不起。我尚未找到更好的鞋子。」

「鮑陸斯夫人，我不看服裝選人。妳英文是在哪裡學的？」

「我在島上的小學教英文。」

「妳不想待在綠根島？」

她搖搖頭，路易斯理解她的苦衷：「俄國人。」

「他們對德國婦女不友善。」

「這說法太含蓄了。」

「這是……委婉語？」她試問，以確定措辭是否得體。

路易斯點頭。高桿，套句美國人的口頭禪。

「妳會講俄文嗎？」

「一點點。」

「可能派得上用場。如果給蘇聯人作主的話，我們可能全都要講俄文。」

路易斯再看巴克整理的報告。

「妳戰時在洛斯托克（Rostock）海軍基地服役過。職務是什麼？」

「我那時是……英文稱為速記員。」
「妳先生呢？他現在有工作嗎？」
「戰爭開始沒多久，他就死了。」
「很遺憾，對不起……這上面寫說妳已婚……」
「呃。我現在是的……直到我再婚。」
路易斯舉一手表達歉意。「我了解。妳的先夫曾經在納粹空軍服役。」
「『先』……你指的是『亡』？」
「是的。」
「是的。他死在法國。在開戰的頭幾個星期。」
「遺憾。」路易斯舉起手掌，不耐煩地抖腿。「嗯，鮑陸斯夫人，應徵口譯員的德國女子有幾百人，我為什麼應該錄取妳？」
娥蘇拉對他露出詭異的微笑。「女孩子非保暖不可。」
路易斯以微笑回應她誠實的回答。他隨便翻閱另外兩位應徵者的資料，象徵意義居多，因為他心裡已有定案。他勢必要面試另兩位人選，但兩人都無法推翻他已做的決定。急著錄取，一方面是他想速戰速決，不耐久坐辦公桌，另一方面是他甚至還沒評估她的英語能力高低、是否適合擔任口譯員，她就已經贏得他的心。她這一型的人散發任勞任怨的風采，他需要多多和這種人相處。此外，他也想認識一下她的靴子——來自何方、行經哪些路、有何歷練。他能想見自己——日後，也許在他車上——問她靴子的來歷，聽她訴說為了逃離俄國人而從綠根島一路步行到漢堡的經過。剛送來的盒子裡裝著問卷，他伸手取出一張給她。

「硬性規定妳要填寫一份。裡面有些問題很無聊，我先向妳道歉。」路易斯接著從抽屜再取出一小本英軍糧票，撕下兩張送她。

「拿去換新鞋子穿吧。」猶豫的她收下，似乎不太確定他用意何在，擔心被他試探。

「請收下，」路易斯鼓勵。「總督的口譯員總該體面一點吧。」

娥蘇拉聽了卸下心防，嘆氣時宛如憋氣憋了太久，隨後伸手向路易斯，以雙手包住他一手，握一握，感謝他，脫口而出的是德文，隨即改以英文：「謝謝你，上校。謝謝你。」

「英軍、俄軍、美軍、法軍。英軍、俄軍、美軍、法軍。
天天搶走我們的東西，
我們天天聞臭氣，
英軍、俄軍、美軍、法軍的臭氣。
英軍、俄軍、美軍、法軍的臭氣！」

野孩子幫唱著打油詩，起先音色柔和，越唱口氣越激烈，唱到「臭氣！」幾乎口沫橫飛。唱歌並非想造反，較大的作用是分心，想盡可能淡忘逐漸爬上身的寒意。這一次，大家唱完兩次就唱不下去了。

奧茲坐在行李箱上，丟一本讚美詩合集進火堆，火焰從綠轉藍，最後變橙紅色，大家湊近炸彈坑邊緣，吸收微弱的熱氣。奧茲想講話，正在心中打草稿。一而再、再而三搬家，大家搬煩了，但下一步是非搬家不可。

他們在哈根貝克動物園待過三個月。動物園辦過猿猴與岩石展，人造峭壁下面有個山洞，他們躲在裡面住了三個月，沒被人發現，後來，他們以這座荒廢教堂為家。這座殘破的上帝之家是安全的棲身所，但也不盡理想，屋頂被炸彈敲出一個破洞，在聖壇炸出一個大如一輛轎車的坑，適合燒火禦寒，拆教堂的硬木長椅當柴燒，揮霍無度，結果寒流一來，沒柴可燒了，他們只好以書本當柴薪，先從身邊找得到的聖書下手。以書生火很容易，但燒得太快太亮，製造的熱度薄弱，不是理想的燃料。迪特瑪在大學舊圖書館撿到一本《華特．司各特全集》（*The Complete Works of Walter Scott*），用手推車運回來，可惜幾小時就燒光了。一百萬字，竟然只夠五個小孩取暖一夜！現在沒東西可燒了。奧茲看著讚美詩的最後幾頁焦黑，飄進圓頂天花板，決定採取行動。他拍拍手。

「聽著。明天，我們下去易北路。那裡的河邊有房子，英軍的高官現在住裡面，房子草坪延伸到河邊，房子裡面的浴室多到每人能分到一間。所有的好房子全被英軍占走了，不過，不是每一間現在都有人住。有時候，他們會在房子外面寫說『徵用』，在英軍家庭搬進去之前其實空著，他們會忘記裡面沒人。波提找到一棟，他說我們很快就可以搬進去。」

「我喜歡這個上帝之家，」奧圖說：「我們住這裡很安全啊。又沒人管。」

「我們不能再住下去了，」奧茲堅持。「你們半夜一直發抖，煩得我睡不著。我們自己去找一棟銀行胖子老闆的房子，裡面有椅子有床有黃金水龍頭。各人有自己的浴室。浴缸大到水能淹到膝蓋。不像漢默布魯克區，我們以前住那裡，聽得見隔壁老傢伙朗格麥在浴缸放屁。等我們找到房子以後，我們可以去流民營，拐騙波蘭和普魯士來的難民。那些王八蛋啊，快狗急跳牆了，什麼事都做得出來。他們全想拿到證件，全想找工作找食物。我們可以好好跟他們做生意，很快就能變成大富翁，自己在河邊買房子住。」

「要是我們找不到空房子呢？」奧圖問。

「找不到，我們就去英軍最高官的餐桌撿剩菜。」奧茲吸一口氣，表示不耐煩。「恩斯特？你跟不跟？」

恩斯特點頭。

「西弗利？」

西弗利舉手。

「迪特瑪，你跟不跟？」

迪特瑪沒注意聽。倒塌、崩裂的祭壇壁飾畫著耶穌生平四大事蹟：誕生、施洗、受難、復活，迪特瑪正用手指描摹畫面上的金銀絲。他撫摸著白色花崗岩雕刻，想從冰冷的岩面解讀耶穌故事。他穿著充氣救生衣，哨子和手電筒垂吊著，他拿著手電筒，細看耶穌圖。壁飾被炸彈從祭壇轟下來，墜落地板，裂痕從上至下貫穿。奧茲需要迪特瑪贊成。儘管迪特瑪的腦袋被嚴重「燒腦」，經常反覆自言自語不停，迪特瑪的外表比其他弟兄成熟，而且熟悉市區各地，因此幫得上忙。

「迪迪？」

迪特瑪仍醉心於宗教文物。「這上面畫的是什麼？」他問，手指描摹著耶穌。

「他是基督耶穌，」奧圖說：「世界救星。」

霎時全體沉默不語，原因是崇敬和不知所措各占一半。

迪特瑪拿著微弱的燈光照亮施洗圖。「他頭上怎麼會有一隻鳥？」坐地上的他開始搖擺上身。「鳥為什麼在那裡？」

迪特瑪非問出答案不可，身為首領的奧茲有必要回答。救星半身泡水，頭上有一隻鴿子盤旋，奧茲看著，腦海浮現母親灌輸的相關《聖經》故事片斷，混淆不清，他用來拼湊成一套說法。

「耶穌跟一大堆動物住在船上。不過他真的很喜歡鳥。特別是麻雀。」

迪特瑪已經移到十字架圖，看了頗為激動。

「他們為什麼要殺他？」迪特瑪問。「他們為什麼要殺他？」

「鎮定一點，迪迪！又不是真的。」

「他們為什麼殺他？為什麼？」

「他是猶太人。」西弗利說。

「他是猶太人。他是猶太人，」迪特瑪反覆說，心情似乎因此平復一陣子。「他是猶太人。他對動物講話。他住在船上。」

「我爸替我取一個德國名字，不是基督徒的名字，」西弗利說：「他說基督徒是弱者。」

「英軍是基督徒嗎？」恩斯特問。

「英軍信奉民主。也信溫莎國王。」奧茲斬釘截鐵說，希望砍斷這話題。

「我們怎麼能信任英軍？」西弗利反駁。「他們一下子想宰了我們，一下子又發巧克給我們吃。」

「好了，別再囉哩囉嗦了！」奧茲說，氣得嗓音更沙啞。大轟炸期間引發全城火風暴，他吸進太多煙霧和粉塵，肺臟機能減弱，嗓音也變成沙啞詭異的低語。他的家被英軍剷平，鄰居家也付之一炬，粉塵和屍體燒成的廢氣卻送給他一份意想不到的資產：沙沙咆哮聲似乎能把小孩嚇得乖乖聽他話，成年人聽了不是覺得有趣，就是隱然心寒，對他有求必應。現在，他站上行李箱。「我比你們任何一個都知道，英國的重天使軍是怎麼把漢堡轟成大火球的。我親眼看到，看到眼珠子險些被腦漿煮熟了。我腦子裡有影像，不必花錢去一號廣場戲院（Einplatz）就看得到。我看得見房子的牆壁倒下來，畫還掛在牆上，我看得見鋼琴被轟上半空中，喀噹一聲裂開，書也被轟散了。全留在我的腦子裡。有時候，這些畫面不請自來，在大白天跳出來，我才不想看咧。現在，我看到其他畫面。例如亨利五世和《綠野仙蹤》的歐茲巫師。英軍還不算太爛。對啦，英軍開的是那種胖嘟嘟的飯桶車。不過，他們有好東西能分給我們。我們不必像以前那樣假裝快樂。不必每隔四秒就起立、坐下、敬禮。現在，你們想說什麼就說什麼，不必怕被損友檢舉、腦袋瓜被轟掉。這叫做民主。而且，大小事都能被英軍拿去開玩笑。連領袖的卵蛋也一樣。」

恩斯特爆笑起來，但其他人面面相覷。即使現在，如此褻瀆希特勒也顯得太過分。

奧茲跳下行李箱，挺直腰桿站好。「我不想逗留在這裡。我們走吧。」

「我不想走，」奧圖說：「我喜歡上帝之家。」

「喂，奧圖，」奧茲說：「你想待在這裡隨你便，我們想去找一棟豪宅，裡面有個天殺的浴缸，有個天殺的床，軟到你以為升天了，何必住教堂？找地洞睡覺，我已經厭倦了。我也不想再住動物園和教堂。不久以後，我們就能和凱撒一樣享福了。」

奧圖隨時有被奧茲預言打動並抬走的準備。

奧茲跳進火坑，踩熄最後幾點餘燼，踏到灰炭氣絕。

「有誰想跟我走？」

恩斯特率先起立。

西弗利戴上帽子說：「我們去找個天殺的浴缸。」

沉醉在耶穌圖裡的迪特瑪終於抬頭，完成新的禮拜儀式：「我們去找個天殺的浴缸。」

第五章

秋去冬來，瑞秋覺得日漸短縮的白天越拖越長。由於路易斯整天辛勤工作，她以前常做的家事如今有下人代勞，因此她能做的事不多，做事的時間也太寬裕了。路易斯似乎預料到這現象，鼓勵她重拾彈鋼琴的嗜好。「我想念妳的彈琴聲，」他說，接著表示，「練琴有益健康。」每次她彈琴，路易斯總顯得真心感興趣，而且以盲目忠誠的口吻讚美，言過其實。但她心中有數，路易斯其實希望她能轉移心思，不要流連「無益身心的事物」。路易斯在流民營幫艾德蒙找到家教科尼格先生，因此每天早上在兒子上課時，她開始以小型貝森朵夫鋼琴練琴藝。

有如此精緻的樂器供她使用，想必她是求之不得，其實事情並沒有如此單純。大兒子麥可死後，她就沒有再碰鋼琴了。麥可生前學琴，吸收力強，因此鋼琴最能讓她聯想到麥可。從前家中有一台直立式諾貝克老鋼琴（路易斯以微薄的中尉薪餉勉為其難買的），麥可總在鋼琴旁徘徊，一再要求她彈唱舒伯特的驚悚曲〈魔王〉。這首歌曲調陰森而迫切，有悲劇的情節轉折，歌詞中的病童要求父親快馬加鞭，因為他深信魔王即將前來索命。

她先從較簡單的曲子練起，德布西（Debussy）的〈亞麻色頭髮的女孩〉（*The Girl With Flaxen Hair*），她不必看琴譜就能演奏。她勉強彈到一半，彈不下去了。泛音太重了。她額頭靠在琴蓋邊緣，儘量振作精神。非彈新曲子不可。第一天在大西洋飯店，路易斯是怎麼說的？「這國家需要一首新歌。」她想找一些不帶聯想包袱的歌曲，於是打開雙人座的鋼琴椅，發現許多散頁琴譜：一首巴哈序曲（太熟了）、一首知易行難的蕭邦〈夜曲〉（太傷感了），甚至找到她最愛的貝多芬奏鳴曲——他最後一首（太難了）。有人在每份琴譜的頂端以鋼筆簽名「C.魯伯特」。如果這房子的前任女主人每彈一首就簽名，她的琴藝肯定遠勝過在家自娛娛人的業餘鋼琴手，因為這幾首的難度頗高，技巧不夠傲人的鋼琴手怎可能練這種曲子自娛？瑞秋越想越好奇，好勝心也隨之醞釀。她在腦海素描克勞迪雅·魯伯特練琴的模樣，想像她演奏貝多芬那首空靈而複雜的三十二號奏鳴曲（想當然耳），群聚一堂的聽眾是瑞秋印象中的德國上流社會：反傳統派人士、藝術家、詩人、建築師，更有穿長統靴的軍官。在這幅理想化的圖像裡，她無形中的對手當然無懈可擊：克勞迪雅·魯伯特，一位智力過人、琴藝精湛的鋼琴師，四平八穩，充滿熱情與節制力，受到如雷掌聲時表現得十分謙遜。這場景的細節完整，獨缺女主角的臉。

瑞秋屈就舒伯特一首短曲〈瓦倫姆〉（*Warum*）她不認識這曲子，但她的視譜能力不錯，一練就通。童年時代，她彈父母親那台破舊的直立式鋼琴，優游音符之中，能瞬間遠遠飄離鄉村世界。她原本能以音樂為業，可惜結婚、生子、戰亂從中作梗，她的彈唱生涯局限在耶誕節和慶生會的合唱曲，偶爾在酒會上露一手而已。這一首看起來饒富趣味，曲風夠和緩輕盈，容易上手。一旦她進入狀況後，她能在停頓處體會到雋永，能在旋律裡體驗渴求的引力，宛如她巧遇一湖泊，面積雖小，底卻深邃無比，她縱身其中，一次又一次演奏著，如同為應考而苦讀的學童，決心熟練成專家，最後在音符裡忘我。幾月以來，今天是她首度敞開心扉領會事物的奧祕。彈琴賦予她一帖出其不意的良藥，不僅能讓她忘卻無益身心的事物，更能遺忘自身的處境。

十一月第一週，某天下午，瑞秋想趁路易斯回家前練一小時鋼琴。步向客廳途中，她聽見有人在演奏她的「新歌」——技巧差勁。她走進去，發現練琴的人是魯伯特先生。他穿藍色連身服，駝背敲著鍵盤，練習舒伯特，心無旁騖，想憑毅力彌補無才華的缺憾。他的手走走停停，腳太常踩強音踏板了。平常俊逸的容顏因用力過度而一臉傻相。

「魯伯特先生？」

一心一意不想按錯鍵的他，起初沒聽見來人。

瑞秋走向掀開的琴蓋旁，讓他不可能看不見，再喊他一次，音量加大。

「魯伯特先生！」

魯伯特嚇一跳，舉起雙手認錯賠罪。驟然站起來時，鋼琴椅腳在橡木地板上刮出聲音。他趕緊闔上琴蓋。

「Bitte verzeihen Sie mir, Frau Morgan。*」這是瑞秋頭一次聽他講德語。「都怪我沒先提

* 譯註：請原諒我，摩根夫人。

出要求。原諒我，摩根夫人。」

瑞秋不知該說些什麼，在無言的這一剎那，她在意別人眼光似的整一整頭髮。

「我以前習慣練琴半小時，」他說：「是個老習慣……難改。」

她考慮糾正他，卻又不想鼓勵他。但他繼續以老樣子說：

「我的技巧非常差勁。再練也一樣。很爛，我知道。不過，這對我有好處……我練琴不是想精進技巧，只是想……回憶和遺忘。妳的段數很高，我聽過。妳兒子告訴我，妳的琴藝不差。」

在此之前，兩人的交流次數少，對話也簡短，她從中意識到魯伯特先生藉發問引她上鉤。這次，雖然她想回應，她卻撤退至原先的立場，堅守當初條約劃定的分際線。

「有些方面，我們不是已經劃好了界線嗎？魯伯特先生。」

「是的。對不起。我本來想先徵求妳同意的。不過，今天工廠有抗議活動，我提前回家，想忘掉今天的事，結果竟然彈得忘我。對不起，摩根夫人。」他眉宇深鎖看著她，蘊意在放肆與好奇之間。她無法斷定。

在她無所適從的沉默空檔，魯伯特再度跨入。

「『摩根』。我一直在想，這姓在英國常見嗎？」

「是威爾斯人的姓。」她說，啃咬誘餌一小口。

「威爾斯，」他想著。「聽說是個美麗的小國家。」

「大到可以被轟炸。」

動不動扮演這角色，她不禁感到厭倦。她不情願卻扮演的角色不只「傲慢占據者」一個，另外還包括「哀慟的母親」和「疏離的妻子」。傲慢占據者的角色扮演起來最費力，而魯伯特見了半信半疑——甚至視若無睹。他只點點頭表示諒解，以柔克剛，擺出默然承受的風度，迫使她損人不成而臉紅。

「我會找時間和摩根上校商量讓你練琴的事。」她說，語氣是盡可能的退讓。

「謝謝妳，摩根夫人……我感激不盡。」附帶的微笑看似充滿誠心感激。

「你太太好像也彈琴吧？」瑞秋問，指著琴譜最上面的縮寫簽名。

「克勞迪雅生前多才多藝……她——」魯伯特講不下去。一提到妻子他就結巴。他放下心防，趾高氣揚的姿態消失了。「她是個徹底的音痴。她母親才是鋼琴高手。」

瑞秋一聽如釋重負，然而，魯伯特夫人聰慧絕頂的幻影破除之後，瑞秋更加好奇。他提起亡妻的口氣和眼神，吞吞吐吐的語調……

「我剛在想，這曲名不知道是什麼意思？〈瓦倫姆〉（*Varum*）。是不是『為什麼』？」

她照德文發音，把W音唸成V，對他提問，算是讓他一步。在這之前，固執的她拒絕照德語發音。

「這不太能直譯。字面上是『為什麼？』不過，比較接近『這事為什麼發生？基於什麼原因？』大概是這樣吧，我想。」

「意境很……柔美。」

「意境很……壯麗。」

瑞秋點頭表示贊同。這曲子的確是仙樂。可以說是「徹底」的仙樂。然而，這兩人言語一來一往，猶如旅客倏然明瞭自己踏進地圖上沒有的路，走得太遠，進入未知領域，這時瑞秋查看心中的指南針，停下腳步。

「我會去找摩根上校商量看看。」她說。語畢，她微微一鞠躬，離開客廳。

在圖書室，艾德蒙一手順著一本又一本的書脊摸，千百個世界任他遨遊。他進這裡不是找書讀，現階段摸一摸就夠了。他今天只想探勘新家新樂園的情勢。這房子樓板寬敞，風格奧妙難解，有科幻小說才有的家具，鮮事難以預料，提供他夢寐以求的所有故事和奇遇。的確，這房子與其說是個家，不如說是一座活生生、渾然天成的舞台劇布景，全劇由他擔綱演出。母親是個緊張的臨時演員，台步蹉跎，艾德蒙卻不同。他有老搭檔卡斯伯特為伴，在屋內各處遊走，活像他想領銜偵破懸疑案。

在這舞台上，芙莉達是明顯的反派，她的行為非但無法讓他知難而退，反而為她增添魅惑力。第一天他在樓梯間撞見芙莉達，他見到無法理解卻想再看的東西，深受吸引，因此再來通往魯伯特家的樓梯，盼能再一窺究竟。裝滿尿的夜壺送上門，看似警告，但也是一種邀約。照理說，他收到夜壺應該噁心才對，應該明瞭其中象徵的危機（他考慮向父母報告），但他也知道，那事件正帶領著他前進好玩的地帶，例如一道跨越河谷的險橋，對岸是一片濃密的異國叢林，充滿神祕的氣息和聲響。荷蘭台夫特藍瓷夜壺裝滿她的尿，連尿騷味也玄之又玄，倒進馬桶激盪出的嘩嘩聲更是令他神往。

「你有沒有特別想找哪一本書？」

魯伯特先生進圖書室。他仍穿著藍色連身服，目的地是客廳。若說芙莉達是艾德蒙的死對頭，目光爍亮的魯伯特先生算是他意外的盟友。訪德須知裡列舉不少德國人的特徵，筆調充滿權威，艾德蒙卻覺得一項也不適用在魯伯特先生身上。他既不顯得高高在上，也不倨傲待人，只是談吐有自信，態度親和。他的態度也不嚴肅，不陰鬱，神色帶有一份輕盈。他的眼神晶亮，鼻孔擴張，嘴角上揚，表情總在瀕臨歡笑邊緣。相處幾星期以來，艾德蒙居然覺得自己欣賞這德國人。魯伯特先生似乎真心對威爾斯感興趣，想認識威爾斯的一切（「威爾斯是怎樣的一個國家？」），想了解大戰期間的生活（「戰時你父親常不在家嗎？」），甚至關心他母親是否適應新家（「我希望她住這裡能有家的感覺。」）。何況，他懂得不少事物。上一次，他在走廊遇見他，魯伯特先生指出，他在樓梯間玩的金屬紅衣玩具兵是喬治三世國王派去討伐美洲叛軍的將士。英王喬治三世具有日耳曼血統。

「我只是隨便看看而已，」艾德蒙說：「這裡全是德文書嗎？」

「多數是。不過，有幾本是英文。尤其是童書。你想讀儘管拿去讀。另外，如果你用心找，可以找到密室。」魯伯特先生改以神祕兮兮的語調，回頭檢查女傭或母親是否在場，隨即伸出一指，在書架第二層遊走，劃到一半，停在一本書上，抽書出來，讓艾德蒙看封面。炭筆素描的封面畫著四人，坐在破舊的馬車上，像正在逃離不知名的災難，德文書名是「*Vom Winde verweht*」。

「《亂世佳人》，」魯伯特說：「這是我妻子最愛的一本書。」他停下來，頓時變得感傷內省，令艾德蒙聯想到母親心神飄向遠方的模樣。但魯伯特先生很快振作精神，繼續說：「我們在開戰頭幾年看了這齣電影。她覺得電影不如小說好看。我們還為了這事爭辯。我非常喜歡這齣電影。克拉克．蓋博，『老子我才不管！』」

艾德蒙不懂這台詞的出處，但欣賞魯伯特模仿美國腔，「老子」講得充滿喜悅和風格。

「你看過這齣電影嗎？」

「我媽看過，」艾德蒙說：「她和我阿姨一起去看。」

「電影演得非常刺激。你媽媽的長相有點讓我想到費雯．麗。言歸正傳。你看看這裡的空格。」魯伯特指向書架上的空位，伸手進去，取出一個色彩繽紛的盒子，裡面是古巴雪茄。接著，他把雪茄盒推回原位，把《亂世佳人》放回去。

「別告訴任何人。連我妻子都不知道這地方。男人都應該有自己的祕密。」

後來，艾德蒙幫忙母親檢查一批新來的陶瓷餐具。這批杯盤遲來一個月，如今羅列在飯廳餐桌上，恰似一座未來城市的模型。全套餐具是灰綠色，艾德蒙剛以德文數完，從一到十二，唸得自信滿滿，咬字正確，母親聽了既佩服又心驚。餐刀數到一半，她慶幸這批餐具終於來了，她不必接受魯伯特先生的好意。誠然，魯伯特家的純銀餐具是精品，借用幾天也無妨。

「媽媽。費雯．麗長什麼樣子啊？」

「費雯．麗？」

「她漂亮嗎？」

「你問這做什麼？」

「因為魯伯特先生說妳長得像她。」

艾德蒙之所以告訴她，是希望能藉此軟化她對舊屋主的態度，但不知為何，母親聽了臉紅，豎起寒毛。費雯．麗大概是個醜八怪。

「你什麼時候──不對，應該問──你『為什麼』和魯伯特先生交談？」

「他只是……讓我看一些東西。」

「什麼東西？」

「一些……玩具和幾本書。」

「你不應該鼓勵他的，艾德蒙。和他混太熟，只會讓情況更彆扭。」

「可是，他好像是個大好人……他──」

「態度好的人未必是好人，」瑞秋說：「你要提防一點，不能太常和他或他女兒講話。

多交流只會製造憎惡。」

艾德蒙點頭。他沒有笨到供出他和芙莉達露骨交涉的事。魯伯特先生態度親切就讓她心神不寧的話，露內褲、送尿壺的怪招女兒絕對會讓她暴跳如雷。

「我可以去庭園玩嗎？」

「可以。不過不准跑太遠。另外，也要多加一件毛衣。外面很冷。」

艾德蒙正要出門，遇到海葛。海葛的腳步飛快，一直像幽靈上樓下樓，儘量不引人注意。他見海葛匆忙經過，用德文對她喊：「早安，小女孩。」他用他剛學到的單字拼湊成這句。他喜歡這些德文單字：誠懇、精確、串成整句能產生敲擊樂器的音符。

海葛對他行屈膝禮，繼續上樓，不知道為了什麼事大感欣喜。

艾德蒙進溫室，從落地窗走出去，跑過草坪，來到蓊鬱常青的杜鵑花叢。杜鵑在這院子形成天然屏障，高度是他的三倍，大到足以自成一天地，高齡的枝梗構成錯綜複雜的走道。遲開的杜鵑花剛過盛開期，即將冬眠，但姿色豔麗依舊，景象直逼一座宏偉的叢林。艾德蒙鑽進樹叢下，像率先征服拉丁美洲的皮薩羅或科爾特斯，手持假想的弧形刀開道，縱情在奇幻世界中，最後來到一道鐵絲網圍牆——院子的人造邊界線。

延伸在眼前的是一片不修邊幅的牧草，一旁有河，既能隔絕大戰粗蠻的後果，也能親近殘局。這片原野有許多殘梗，有些地方是不毛的泥土地。最遠的一邊有幾間馬廄和雞舍，被改建為簡陋的住宅。在這幾間住宅旁邊，他看得見幾個身影——看起來像小孩——圍站在一小盆火旁邊。草地中間有一匹瘦驢子，一動不動站著，肚皮鼓脹。

艾德蒙翻圍牆而過，踏上原野，想近看驢子。他快接近牠的時候，驢子甚至仍死氣沉沉，全身不抽不抖，尾巴無力下垂，脖子上有一塊一塊的膿瘡，看似缺乏撐頭的力氣，骨頭暴凸，好像隨時會戳穿疲憊的皮毛而出。「可憐的驢子，」艾德蒙說，為這牲口的淒慘處境和淒慘神態而熱淚盈眶。落淚令他感到訝異。他連哥哥遇害時都不曾掉眼淚，如今卻在這裡為最低賤的畜牲啜泣，更何況這驢子還是德國驢——只不過，動物有沒有國籍，他並不清楚。他曾趁貴妲上樓，從廚房偷方糖。他這時伸進口袋，掏出一顆，舉到驢子嘴巴下面，可惜牠面對方糖都無動於衷。

「我的午餐！」有人喊著德文。

艾德蒙朝喊叫聲的方向轉身，看見一個氣沖沖的鬼影。對方是男孩，頭戴俄國哥薩克帽，穿著晨衣，對著他大步走來，講著德語，嗓音低沉而沙啞。其他小孩緊跟在後。

「住手！」德國男孩喊著。他語氣咄咄逼人，但艾德蒙不覺得身受威脅，因為他的舉止略顯滑稽，有點裝腔作勢，表現給同夥人看。他又說德文，「那是我的午餐！」艾德蒙縮回驢子嘴巴下面的手。其他小孩跟著來，和瘋癲頭目並肩而立。頭目這時候繞著艾德蒙走，嗅嗅他周遭的氣息。這群小孩穿著各式各樣的衣褲，看似從諷喻時事歌舞劇團的更衣室搶來的服裝。艾德蒙身穿普通得不能再普通的衣服——褐色牛津皮鞋、及膝羊毛長統襪、灰短褲、格絨襯衫、V領毛衣。所有人開始繞著他團團轉，摸摸他的衣服。其中一男孩穿著充氣救生衣，甚至彎腰觸摸艾德蒙雪亮的鞋頭，然後戳他肋骨，宛如遠古文明部落派出的先遣部隊，和未來人接觸，以測試真偽。

「英語？」頭目以德文問。

「Yes.」艾德蒙回答。大家一聽，全站住了。

「Yes!」瘋癲頭目跟著說，模仿著艾德蒙純正的英語發音。

「Yes!」野孩子們跟著喊。

「操我的屁眼，上尉！」頭目突然說。

男孩明目張膽用禁忌語，令艾德蒙震驚。艾德蒙想笑但克制住自己。

「天殺的王拔混蛋幹雜種賤逼！你是他媽的混帳笨德佬窩囊廢欠幹！」頭目繼續把英文髒話當成手榴彈投射。接著，他比著艾德蒙，要他回應——甚至要他糾正——他的英語發音。「你。英國佬……你做『王拔混蛋！』你。」

「王八混蛋。」艾德蒙說，喜上心頭，也樂見髒話引來的反應。同夥人紛紛喊著「王八混蛋」，頭目專心練發音，想把髒話罵標準一點。

「王——拔……混蛋！王——拔混蛋。再『王——拔混蛋』，拜託！」頭目德英文夾雜說。

「王八混蛋！」艾德蒙說：「王八混蛋……尿……屎……雞姦！」

「屎、屎！屎、屎！雞姦！」

艾德蒙點頭讚賞他的發音。這次文化交流似乎很順利，人人都鬆懈下來。頭目眉開眼笑，但救生衣男孩想再學髒話，繼續繞著艾德蒙兜圈子，撫摸雪特蘭羊毛衣，顯露覬覦的神色，喃喃講著艾德蒙聽不見的話。頭目對救生衣罵：「迪迪！Lass ihn in Ruhe！*」

頭目指著他，揮手趕他走，但救生衣不是無法停手就是沒聽見。救生衣男孩開始拉扯艾德蒙的毛衣。儘管他的手挨艾德蒙拍打，他仍用乾癟的手死命拉扯毛衣，艾德蒙想甩開他，毛衣被拉得變形。艾德蒙不確定下一步該怎麼走，突然抓住對方的肩膀和救生衣背部，輕鬆將他舉離地面，令艾德蒙既驚奇又振奮。他讓對方騰空幾秒，左右轉他一下，然後以單一動作放下他並推他走。救生衣男孩一著陸，立刻反攻艾德蒙，喉嚨發出咕嚕嚕的低吼，比出鷹爪手勢，以汙穢乾裂的指甲刨抓艾德蒙的臉。其他兒童圍住兩人，形成一座競技場，對著場內鼓譟加油，甚至咆哮叫好。救生衣男孩掐艾德蒙脖子，想勾住他脖子，奈何力氣不足，一時興起的能量迅速消散，讓艾德蒙輕易占上風。艾德蒙以膝蓋抵住躺在地上的敵手胸口。救生衣男孩扭身蠕動，猛吐口水，打不動艾德蒙。兩人周圍的笑鬧升高為狂喊「Bring ihn um**」。艾德蒙看得出，這群少年加油的對象並非自己人。他們喊著德文，使勁比手勢，叫艾德蒙解決對手。救生衣男孩停止掙扎，不知是累壞了或認命了，躺著準備接受艾德蒙的毒

* 譯註：不要惹他。
** 譯註：制伏他。

手。同夥人繼續嚷嚷「Bring ihn um」，艾德蒙無須翻譯便明瞭含意。頭目站向前，給艾德蒙一根棍子，供他行使最後一擊。基於禮貌，艾德蒙接受了，但他不打算動用棍子，反而縮回壓制敵手的膝蓋，向後站開，讓敵手爬走，引發損友的冷嘲熱諷。

艾德蒙撢一撢短褲上的灰土，頭目以好氣又好笑的表情看著他，眼光具有敬仰的意思。「好的英國佬，」他說：「他媽的好心英國佬。我是奧茲，」他說。

艾德蒙伸出一手：「艾德蒙。」

奧茲只看著艾德蒙的手不握，看了一會兒，開始和某人講德文。

「媽媽。他是好人。他是一個好心英國佬。他將幫助我。」說完，他停頓一下，似乎靜候回應，等著神明批准，傾耳聆聽，看似聽到答案後點點頭。他對艾德蒙說：「好心英國佬，去弄菸菸。」說著，他比劃抽菸的手勢，指著自己胸口。「菸菸，」他再說，揉揉肚子期待著，指向馬廄。有幾人在火坑旁走動。「你帶來。那是我的家。」然後，他望向原野另一邊的樹籬笆，裡面是魯伯特家。他以德文問：「那是你的家嗎？」

只懂粗淺德文的艾德蒙說不清房屋的歸屬，只好點頭，以德式英文說：「那是我的家。」

晚餐時，瑞秋向路易斯告狀魯伯特擅自彈鋼琴，路易斯有意無意地聽著。

「你覺得我們應該准他彈嗎？我真的不太確定。我擔心，讓他彈琴會讓情況更複雜。」

「為什麼會複雜？」路易斯問。

「呃，我也不知道……可能會產生錯誤的印象吧。我可不想顯得太小心眼。反過來說，如果准他一件事，最後我們會全部都准。也許，兩家生活完全隔離，可能比較健康。凡事都有定位。我也不知道。」

「我也不知道。」這是她所有想法的前奏和尾聲。這種猶疑不決的語氣逐漸成為她的註冊商標。但路易斯沒有推波助瀾的心意。他到底有沒有在聽？瑞秋看得出他另有心事。心繫被占領區災民。他的心思分成兩大板塊，較大也較多彩多姿的一板塊是公事，可細分出幾個需他勞心的小區。另一板塊是家庭生活，包含瑞秋、艾德蒙、魯伯特父女、傭人，他希望這一板塊能自給自足，越少找他越好。瑞秋明白，公事遠比鋼琴重要，她應該詢問上班情形才對，但這時，即使問題再小，她希望丈夫能關心一下家事。

「怎樣？」

「妳作主吧，老婆。我看不出有啥壞處。」他說。

瑞秋看著他。隨遇而安的他又想通融了嗎？她嗅到敷衍了事的意味，「你認為，幾點比較好？早晨在他上班之前嗎？或者下午？晚上大概不合適。」

路易斯放下刀叉，以表示他正在仔細聽。

「讓他彈半個小時好了，幾點彈，隨妳規定。」

瑞秋懂他這一招。他是在打網球，雙方球技懸殊，他想教對方打球，不想殺得對方討饒。他大可回敬一記勁球，讓她招架不住，但他想留她待在球場上，所以發球時輕輕拍，球球打進球場右邊，作球給她回擊。以這種方式，他可以完全不必打球。

准不准彈鋼琴，有這麼難嗎？瑞秋自問。她留給魯伯特的印象是，她很樂意讓他彈琴。樂意是真的嗎？而她也徹底明瞭路易斯不會介意。當時在鋼琴旁，她就可以當下核准了，不必拿這事煩丈夫，既然如此，何必現在囉哩囉嗦一大堆廢話來煩他？苦無衣食的災民已經夠他煩了，為何還指望他仲裁鋼琴和盆栽的微紛爭？她明知這是無理取鬧，但她無法克制自己。

「好吧。我會通知魯伯特先生，他可以彈琴，時間是……每天下午好了。四點。半個鐘頭。一個鐘頭。」能說出這句話，感覺像完成一件重大使命。

「好，」路易斯說，略微鬆懈下來。「就這麼說定。」

一家三口默默用餐片刻。先吃完的路易斯在六點整把刀叉併攏，以細斜紋布餐巾拭嘴，拍一拍椅子扶手。

「很高興見妳在新家揮灑個人色彩。這些椅子比那幾張皮製的東西舒服多了。」坐在廚房藤椅上的他搖一搖，讓椅子發出吱喳聲，展現感激之意。其實，她盡的心力很小，改變不多，但她無意爭辯。

「居家雇員的表現怎麼樣？」他繼續，口氣有太明顯的補償意味。

「他們照樣瞪著我看，好像一個字也聽不懂似的。」

「艾德的德文家教來上課的時候，妳乾脆去旁聽吧？學點基礎？」

「唉，我猜他們完全懂我說什麼。他們只是選擇有聽沒懂。有些時候，我覺得他們全在嘲笑我。」

路易斯不表意見。他轉向艾德蒙。豌豆在餐盤上被他撥著玩。

「科尼格先生教得怎樣？」他用英文問，然後改問德文，「非常好？」

瑞秋為自己倒一杯水解煩，然後開始疊餐盤，旋即想起家事已有他人代勞。

已經吃完的艾德蒙正在模擬戰役：豌豆降落在肉汁上，組成灘頭軍團，然後挺進馬鈴薯泥內陸。

「非常好，父親。」他以德文回答。

路易斯笑了。「才來一個月，你的發音就已經比我標準了。」

「不是禁止和德國人交談嗎？那我學德文有什麼用？」艾德蒙問。

「你可以和他們交談，艾德。事實上，我鼓勵你多多交談。彼此的了解越深，重建的速度會越快。」

「重建要多久？」

路易斯這次改看著瑞秋。他的回答必須審慎揣度。

「樂觀派認為要花十年。悲觀派五十年。」

「這麼說來，你鐵定認為五年就夠，」她說。

路易斯以微笑讓步：她對丈夫的了解太透澈了。「對了，艾德，你有沒有找芙莉達聊過？」

艾德蒙搖頭。「她的年紀比我大一點。」

「也許哪天晚上，我們應該找他們一起玩凱納斯特或克里比奇紙牌遊戲。不然用帕瑟投影機（Ace Pathescope）放電影也行。」

女傭海葛端著托盤進來，想收走盤子。她的動作怯生生如常，想快進快出，猶如麻雀在農夫監視下偷吃穀物。

「可口，海葛小姐。」路易斯以德文說。

「妳是可口的，海葛小姐。」艾德蒙學著說，有語病而不自知。

海葛憋著笑，鞠躬，收拾餐盤。瑞秋尚未吃完一半，海葛不知該不該收走。

「您好了沒，摩根夫人？」海葛以德文問。

瑞秋揮手請她收走盤子。

艾德蒙看著女傭端盤子走向食品升降架，放進升降口，然後拉一拉繩索，餐盤被無形的手向下拉進廚房。

瑞秋等海葛離開飯廳才開口。

「看見沒？她剛才又來了。偷笑。」

「她只是緊張而已嘛。她有點怕犯錯被炒魷魚。有工作的德國人，哪一個不提心吊膽？」

「你為什麼堅持一直為他們辯護？」

路易斯聳聳肩。以他的常態而言，這表情幾乎稱得上絕望。他取出菸盒打開，遞一根給瑞秋。

她想抽菸卻拒絕。

「我待會兒再抽。」

路易斯拍拍菸屁股，放進嘴唇，點菸，深吸一大口，以鼻孔噴煙，模樣輕鬆。

升降架的滑輪嘎吱嘎吱宣布點心抵達升降口。

「升降架能直通魯伯特家那一樓嗎？」艾德蒙問。

「升降架不是玩具，艾德，」瑞秋說：「我不准你玩。」

他點頭。「我們回英國以後，家裡也會請傭人嗎？像克萊拉姨媽家那樣？」他問。

「現在只有大富翁才請得起傭人。」路易斯說。

「可是，魯伯特先生在工廠做工，他家卻請得起傭人。」

「做工是暫時的，只等他拿到良民證。等他一取得良民證，他就可以繼續當建築師。」

「良民證？」瑞秋問。

「澄清他……和納粹沒有任何瓜葛。」

「還沒有調查過他的身家嗎？」

「我相信只等公文下來而已。」

「哼，你怎麼不先找我商量？」

「魯伯特的身家很乾淨。妳快別擔心了。」

「乾不乾淨，你又不知道。」

「巴克對他做過深入的調查。假如他身家有再小的汙痕，我絕對不會留他。瑞秋……拜託。」

艾德蒙決定趁現在道晚安離席。進行這種對話的時候，成年人經常會支開兒童。

「我可以下樓嗎？」他問。

「可以。當然，」瑞秋回答。

艾德蒙吻她臉頰，父親摸摸他的頭。

「我不做的事，你也不許亂來喔。」他說。

艾德蒙離開飯廳，聽得見父母親繼續為解不開的事情爭吵，聲音起起落落，是他們有時候憋著嗓門的懇求、辯解聲。雙親吵架是絕佳的掩護。他上樓回房間，帶走布製的玩具兵卡斯伯特，在書桌抽屜找到鉛筆和紙，帶到二樓歇腳處的升降口，主臥房就在附近。他掀開升降口的門，見到隧道裡垂掛著一條繩索，能貫穿整棟房子的三層樓。他拉一拉繩子，不久，升降架從廚房上來。他把頭戴黑高帽的近衛兵放在架子上，寫一張字條壓著。

「上尉，你找得到的砂糖全帶回基地。」

「你確定這合規定嗎，上校？」

「照我的話去做，卡斯伯特，聽命令。我們約在『兩洞洞洞』在地下室會合。行動期間要留意成年人。」

「遵命，上校。」

艾德蒙拉拉繩索，幾秒後，卡斯伯特下降。艾德蒙拉下升降口的門，躡足下樓進廚房，專走有地毯的地方，以減輕腳步聲。

來到廚房，他發現海葛正在揉麵團，隨著收音機播放的歌曲唱和。這首是英文歌，女歌者的嗓子沙啞，英文聽起來不像她的母語。海葛模仿著低嗓，喜不自勝。

「晚安，海葛小姐。」

艾德蒙忽然冒出來，嚇了女傭一跳。好像偷聽敵方廣播被逮到似的，她急忙關掉收音機，在圍裙上擦手。

「晚安，艾德蒙先生。」

艾德蒙直接走向升降口，掀開門，取出卡斯伯特壓著的字條，遞給海葛。她看一眼，以德文問：「糖？」

「麻煩妳。」

海葛故作不贊成，但很高興照他的意思玩遊戲。她走向食品室，回來時手上多了三塊方糖。她把方糖放在盤子上，照他的玩法，把盤子送進升降口，放在玩具兵旁邊。艾德蒙對卡斯伯特下令：

「將物資送回基地，上尉。」

「是的，上校。」

他拉拉繩索，關閉升降口，謝謝海葛，直奔上樓，以迎接英雄回家。來到二樓升降口時，他掀開門，不見升降架。他再扯一扯繩索，等一會兒，沒有動靜。他再扯一次，再等。依然沒反應。他冒險探頭進升降口，往下瞧，只見下面漆黑一片。他扭頭向上望，見到升降架的底部，知道架子停在樓上，也就是魯伯特家那一樓。也許架子被魯伯特先生攔截了，以為方糖是送給他的。無所謂。魯伯特父女有方糖可吃，艾德蒙也高興。他們需要補充熱量。他從升降口縮頭回來，再扯一扯繩索，這次有動靜了：升降架開始降落。繩索震動著，架子下降時發出吱吱滾輪聲。架子映入眼簾，最後停在升降口，艾德蒙一眼就發現事態不對勁：卡斯伯特的頭不見了。他從架上拿起無頭玩具兵，檢查看看。斷頭處冒出羊毛和黃色填絮。升降架一直都有點鬆，他猜玩具兵的頭卡在架子和牆壁之間，升降時被扯斷了，掉進升降間底下。然而，這在物理學上好像說不通。就在此時，艾德蒙才注意到，盤子上的方糖已經不翼而飛。

路易斯慢條斯理脫衣服，等待瑞秋以訊號暗示今晚要不要做愛。仍穿著長褲的他站在更衣間，正要脫上衣，釦子一顆顆慢慢解，稍停動作一下，看看袖口，假裝袖口有一絲脫線，想儘量拖延時間，好讓瑞秋有示好的餘裕。曾經，兩人無須耍這種小心機，瑞秋作球的頻率和他不相上下，想要就說，但如今，這檔子事突然多了一分難度，想解讀妻子的意向宛如需要明瞭一種方言的奧祕，奈何路易斯已有一年多沒講過這種方言了。

他脫掉上衣，站在更衣間，腰部以上赤裸。一旦穿上睡衣之後，這對夫妻做愛的機率是少之又少。假如他太急著穿上睡衣褲，她見狀會以為丈夫暗示著，今晚打烊了。脫衣時或脫衣前是暗示的良機，非及時把握不可，兩人之一——通常是他——這時會暗示要巫山雲雨。如此一來，在冬天做愛是一大難題。瑞秋比較怕冷，新婚幾年後，脫衣改穿睡衣的空檔縮短了。儘管家裡暖氣呼呼吹，和室外低溫有如天南地北，路易斯仍需在夫妻之間的空氣冷卻之前出擊。今天，他先是為嬉皮笑臉的女傭辯護，後又提起魯伯特的身家調查尚未完成，令瑞秋不高興，但他已打定心意。久旱非終結不可。他必須採取主動。

瑞秋坐在梳妝桌前，上身僅剩背心式女內衣，一手攏開頭髮，用另一手卸妝。路易斯看著她進行習慣性的清理動作，見到裸手臂和挺直的小香肩，備受美景煎熬。

「我們是不是要……」他越講越小聲。

瑞秋剛才打開梳妝桌的小抽屜，發現一條項鍊，墜子是幾顆交疊的石榴石。她拿起來，湊近床頭燈看，項鍊發出叮噹窸窣聲。

「這一定是……她的。」

她把墜子舉向喉嚨下方，然後拈一拈斤兩。「好美。」

「親愛的？我們是不是要做……？」他的語氣比平常多一份意圖，多一份強迫。夫妻不是曾誓言重視彼此的肉體嗎？如果遭她拒絕，他打算祭出這道理。

瑞秋放下項鍊，把髒棉花球扔進廢紙簍。「你有那玩意兒嗎？」她的表情不冷不熱，既不含一絲慾望，也不帶一絲厭惡。但這樣就夠了。路易斯內心立即蠢動。期待的心情令他難以自持，他急忙打開軍品盒翻找「那玩意兒」。除了香菸之外，駐德軍人全領到一套預防藥，軍人的胃口和癮頭一併關照到了。

路易斯見瑞秋站起來，穿著內衣，鑽進被單下，舉止仍未有躍躍欲試的表示，連期待的意思也付之闕如，但他不在乎。他從一條六包裝的保險套撕下一個，走向床邊，長褲的胯下已經勃起。他在床緣坐下，背對著她，不想被她看見。他脫掉襪子，儘量穩定心情。

瑞秋挨向他這邊，拿起他的銀菸盒。

「你抽菸時，有沒有想我？」她問。

「一天六十次。」

「你用不著這麼說。」

「是真的。我計算過了。我們分離的時間有三萬兩千根香菸那麼長。」他說。

「你想我的時候，你想到什麼？」

「多半嗎？」他據實回答。「現在這一刻。」

瑞秋訝然看著他。「玩意兒準備好了嗎？」

他咬破金屬包裝，取出保險套，放在枕頭上，忙著脫掉長褲和內褲。瑞秋放回菸盒，坐直，脫掉內衣。即使是眼角瞄到的這個無意義的動作，也令他看得心癢。他躺進被單，仍遮遮掩掩，覺得既脆弱又不知所措。她側躺著，面對他，以肘為枕。兩人一旦裸裎相向，他渾身的確定和自信全轉移到她身上，彷彿他從上校降級到二兵，而她直升陸軍元帥。

瑞秋拿起保險套。

「要不要我幫你套上？」

路易斯不應。他點點頭，但當她伸手進被單，伸進胯下，路易斯這時出手攔截，拉她過來接吻。他想延緩床事的進展，有必要延緩進展。他急過頭了。兩人接吻時，她的嘴唇仍嚇著不開。她推開來，掀開被單，想為他戴套。路易斯躺下隨她去，儘量把心思集中在天花板起起伏伏的飛簷花紋，集中在什麼地方都行，只求好事不要太早結束。她的手冰冷，動作機械化，即使這麼一摸，他立刻射精，暢快地喊一聲，釋放出所有壓力和絕望。

「啊！太快到站了。對不起。」

「沒關係。」瑞秋說。

「對不起。」他再說一次。

「你在富萊頓（Fratton）下車了。」

「連滑鐵盧都還沒離開呢。」

瑞秋明顯缺乏失望的神情，更令路易斯大失所望。他對自己感到惱火。在他最需要自制與耐心的關頭，自制與耐心卻棄他而去。聽見她提起富萊頓（樸茨茅斯〔Portsmouth〕的前一站），更令他回想起小倆口慾火焚身、不顧禮教的往事。

他抓起身旁的小毛巾擦身。

「太久沒有了。我一時不習慣——」

「沒關係。」瑞秋說著摸他的臉，舒緩他的眉頭。

「我——」

「噓——我完全能諒解。」

「那妳怎麼辦？」他問。

「我還好。」

「確定嗎？」

「確定。我還好。只是覺得好冷而已。」她坐起來，從枕頭下抽出睡衣穿上。

路易斯也坐起來，下床，失望的感覺已漸漸消退。即使是滿足感減半，也總比沒有好。這次洩洪抒解了蓄積幾週的心煩意亂。穿好睡衣褲，他躺進被單下，熄燈，這時候心思已回歸最令他安心、較有效率的工作區，繼續關注複雜度較低的事務，滿足一千位德國無名氏的需求，潛心重建德國。

路易斯睡著後，瑞秋如常左側睡，久久無法成眠，聽著自己的心跳。她凝視床邊的項鍊，窗簾半開，夜色照得石榴石墜子閃閃發光。她決心儘早退還項鍊給魯伯特，但理由是好奇心多於物歸原主的原則。項鍊的原主究竟是怎麼樣的女人，她想知道。這條項鍊在她心中激盪起一連串璀璨的場景，主角全是魯伯特夫人。在想像世界裡，剪影中的夫人一顰一笑皆優雅脫俗，長相卻朦朧無特色，說穿了只不過是大都會仕女的綜合寫照。瑞秋想為這剪影勾勒出一張具體的臉。為了排除這張臉，她幾乎需要先看清這女人的長相。也許，魯伯特會拿相片給她看，什麼東西都行，一勞永逸解決這問題。她想戴上友善和公道的假面具去找魯伯特，以化解入住新家後一直揮不去的困擾。

「呃，妳家住哪裡？」艾波特問芙莉達。

他們在聖保利區，清除校舍倒塌後的瓦礫堆，忙了一天，終於下班了，正在排隊等軍卡。今天，芙莉達始終埋頭苦幹。這份工作，她起先感受到屈辱，像做錯事遭懲罰，多虧有艾波特在身旁，她才每天期待前來，勞動起來甚至開心。

「在易北路，接近炎尼士公園（Jenisch park）。」

「是那一帶的大戶嗎？」

她點頭，不確定住大房子是好事或壞事。

「所以說，妳家是有錢人？」

芙莉達聳聳肩。「已經不算是了。」

「不過，妳還住在妳家吧？」

她又點頭，被艾波特追問得尷尬，唯恐不得不解釋目前的居住狀況。

「我家離妳不遠。」他說。

「在哪裡？」她問，慶幸自己的社會地位不令他排斥。

「妳想知道，我可以帶妳去看。」

坐上軍卡的這群瓦礫工人團（Rubble Runners）有中產階級漢堡市民，也有西進的移工。女人以頭巾緊緊裹著頭髮，身穿亡夫留下的超大號外套，活像朗東斯布魯肯碼頭（Landungsbrücken）來的女魚販，身上的惡臭也能媲美。男人的人數微不足道，而且除了艾波特之外全是中年人。所有人無論從前的階級高低，如今全握著代表今天工資的糧票——大家目前唯一的志向。

芙莉達坐在艾波特旁邊，腿碰腿，兩人聽著車上這群人的怨言。今天帶頭叫苦的是一名意氣消沉的男子。他想讓大家知道自己的本行是什麼。

「做這工作，想保暖是不可能的事。我們先是做得渾身熱，猛出汗，接著汗一涼，渾身變溼冷，怪難受的。」

「最起碼我們有糧票可領。」一婦人反駁。

「我是牙醫。我學有專精。我不適合做這種工。」

「拔牙有啥了不起嘛？」婦人回嘴。「瑪格達她還是將軍夫人呢。我以前在音樂廳是電台播報員咧。」

牙醫臉色灰白，一來是有塵土覆蓋，二來是失望。他有發牢騷的意志力卻懶得辯論。辯論需要元氣。「說說而已，不行嗎？」他嘟囔說，講不下去了。

隨後，有一位頭髮和鬍碴差不多的禿頭壯漢，從口袋掏出一把棒棒糖。英國進口的這種帶棍糖果可以含整天。他握在手裡，像捧著一束發育不良的鬱金香。「喂，史戴特勒，這東西對牙齒不好，對吧？對付臭得像老鼠的口臭特別有效，而且能治療餓肚子的胃痛。慢慢來的話，一枝可以撐一個鐘頭。」他放一枝進嘴裡，故意露出享受的神態。

「那你幹嘛不分給大家吃？」將軍夫人與帶權威說，一聽就知道她以前習慣對人頤指氣使。

「有錢好商量。」愛吹噓的普魯士人說。

瑪格達甩甩頭。「你沒廉恥心嗎？」

「我有一家子要養。這些糧票根本不夠看。我連點燈的錢都沒有。在電表上每花一毛錢，糧食就少一毛錢。」

「摸黑總比餓肚子好，」曾任電台播報員的婦人說。

「願意東偷一點、西偷一點的話，就餓不了肚皮。就連科隆主教都說，為了維生，偷煤也沒關係。這是第十一條聖誡。」

「我們被他們逼得犯法了。」牙醫說。

「他們早就把我們當犯人看了。」

「我不是犯人。我對得起良心。」牙醫繼續說。

「哼。我們同舟共濟，」普魯士人說：「他們總不能把我們全抓去關吧。」

「你做錯事是你家的事，」牙醫回嘴。「我盡的是本分，沒做錯什麼事。不管是誰的嘴巴，牙齒和蛀牙都是同一回事。我可要遵守良醫誓詞。」

大家聽得哈哈笑。

芙莉達想教訓一下這傻瓜，正要開口，卻再度被艾波特伸手制止。那天，她不顧英軍在前面抽菸談笑，哼著納粹少女聯盟歌，他也同樣一手按住她手臂喊停。他對她使眼色，似乎在說：「不值得跟他們計較。」她感到兩人之間形成一座小橋，暗暗甜蜜在心中。

「你手臂上的……那個圖案。是胎記嗎？」

「這裡不方便。」他說，以眼神阻止她。

他突然站起來，以掌心拍卡車旁邊兩下，要求停車。司機停妥後，艾波特和芙莉達跳下車。這裡是白岬村，離易北路從河畔北轉處的魯伯特家仍有幾英里路。隔著水面，夕陽正從史達德鎮（Stade）的背後降落，為陸地染上一片火紅。

「不要緊跟著我走，」艾波特一面對她說，一面拉高夾克的翻領遮臉。「落後我至少二十步。」

「你家多遠？」

艾波特只往前走，不回應，腳步快到芙莉達以為他想甩掉她；她被迫小跑步，以免跟丟了。

白岬以前是漁村，有一座陡丘，在平原地區顯得獨樹一幟。老舊的獨棟小屋以及新別墅簇擁小山周圍，具有中世紀風格。戰前，母親常帶芙莉達來看往來易北河的舟船。漢堡港有許多國際貨輪進出。母女坐在一間船庫小酒館，聽著各國的國歌。今天，河上無船，只有一艘龐大的英國海軍巡洋艦。灰黑色的雪雲飽含著水氣，準備為村子妝點童話天地的服裝。

艾波特登上小山，芙莉達跟著走；她納悶著，他家究竟是哪一棟。終於，他轉離馬路，從院子門進入一棟茅屋，踏上通往前門的走道，坐看看右看看，然後改走向側門，從霧面格子窗向內窺視。芙莉達走在石板步道上，聯想起《糖果屋》故事裡的小姐弟，想到迷失樹林中的他們撞見糖果屋。她混搭童話故事，把自己想像成久睡不醒的女孩，被艾波特王子喚醒，王子救她脫離父親，而她後來發現，這人根本不是她的父親。

「你在這裡住多久了？」她跟著他入內時問。

「不久。」他回答。

小屋裡到處是小地毯、軟墊、薄毯。艾波特把一面厚重的基里姆地毯搬上扶手椅，坐下來，脫掉靴子。「屋主是個軍醫。薛艾布里少校。他被困在流民營，等著良民證發下來。」

芙莉達看見軍醫坐在摩托車掛邊車的留影，戴著蒙塵的眼罩，地點是不知名的沙漠，頭盔上有紅十字，脖子下掛著鐵十字勛章。

「你認識戰爭英雄啊？」芙莉達拿起照片看著問。

「我不認識他。我只是向他借房子用幾天而已。英國人可以，我們為什麼不行？」

「說不定他會被關起來。如果他是英雄的話。」

「等英國人一查出他是隆美爾將軍的人，馬上會放他走。總之，我最好一直搬家。已經有太多人看見我來來去去了。我已經另外找到一棟。比較靠近妳家。在易北路上。」

「以後我們就可以當鄰居了。」芙莉達說。

艾波特點頭。「嗯……妳家是做哪一行的？為什麼這麼有錢？」

「我爸是建築師……我媽的娘家和造船廠有關聯。」

艾波特的眼睛一亮。「布洛姆福斯？」

她點點頭。

「妳到處亂跑，爸媽不管嗎？」

「我媽死了。至於我爸……他怎麼想，我才懶得理。」

「他不會出來找妳嗎？」

「他白天在蔡司工廠做工。出門回家隨我高興。」

艾波特慢慢脫掉一靴子，然後脫另一邊，接著站起來，進入烹飪區，開始尋找可在爐子裡燃燒的材料。煤桶空無一物，籃子裡也沒有柴薪。他四下張望，視線停在角落一張手工雕刻的三腳凳。他走過去，拿起來，對著石頭地板猛砸三下，凳子裂成碎片。

「我一直捨不得燒這東西。」

他把碎木頭放進爐子，點火，然後拿一個大的長柄鍋裝水，放在爐子上燒開水。

「你們為什麼還能住在自己家裡？最高級的房子不是全被英軍占走了嗎？」

芙莉達摳著指甲，開口解釋，越講越激動，敵意隨之上揚。她說明兩家合住的由來，說上校應該——大可以——趕父女走卻突發奇想，留父女倆住下來。她說上校夫人常自言自語，而且手會不由自主發抖。她說他們兒子喜歡玩她的玩偶屋，隨身帶著玩具兵。芙莉達描述居住環境時，看得出艾波特的身體緊繃起來，興趣轉濃。

「英國上校都做些什麼事？」

「他是平訥貝格區的總督。他做什麼事，我不清楚。他幾乎都不在家，」芙莉達回答。「好可恥喔。他開的車和我們領袖的座車是同一款。」她補上這細節，為的是討好他，但他一臉沉思狀，心海為了這份資訊起波瀾。

「他是總督？」他再問一次，這時來回踱步著。

她點點頭，仍無法判定艾波特是欣喜或惶恐。

「這很好。這非常好。」

芙莉達內心一派溫煦明亮。房子被徵用原本是一種屈辱，如今聽起來卻突然變成一份契機。艾波特讓她覺得自己對他大有幫助。他回頭去看爐火，伸手指測水溫。然後，他剝掉衣服，只剩下內褲。他的動作或體態無一顯得突兀。在芙莉達眼中，他顯得十全十美。連他的88疤痕也是。

「你還沒說明那是什麼意思。」她說。

他摸摸符號，看著她。

「這是反抗運動的象徵符號，代表那些現在還不接受戰敗事實的人。摸摸看。」

他伸出手臂讓她摸。她以單指輕撫第一個8，然後摸第二個，感受到傷疤凸起的脈絡。

「是怎麼來的？」

艾波特走向抽屜櫃，從中取出一包香菸。

「用這個。」

他點燃一根菸，深吸一口，遞給芙莉達。她接下香菸，放進嘴唇中間，姿態笨拙，吸一口，立刻咯咯咳嗽。艾波特失態笑起來，破嗓子頻率高亢——是男孩的笑聲，不像男人。

「太大口了！慢慢來。哪，像這樣抽。」

他收回香菸，教她怎麼抽。「一小口就好。」他急抽一口說，遞還給她。她接下菸，暫停動作片刻，看著菸。她不抽，反而舉起來，擺出即將表演魔術的手勢，果然吸引他注意。她把菸頭倒轉過來，對準自己另一手的掌心，以掌正對火紅的菸頭，然後將菸頭移向手心，彷彿想以皮肉捻熄香菸。

艾波特攔阻她，把菸搶回來。

「好好一根菸，幹嘛浪費。」

芙莉達覺得淚水盈眶。剛剛她還是他的德國好姑娘，轉眼卻被嫌是蠢妞。

艾波特舉雙手，手背朝向她。

「看見沒？」

芙莉達看著，不清楚他的下一步是什麼。

「妳看到什麼？」他走過去，好讓她看清皮膚、手指和指甲。她閉嘴不語，深怕回答得太幼稚。如果想討好他，少說為妙。進房子後，關上門，沒有閒雜人等，原本機靈謹慎的艾波特搖身一變，變成一個較為強勢的人。原本壓在心底、悶著不用的火氣開始外洩了。

「看見指甲沒？」艾波特的指甲和她一樣烏黑，沾滿挖掘瓦礫一天的汙漬。他以拇指摳出中指指甲下面的塵土，拿給她看：灰燼和塵土黏合而成的穢物。「我們這城市的塵土。我們人民的骨灰。妳看。這裡。」他舉高指甲穢物。「德國少女的屍骨。妳看見沒？」他將「德國少女的屍骨」刮到自己的掌心，舉到自己嘴前舔掉，和著唾液吞下。他再摳出一些塵土，舉手心讓芙莉達舔。「天真無知的德國兒童的骨灰。我們知道、看到的東西，他們永遠不會知道。」芙莉達接住他的手，舔掉「天真無知的德國兒童的骨灰」，吞進肚子裡。艾波特伸手握住芙莉達手腕，拉她過來，攤開她的雙手，以一隻手指從掌心劃到手臂內側的軟白皮，向上遊走至肘彎，掉頭回來。

「妳傷害自己，妳就沒辦法救德國，」他說：「妳現在住的地方，也許可以幫上大忙——達成我們的理念。我們需要一些可以拿去黑市賣的東西：香菸、藥品、珠寶、衣服。只要有價值就能賣。妳能幫忙嗎？」

她點頭。「『我們』指的是誰？」

「反抗軍。過一陣子妳就能認識他們。」

「你們人數多嗎？」

他忽然抬起她的下巴接吻，舌頭伸進她嘴裡，讓她嘗到今天挖瓦礫吸進的苦塵。接吻，被摸，她不是沒經驗——在少女聯盟（Madel）的時候，她參加夏令營，希特勒青年團（Youth）也在，長官鼓勵男女生同住一間，在悶臭的小木屋裡探尋「人生的健全喜樂」。但和艾波特接吻的滋味無法同日而語。在當時，伸手指戳她的青年團員是個男孩子，而且他的幾個朋友堅持旁觀，她靜靜躺著，絲毫無感。和那男生相形之下，艾波特是個男人。

「妳應該幫我去查一查那上校。如果他是總督，他會知道一些事情。」

她再一次點點頭。

嘗到剛才那一吻之後，就算艾波特叫她闖進俄國占領區，她也願意。

他把她拉得更近。

「不過，妳千萬不能洩漏我的事。妳明白嗎？」他說。芙莉達被他弄痛了，也被他的表情嚇到。

「明白。」

「我不存在。說啊！」

「你不……存在。」

隨即，他鬆手微笑。「好。」他走向掛在椅背上的外套，從口袋掏出一管看似藥丸的物品，倒出一粒，喝一杯水吞下。他來回踱步，然後坐在扶手椅邊緣，兩腳亢奮抖個不停，似乎鎮定力全消。

「你為什麼吃藥？」

「這藥能幫助我保持清醒。」

艾波特突然顯得畏懼，像心頭有傷疤似的。起初，芙莉達不相信自己的眼睛，因為這不符合他的形象，有損他的男人味，但這也令她心生另一份感受。她伸手摸他的臉，安撫他的眉毛。轟炸機嗡嗡來襲期間，她睡不著，害怕在睡夢中被烈焰燒死，母親也曾如此安撫她。她曾幾度問母親，「假如我做夢做到一半死了，會怎麼樣？」母親總回答，「他們傷不了妳的。」她撫摸艾波特的臉時，不知不覺唸出母親的話。

「他們傷不了你的。」

艾波特的第一個反應是退縮，不確定被她這麼一摸有何感想，如同一頭從未被如此碰觸過的生物的反應。他讓她摸一次，再摸一次，然後才縮身，喃喃推說他想洗掉身上的塵土。擾動他心湖的事物無法以撫觸來馴服。

摩根一家三口在大廳的壁爐前玩克里比奇牌，魯伯特先生出現在樓梯，落後幾步跟著下樓的是芙莉達。她一副做錯事、不甘不願的模樣。

「打擾到你們了，請原諒。」魯伯特說。他的臉色凝重。

路易斯站起來。「魯伯特先生。我們剛剛才談到……我們剛剛說——對不對啊，親愛的？——說你們應該找一天晚上，加入我們玩一局，也許一起看個片子。一切都好吧？」

魯伯特點頭，等著芙莉達過來。她站在父親背後一步遠，在父親視線外圍，迫使他轉頭。

「我們是來……芙莉達想來……道個歉。」

瑞秋定睛看著少女：少女瞪著地板看，一手自然下垂，另一手橫跨胸腹握著手臂，手指緊張地摳著皮膚。

「道什麼歉？」路易斯問。

「為這個。」魯伯特舉起玩具兵的頭。

「你找到了！」艾德蒙說。

「芙莉達？」魯伯特向後退半步，換她上台。

隨後是漫長的沉默，令人等得如坐針氈，瑞秋想打圓場說，無論是什麼事，她都覺得不要緊，這時芙莉達開口了。

「Es tut mir leid.」芙莉達以德文說「對不起」，音量近乎無聲。

「講英語！」魯伯特罵她，態度仍彆扭而勉強。

「對不起。」芙莉達改以英文說。

聽見芙莉達說英語，而且發音標準，瑞秋感到訝異。

「謝謝妳這麼說，芙莉達。」瑞秋說。

「也向艾德蒙道歉。」魯伯特繼續逼她。

「對不起。」芙莉達看著艾德蒙說。

「沒關係啦，」他說：「真的不要緊。」

「恕我反駁，這事的確很要緊，艾德蒙，」魯伯特先生說。他遞出玩具兵的頭。「這是你的私人物品。」

「誰叫他衝著我來！」芙莉達以德文喊。語畢，她轉身上樓梯，三階併一步。

魯伯特以德文對著她背影喝斥：「快回來！芙莉達！」一時之間，他有拔腿追過去的意思。

「魯伯特先生，」瑞秋干預。「求求你。她……夠盡力了。我們已經接受她道歉了。」

「啊！」魯伯特雙手往上一拋，狀似束手無策。「我女兒她……滿肚子怨恨和怒火。我……道歉……」

「魯伯特先生。芙莉達道歉了，我……我們……很感激，也接受了，」路易斯說：「這事對她一定比任何人更難適應。」

「惹了這麼多麻煩……」魯伯特說：「或許我們應該搬走……去投靠我小姨子——在基爾（Kiel）。」

「沒必要，」瑞秋堅定說：「那東西，你乾脆交給我好了。」她攤開掌心，讓魯伯特交還斷頭。「我兩三針就能縫好。」

魯伯特向瑞秋鞠躬。「謝謝妳。」無意間，他對著上校立正站好。「上校。」接著，他轉向艾德蒙。「這事讓我很過意不去。我保證下不為例。」

第六章

「妳喜歡我的髮型嗎？從實招來。」

「喜歡。」

「不覺得我像貴賓狗？」

「不會，很適合妳。」

「嗯嗯。這話什麼意思，瑞秋．摩根？聽起來像恭維兼揶揄。妳覺得我是個嬌生慣養的母豬，是吧？算了。我的美髮師啊，她名叫瑞娜特，她說這是最新流行的髮型。說是『赫本頭』。她牙齒亂七八糟，愛唱美國熱門歌曲，口音怪腔怪調的，不過她是髮夾和捲髮器的高手。建議妳去找她試一試。」

「是嗎？」

蘇珊．博南姆愣一下，露出誇張的氣急敗壞表情，看著瑞秋。

「呃，那當然囉。看看妳：妳是一座整理不夠周到的花園。妳沒有發揮最大的潛力。妳該記住，我們有競爭對手。在這城市，德國女人和男人的比例是二比一。我們該管好自己的丈夫。把丈夫的眼睛管緊一點！」

說完，博南姆夫人表演閱兵儀式敬禮，發揮魅功，瑞秋聽見自己難得一現的笑聲，破嗓嘿嘿嘿笑著，近似巫婆，有違她的形象。路易斯總說，這是他愛上她的原因之一。

前往漢堡市中心英軍福利社商店的二十分鐘車程中，瑞秋繼續笑聲連連。這輛是博南姆夫人的凸眼甲蟲車，最近似乎大家都開這種新款「福斯車」——近來被稱為「占領區之輪」，乘坐的滋味和做禮拜坐的長椅一樣難受，噪音和雙引擎飛機一樣吵，想交談的乘客必須大喊大叫，以蓋過行李箱的引擎聲，但兩人坐得喜上眉梢。

這一趟與其說是購物，倒不若說是遠足。蘇珊．博南姆笑談天下所有事；她談自己的車（「前後顛倒的小怪車，活像個瓢蟲，不過我倒是挺喜歡的。」）。她談親暱的房事（「從我到這裡的那天起，我們搞得沒天沒地的。」）只差沒描述性愛的過程而已。「不曉得是怎麼一回事，是水土的關係吧。妳沒感覺到嗎？感覺就是不太一樣，好像我們得到允許，能放縱一下似的。感覺實在好自由。」儘管博南姆夫人言行粗俗露骨，瑞秋樂意姑且和她作伴。若說博南姆夫人語氣太直率，她也有寬宏大量的個性；若說她言語淫穢，她也很誠實，講的只是別人敢想不敢講的事。此外，雖然她可能執意強登社會階級梯，她也似乎隨時願意踹掉梯子。此外，大小事全逃不過她的眼線。

「你們兩個呢？這幾年少做的幾次，有沒有全補回來了？」

瑞秋瞄司機一眼。司機很年輕，不比麥可大幾歲，也有同樣的羽絨髮質和越後面越短的鴨尾髮型。頭戴電車司機大盤帽的他，想必是臉紅到耳根了。

「快別管艾瑞克了。他聽不懂啦。對不對啊，艾瑞克？」

「請重複，博南姆夫人？」他以德文說。

「沒事。繼續開車。」

博南姆夫人對著照後鏡塗口紅，挨向瑞秋，豐滿的胸部受擠壓。艾瑞克望照後鏡一眼，旋即轉移視線，握方向盤的雙手抽抽抖抖。

「咦？有沒有啊？」

「我沒什麼好報告的。」

「少來了，瑞秋．摩根。這樣不行啦。蘇珊阿姨非知道不可。」

「真的……」

「什麼都沒有？」

「差不多是。家裡請傭人，妳覺得怎樣？」

「不行不行不行，不行。休想四兩撥千斤。這不太好吧，瑞秋。妳的情慾全消失了嗎？」

瑞秋完全找不到暢談個人性生活的先例。梅菲爾德醫師的新奇名詞層出不窮，有某某神經官能症、某某狂、性慾望，連他也不曾追問性生活。瑞秋一向以為，性事和宗教一樣，不應該和外人討論才對，甚至不能和行房的對象討論。

「問題到底出在哪裡？」

瑞秋搖搖頭，儘量描摹問題的輪廓，結果只想到臥房天花板精細的飛簷圖案、天鵝翼狀燈罩、路易斯咬破保險套包裝。

「老實說，我們不太常湊在一起。他一直在工作——」

「——很賣命。對啦，對啦。話說回來，哪家子的老公工作不賣命？妳應該主導嘛。總不能成天指望好時機掉下來吧。」

瑞秋感覺喉嚨乾澀。「蘇珊……我不方便討論這事。」

「算了，當然。這麼美好，這麼天經地義的事，變得好尷尬，難以啟齒，說來也丟臉。不過，這種事很重要。和老公辦的公事同樣重要。更何況，最起碼，這也能幫助他們辦公更有效率。」

「這應該是私事。」

「我不贊同。我們應該更常提出來談。婚後如果性生活健健康康的，對人的影響超出妳的想像。男人為了征服全世界，耗費多少時間和心血，假如他們能把同樣的心力轉移到性生活上，搞不好能避免好幾場戰爭呢。這一點我深信不疑。那個矮冬瓜醜男希特勒應該甩掉那個騷祕書，另外找個正正當當的老婆。史達林愛嫖妓。墨索里尼的情婦多到數不清——不過，誰曉得呢？到頭來，戰勝的一方都是婚姻性生活美滿的男人——我敢保證！」

博南姆夫人的理論振振有詞，逗得瑞秋微笑，但也勾起一連串詭異而討厭的畫面：穿睡衣褲的希特勒；肉感白皮膚娼妓懷中的史達林；遭毒打捆綁的墨索里尼和女傭，浮腫的屍體被倒吊示眾……

「接下來，妳會怪罪我引發一場戰爭！」

「只要我們友誼還在，我會一直問到底的。也會繼續管閒事。這是我的責任。季斯他告訴我說，他們下禮拜要見那個衣服破破爛爛的社會主義分子。是蕭次長吧？我猜路易斯也會去吧？」

「他提過他最近有幾件大事。不過他很少對我提起公事。他不常把公事帶回家。」

「妳驗過他的口譯員沒有？」

「應該驗嗎？」

「我堅持叫季斯挑最醜的一個，結果，天啊，她的確醜到能嚇破膽。建議妳趕快邀請路易斯的口譯員來家裡喝茶，仔細觀察一下。如果她有一丁點魅力，趕緊害她被炒魷魚。」

野花勾引路易斯，這想法莫名其妙令她寬心，原因是，瑞秋能確定的事不多，但在這方面，她確信路易斯絕不會失足。

「妳應該多加一把勁管事。我絕不會讓季斯用『最近有幾件大事』來搪塞我。什麼事大到不能講？堅持叫他提供資訊。不得手絕不善罷甘休。我嘛，非問清楚不可，最後一定得逞。告訴妳，季斯的偵訊技巧多半是跟我學的。」

「他喜歡他的工作嗎？」

「聽說他非常拿手。他有耐心。我覺得這很重要。換成是我，我在偵訊方面不行。」

「妳的事，妳全告訴他嗎？」

「他有必要知道的一切。」博南姆夫人調皮眨眨眼，闔上唇膏蓋，「啵」的一聲抿唇，縮身退回她的座椅。「別擔心。我不會聲張妳的祕密啦。他休想從我嘴裡套出東西。」

這話毫無放心的作用。瑞秋並沒有對她吐露重大祕辛，但瑞秋卻自覺講了太多自己的事——太多路易斯的事——也留下太多供外人臆測的空間。

「我們沒祕密。我們很好。我們會一直很好。」

她說完，蘇珊．博南姆看著她，眼神宛如成年人看著剛說傻話的小孩：小孩想帶她飛去月球繞一圈回來。

英國眷屬商店（British Families Shop）又名英軍福利社商店（NAAFI），位於阿爾斯特河附近一棟整潔無損害的三層樓建築。途中，車子路過禮堂被炸垮的歌劇院，也經過阿斯卓戲院。下午上映英語版的《亨利五世》，由勞倫斯．奧立佛主演；晚間上映德語版的《亨利五世》，由勞倫斯．奧立佛主演。戲院甚至有兩張海報並列，以示證明。

車子即將停靠在店外時，博南姆夫人對司機說：「一個鐘頭，艾瑞克。」她隨即改以德文再說一遍。

路旁站著一群德國婦女，脖子下掛著厚紙板，瑞秋乍看之下以為她們在示威，近看才見到每張厚紙板上面貼著一張男人的相片，不是丈夫、兒子，就是兄弟，下面寫著簡介，附上連絡地址，懇請民眾協尋失蹤人口。第一位婦女找的男人相片吸引瑞秋的目光。男子名叫羅伯特．許洛斯，曾任出納員，戴著粗框眼鏡和毫無威脅性的雜勤工鴨舌帽。他的下巴曲線和坦蕩的面容不知為何令瑞秋聯想起長子麥可。瑞秋忽然想了解許洛斯先生的一切。連絡地址是……

「請問，」婦人滿懷希望，以德文說：「您見過他嗎？」

瑞秋的視線從厚紙板轉向婦人。她戴著高雅的帽子，以頸巾壓著，在下巴打結，帽簷向上扳成淑女帽形狀，使得她看起來像牧羊女。她的神態帶有一分走投無路、荒誕不經的期望，彷彿瑞秋確實掌握失蹤丈夫的行蹤，特地前來報告喜訊。

「您見過他嗎？」婦人再問一次。

瑞秋覺得博南姆夫人的手貼向她手肘。

「她當然沒見過！」博南姆夫人說，接著講德文：「別糾纏她！」說著揮手趕走悲傷的婦人，喃喃對瑞秋說：「要記得，她們想追我們的男人。」她帶瑞秋走過應該是大門口的地方，來到一道不起眼的側門。除非懂門路，否則不得其門而入。店面的櫥窗全被塗黑，避免路人看見商品。

「他們不想讓德國人看見裡面，以免讓德國人更覺得窮苦，」博南姆夫人解釋。「其實我覺得，塗黑反而是火上添油。」

瑞秋認同。若說塗黑有何作用，作用是挑逗路人。掩飾商品的行為，與其說是蒙上一層敏感的薄紗，倒不如說是坦承多數路人買不起店內商品，也代表管制委員會儘管矢口否認，占領區確實存在雙元經濟：本地人和占領者各買各的東西，互不侵犯。「想知道我真正的想法嗎？」博南姆夫人繼續說：「我認為，管制委員會要德國人以為我們錢多多。被占領者以為占領國富裕強盛，我們才顯得光榮。」

進入店內，她尖酸刻薄的觀點反而更接近事實。英國人塗黑櫥窗，並非尷尬於本身的財富，而是店裡東西貧乏，有損顏面。假如德國人看清店內的貨架，德國人會赫然發現裡面的東西少得可憐，或許會看得心驚膽顫，因為占領國自己也幾乎難以溫飽。

「我妹妹住東敘因鎮（East Sheen），我在這裡買東西的種類卻比她多，這是唯一令我不至於買到生氣的原因。英國現在連麵包都採配給制呢。妳相信嗎？麵包耶！甚至在大戰期間，麵包都沒限制。」

這裡當然有琴酒，堆了好幾座山，有高登琴酒、倫敦乾琴酒、布斯琴酒。熟悉的品牌井然有序排列，讓人一看就寬心。其他商品的產製困難重重，琴酒似乎不受影響。民生必需品就算短缺，百經歷史考驗的大英帝國興奮劑和鎮定劑源源不絕，宛如石油從深礦區噴湧而出，供應不間歇。如所有警察局長、將軍、總督所知，琴酒能為最淒苦的駐地營造精明練達的氣勢，能提振英國公僕最低迷的士氣。琴酒的產銷是英國的頭號要務。

博南姆夫人直奔的正是琴酒山。

「季斯抱怨說，沒有湯尼，琴酒氣味像石蠟油，不過時局不好，哪有挑剔的餘地呢？湯尼什麼時候能再上市，只有上帝曉得。不過，只要我們有苦艾酒，我們就能調琴酒來喝。只要我們有安格仕苦精（Angostura Bitters），我們就能調粉紅琴酒。當然，如果我們有柳橙蘇打，我們就能調橙香琴酒：琴酒調果汁汽水，加幾滴水！沒人能抱怨了吧。有這些調酒的材料，我們可以撐到帥哥湯尼重出江湖，好好慶祝一下。沒有他，我們只好發揮創意。妳看，多便宜！一瓶才四先令！上級顯然希望我們全喝醉，儘量多多交際。好啊，我們恭敬不如從命。何況，在我看來，總督夫人總該辦第一場宴會了吧，不能再拖了。」語畢，博南姆夫人一連揪住四瓶酒的脖子，收它們進袋子裡。

這家店的經營者絲毫不考慮產品的賣相，所有飲食原箱排排站，店員懶得為商品增色。店內缺乏虛飾，反倒為瑞秋帶來一分異樣的安撫作用。她從來就不太喜歡逛街購物，在這樣的店裡採買，比較合她的意。整架子賣同一種產品，情況比較單純，幾乎像踏進未來世界。付費全以英軍特別商品券（BAFS）或厚紙板剪裁壓印的八角「幣」替代，更增添些許如夢似幻的氛圍。

顧客幾乎清一色英國婦女，一副豁出去的模樣，幾乎毫不遮掩。其中幾人盛裝打扮，像準備去看戲似的。瑞秋為了出門特別妝點一番，挑一套兩件式羊毛衣，稍微過度正式了一些。在旁人眼裡，她能天衣無縫混進人海中，漂浮在成群的羊毛和尼龍裡，隨香水和爽身粉氣息漂蕩，但她依然覺得不自在，原因並非置身異國，甚至也不是梅菲爾德醫師診斷出的「分裂人格」。逛街購物的感覺總是不盡稱心如意。

「準備上三樓了嗎？」

博南姆夫人把瑞秋推向升降機。飲食在二樓，三樓則賣服飾玩具。鏈斗式升降機是個開放式鐵籠子，方便乘客上上下下。瑞秋從未見過這種東西，前進時腳步躑躅，唯恐自己被卡在上下升降機之間的禁區。她站在一位小男孩身旁。男童被媽媽帶出來逛街樂不可支，拿著一輛丁奇（Dinky）車，以另一手的掌心當路面。

「那輛車很不錯嘛，」她說：「哪裡買的？」

「在樓上買到的。是拉岡達（Lagonda）的旅遊車，」男童說，很得意地舉起火柴盒小汽車給瑞秋看。「今天，我想買汽車聯合會的格蘭披治（Auto Union Grand Prix）車。新款的車子這裡全有。」

今早出門至今，瑞秋一次也不曾想起次子艾德蒙，現在才想到兒子正在家裡上課，家教是那位瘦如骷髏、略微嚇人的科尼格先生。她暗罵自己。最近她怠忽母職，不太關心兒子，儘管她自我辯解說，她給兒子充分的空間和自由，能抵銷兒子可能缺乏的母愛和關懷，但她太放縱兒子了，如果再不留心一點，勢必會失去兒子的心。突如其來的迫切感催促她上三樓，去買一輛拉岡達小汽車，隨後小跑步回到靜候她們的車上。

「地上有冰，小心！」博南姆夫人警告，然後帶她掉頭從車尾走向車頭。「走錯頭了！引擎在後面。」

瑞秋提著沉甸甸的紙袋，裡面是琴酒、威士忌和香菸，交給司機，買給艾德蒙的禮物則留在手上。

「妳想去卡萊爾俱樂部坐一下嗎？喝杯咖啡吧？買一本《婦女界》？」

「不用了，蘇珊，我其實想回去——回家，」瑞秋說，訝異自己的用字。

「好。帶我去參觀你們的宮殿吧。」

路過達姆特火車站時，她們又看到尋人的婦女像漏斗聚集而來。幾百個衣服圓鼓鼓的男人遠自德國各地而來，下車出站，被婦女包圍。婦女們的頭在人海中浮沉，引頸企盼，希望失蹤丈夫順著火車流出的難民河漂流而來。瑞秋見到一男子奔向尋夫的婦人，振臂擁抱，隨即下跪，親吻掛在脖子下的板子上的相片，然後站起來，抱住她的腰臀，把她高高舉起，原地團團轉。

「眼睛看前面！」

假如博南姆夫人以為瑞秋又同情敵人，博南姆夫人想錯了。瑞秋並非陷入同情的泥淖；她其實是羨慕那一對，羨慕破鏡重圓、抱著兜圈子的男女。假設路易斯失蹤了，她會不會製作尋夫板掛著，站在火車站外面忍受寒風，等他現身？她真的不太確定。

「我名叫艾德蒙。我是英語。」

「英國人。」骷髏家教輕聲糾正他的德文。

「英國人。我名叫艾德蒙。我是英國人。」

「你的發音很標準。」

家教頻頻打寒顫，雙手合十如牧師，搓揉緊握，試圖掩飾冷意，但騙不了艾德蒙。艾德蒙基於同情心和敬意，假裝沒注意到，同時也假裝沒嗅到科尼格老師散發的蠟臭和蟲膠味。儘管家裡暖呼呼，大概全漢堡、乃至於整個英國占領區都比不上，科尼格仍在上課期間全程不脫外套，好像他想多存一點熱氣，或想融解內心深處的冰河冰。平日，女傭海葛會在下課時端點心招待他，但今天她提早端出一杯牛奶和一塊蛋糕，放在柱台桌上。點心整個上午不斷對他呼喚，他忍不住渴望地瞄一眼。

「你想不想現在吃蛋糕？」艾德蒙問，補上德文的「蛋糕」。

科尼格先生沉聲以德語嘟囔，「天啊，怎麼不想。」旋即改以英文說出聲音：「謝謝你。」

艾德蒙從書桌前起身，端盤子過來，放在家教面前。科尼格先生握起杯子，一飲而盡，動作快但謹慎。他放下杯子，舔舔小鬍子沾到的牛奶，舌尖左伸右探，模樣鬼祟。接著，他用兩手拿起蛋糕吃，動作細碎如小老鼠，然後伸食指進杯子，沾溼指尖去沾盤子上的蛋糕屑，把所有屑屑集中，像用磁鐵吸住鐵屑，堆積成最後一口。吃完後，科尼格的餐盤清爽閃亮，彷彿剛被狗舔過似的。

艾德蒙的父親曾說，科尼格從前在基爾擔任小學校長，各學科難不倒他，是個不折不扣的博學者，所以艾德蒙見到他衣著襤褸、體態衰弱才大感訝異。他看起來太老太削瘦了，不像校長，外表也看不出權威或學識。但艾德蒙上他的課幾小時後，漸漸能體會父親對他的稱許。科尼格先生的確數學一把罩，對歷史和英國文學也涉獵不淺。此外，他也謹慎如森林裡的動物。他身上沒有一塊贅肉，言語也同樣沒有贅語，字字似乎過濾過，排除所有雜質，才從嘴裡說出來。因此，再加上較令人肅然起敬的過去，他多了一小份尊嚴。

「我們來看看地圖集。」

看地圖集表示課堂近尾聲，方便科尼格以德文整合歷史地理觀念。艾德蒙取出他這本舊的凱氏地圖集，攤開世界地圖。科尼格叫艾德蒙照他指的國家，練習顏色的德文單字。科尼格先指向加拿大。

「粉紅。」艾德蒙以德文說。

美利堅合眾國。

「綠色。」

巴西。

「呃……黃色？」

「很好。」

印度。

「粉紅。」

錫蘭。

「粉紅。」

澳大利亞。

「粉紅。」

「粉紅代表什麼？」科尼格問。

「全是大英帝國的一部分？」

「很好。你學得很快。」

「我爸說，大英帝國大戰後會縮水。他說，英國錢所剩無幾，現在最強的國家是美國和蘇聯。」

「這地圖將來的變化會更多。不會像現在這麼多粉紅。」

科尼格老師對英國人和大英帝國到底有什麼感想，艾德蒙納悶著。老師指出英國浩瀚的疆界，只是為了表示禮貌嗎？科尼格的手指跳過幾國，可能是無意間漏掉了，但他漏掉的是褐色的日本和黃色的義大利，以及最明顯的藍色德國。即使按照凡爾賽條約規定，德國的版圖縮減，卻仍座落在舞台的中間，是歐陸的重要心臟地帶。同是藍色的國家只有少數幾個，例如東非的坦干伊加（Tanganyika）、西非的多哥、西南非的納米比亞，令人意外。

「希特勒嫉妒我們的大英帝國嗎？」

這問題對科尼格產生立即的效應：他怔住了，打直腰桿，頸部軟骨因緊繃而產生啪聲，腦神經急如星火算計著。

「照規定，我不能談這方面的事。」他說。

艾德蒙一知半解。

「沒關係啦。我媽媽不在家。」

科尼格保持緘默，絲毫不開心。

「是因為你在等著被清洗嗎？」艾德蒙問。

「你指的是『清查』，」科尼格指正。「德國人不喜歡談那些日子的往事。」

「不過，你當過校長，身家應該不會有問題吧，對不對？你應該能領到白卡吧？」

「希望如此。」

「你會領到 Persilschein（良民證）嗎？」

「你懂這單字？」

「我跟朋友學到的。」

「德國朋友？」

艾德蒙點頭。「他說，每個德國人都想領到 Persilschein。」

科尼格再一次搓揉兩手，彷彿想從中扭擰出什麼東西似的。

「對。像洗衣服一樣。洗掉所有汙痕。」

「有些人去黑市買良民證。四百根香菸能換來一張。」

「你對這方面的事懂得不少嘛，艾德蒙。」

「不如我去弄一張給你？」

科尼格先生舉雙手說：「不要。我應該循正當……管道，和大家一樣。」當然。科尼格當過校長，循規蹈矩才是校長的正道。

「有良民證，你就能再當校長嗎？」

科尼格先生首度顯露神馳的模樣。他看著地圖，看著藍海對岸的綠色大國。「我哥邀我去美國。他在大戰後移民過去了。他發明一種擠牛奶的機器，速度比任何機器都快，現在他開別克車，住在湖邊房子裡。在威斯康辛州。威斯康辛差不多和德國一樣大。他告訴我，美國的所有東西都比較大。乳牛。三餐。車子。他在別克車引擎蓋上裝一副牛角。」

艾德蒙聽得也想去美國。「你會去嗎？」

科尼格先生凝視著地圖。他摸摸威斯康辛州。

「對我來說，現在已經太遲了。」

「怎麼說？」

「再過幾年我就六十歲了。」

對艾德蒙而言，年過四十的成年人全可歸入一類。四十一歲壯漢和日漸走下坡的五十九歲老人的期望和志向就算有差別，體力就算不同，就算多了能限制行動、迫使人生改道的病痛，他也無法體會。科尼格有機會赴美。為什麼年齡能阻礙這種事？

「可是，如果你待在德國，你的年紀也不會變啊。」

科尼格微笑，閉嘴不語，只有鼻孔咻咻冒出細小的笑聲。

「是因為太貴了嗎？」

「太多問題了。好像問卷似的。不對。我哥願意代我支付旅費。」

「所以說……你可以去囉？」艾德蒙想像自己是即將赴美的家教，也試想自己成了老師航渡大西洋的推手，幫助老師踏上新生活，越想越開心。然而，科尼格的回答似乎已達到他覺得自在的極限。他改變坐姿，坐直身子，稍微強化權威感。

「這事……一言難盡。」科尼格闔上地圖集，關閉進一步追問的可能。

艾德蒙自知問不下去了。成年人一旦使出「一言難盡」，他就知道此路不通。

正午，馬車鐘噹噹響起，淹沒尷尬的一刻。

「下課了，」科尼格先生如釋重負說：「明天，我們研究人口和資源。我們可以練習大一點的數字。」

「謝謝老師。我想學。」

科尼格先生通常從側門離開，但今天側門積雪過深，而園丁理察尚未出去清道，在沒有成年人的情況下，艾德蒙只好送老師從正門出去。老師花了一點時間以圍巾固定帽子，動作細膩如鼠，和他吃蛋糕的動作相當。門開著，一陣冷風颼進來，雪花碎成的粉塵和冰晶頓時橫掃門廳。科尼格叫艾德蒙在他出門後趕緊關門，以鎖住寶貴的暖氣，但艾德蒙基於某種本能，讓門開一道縫。由於風勢強勁，如果科尼格一出去馬上關門，艾德蒙一定非用力摔門不可。艾德蒙不願這麼做。他握著門，以身體反制強風颳門的勢力，目送家教離去。科尼格腳步匆忙，像在冰上行走，唯恐一停腳就摔跤。在雪白的良民證世界裡，灰黑色的他形成漸行漸遠的一粒汙點。

艾德蒙跑上樓，進父母臥房找香菸。他翻找父親的外套，找到父親的銀菸盒。裡面是空的，因為父親仍未把菸從包裝盒轉移過來。菸盒蓋裡面有兩張相片，以橡皮筋束著，吸引艾德蒙眼光。第一張是母親坐在彭布洛克郡沙灘上，他和哥哥麥可忙著建造沙壩，阻止海流。另一張有摺角，塞在這張背面，主角是麥可，地點是阿默舍姆家中的庭園。見到已故兄長活生生的模樣令他陡然心驚。哥哥穿著繩紋織板球衫，露出逗趣的傻笑，彷彿趣事只有鏡頭後面的人知道，而拍照者肯定是母親。守靈的情景令艾德蒙記憶猶新，母親在納伯斯（Narberth）庭園裡擦拭臉頰上的鼻涕，父親則太關心其他人，管不了自己的情緒，半顆心已經飛回戰場，艾德蒙自己則極力防止眼眶裡的淚珠掉下臉頰，因為他不希望被親戚的小孩看見。現在，艾德蒙感受到同樣忽滿忽空的情緒，宛如肚子裡的水被抽上胸腔，漲到鼻子深處，想從眼睛噴出來。然而，催淚者並非麥可。他是為自己而哭。父親的菸盒裡獨缺他一人。為什麼沒有他的相片？也許父親皮夾裡有一張。也許父親不需要隨身帶他的相片，因為他還活著。非得死得轟轟烈烈，相片才擠得進這座親密藝術館嗎？艾德蒙想像自己死得壯烈淒美——葬身火窟、戰死沙場、在暴風雪中凍死——背景有母親斷斷續續敲著〈魔王〉曲，隨後父親取出鞋盒翻找相片，挑選一張出來追憶艾德蒙，然後裁成適合放進菸盒的尺寸。

艾德蒙關閉菸盒，放回外套口袋，吸收父親肉味夾帶青苔的雄性氣息。他愛父親的心比較單純；他也愛母親，但對母親的感情猶如迷宮，有異於直通父心的父子情。不知為何，愛一個不在的人比較容易。

口袋有襯裡，菸盒的重量恰到好處，能順手放進去，艾德蒙重複同樣的動作幾次。接著，他再尋找香菸，在父親的換洗袋裡摸索。換洗袋有煤焦油香皂和尤加利樹葉的香味，裡面有一把龜殼紋梳子和一件潮溼的法蘭絨衫，也有他的傑出軍職勛章。白琺瑯表面的十字勛章鑲金邊，艾德蒙拿出來細看。換洗袋這麼髒，把勛章收進這裡，未免太糟蹋了吧，應該保存在絨毛襯裡的盒子裡，更好的是永遠別在父親大衣的胸前，照俄軍的方式佩戴，即使上戰場也不收起來。授勛的日期是一九四五年五月，刻在勛章背面，被一小塊肥皂遮住，紅藍飾帶也被汙染了。艾德蒙彈走肥皂，舉勛章至胸前，正要誇讚自己的英勇事蹟之際，樓下傳來一陣刺耳的喊叫，他連忙走避。

蘇珊．博南姆在房子裡走動，活像一股熱騰騰的勁風，在大氣層掀起氣旋和漣漪，改變氣溫。瑞秋後悔把如此強烈的風暴帶回家，跟在她背後走，暗中祈禱魯伯特先生今天不要提早回家。

「我們就從這裡開始吧，」博南姆夫人說，把房子徵用來揮灑幻夢。「我們抖掉身上的雪花，湊近壁爐取暖。我們可以先來幾杯粉紅琴酒。或者辣味白葡萄酒也行。湯姆森夫妻會遲到。他們天生愛遲到，自認比較時髦吧。我建議妳，邀請他們的時候，記得把時間提前。

我們可以隨便聊這聊那的。當然，大家會禮貌性稱讚這房子多好，暗地裡其實拚命掩飾嫉妒心。然後呢，我們大搖大擺逛進……」她邊說邊憑直覺知道該往哪裡走，不徵求允許就推開一道雙扉門，說著：「……天啊。一大間撞球室啊！看看這些畫。我猜不是妳的吧。到底畫什麼鬼東西嘛？」她看畫的表情像怕被咬一口似的。「摩登藝術。我搞不懂。不過呢，我們家季斯對這東西有眼光。好，接著呢，我們進……這裡……」她進入門已經敞開的飯廳，說著，「……然後進……這才像話嘛。只不過，宴客名單好像被我低估了。這一桌，我們至少可以坐——十六人吧？也許妳該邀請空軍中將夫婦吧？他們懂得欣賞豪華。好。晚宴在這裡辦。五道菜嗎？行行好，不要德國酸菜。滋味窮酸，小酒館才有的味道。嗯。我們難免會討論英國的事。有人會提起俄國人，談這談那的。有人會提起燃料短缺，談這談那的。在點心上桌的前後呢——我會帶點心來請大家吃——琴酒之類的酒，會在大家體內發酵。季斯的臉會變得有點紫褐色。他會跟人爭辯起來，男人們這時候就應該……不對不對！我們也許應該顛覆常態，叫他們留在飯廳，我們女人家退席——」她推開拱門，踏進全屋子最美輪美奐的一廳，漂亮到她稱讚不出口：「嗯。可以。這間可以。一台鋼琴。太棒了。我們全都醉到能唱幾首吉伯特與蘇利文名曲。我們可以叫黛安娜高歌一曲，大家假裝她的歌喉像天仙。妳會唱歌吧，我猜？也會彈鋼琴嗎？那就好。也許玩一局猜謎遊戲——」博南姆夫人稍停腳步，從大窗戶往外看院子門。「另一家的女兒是那個吧？」

芙莉達正走上車道，步伐果決。在雪景襯托下，紮著兩條麻花辮的她活像從格林童話走出來的小孩，等著被女巫和野狼動歪腦筋。

「她今天提前回家了。」

「她那兩條麻花辮子，非改一改不可啦。妳應該把瑞娜特介紹給她。」

瑞秋看著芙莉達之際，心頭突然疼一下，後悔自己沒早一步看出這需求。她自我承諾，下次遇到芙莉達，一定帶她去見美髮師。

蘇珊‧博南姆定睛再拍最後一張照，然後轉身，再進行巡禮。「總之呢，我猜我們可以在這裡喝睡前酒——或者換一間……啊。從後面進入……」從後面進入第二道門，通往玄關的壁爐前，風風光光繞完一圈。「結束了！回到剛才出發的地方。這地方喝睡前酒最合適不過了。我們可以看著壁爐最後的餘燼，然後呢……凌晨三點散會。我有沒有漏掉什麼？」

「妳把標準訂得太高了，蘇珊。」

「我剛講的只是彩排。實地上演的時候會更精彩。」

「我不確定我能把晚宴搬得那麼……高效率。」

「鬼話。妳是個冰雪聰明的女孩。何況，妳家有下人可用。」

瑞秋點點頭，慶幸旋風之行沒有掃到雇員。

「只不過，妳不是說，妳遇到一些難題？」

「我覺得很難下達命令。」

「妳的口氣一定要堅定。讓他們曉得，妳支配下人習慣了。如果妳不夠堅定，被他們識破了，他們會討厭妳。」

「我想他們已經討厭我了。」

廚房門開著，她們聽得進樓下有匆忙的腳步聲。瑞秋去關門。「尤其是廚子，」她補充說。

「所以才更需要讓他們曉得誰是老大。這樣對雙方都有好處。」

蘇珊・博南姆繼續以雙眼啃噬並登錄室內景物。

「那一家人呢？處得來嗎？他們三餐究竟在哪裡吃？」

「他們頂樓有個廚房。有升降架可用。」

「兩家有沒有任何交流？」

「稱不上。艾德倒是打穿了幾道隔閡。」

「假如我是妳，我會穩穩隔開兩家。」

瑞秋已決定不提及斷頭玩具兵事件，不想讓蘇珊張揚成命案，唯恐不到一星期傳遍全區。

「啊，看。」博南姆夫人的視線被壁爐上方的牆壁吸引。「他們把他拿下來了，我一眼就知道。」

瑞秋順博南姆夫人的目光望去，只見牆上有一方格形的未褪色壁紙，顯示這裡少了一幅畫。

「誰被拿下來了？」

「希特勒。他們習慣把他掛在那邊。德國人家裡的牆上有很多這種空格，只不過，他們腦筋很精，懂得把空格遮住。妳不要吃驚成那樣，好嗎？每個德國人的家裡全有。季斯說這是『無法抹滅的汙痕』。」

瑞秋看著汙痕，腦筋一轉就能想像。為什麼先前沒注意到？

「我覺得，假如我們碰到這種房子，想搬進來，連季斯都願意假裝沒看見灰色地帶。」

「我不認為魯伯特先生跟納粹黨有掛鉤。就我所知。」

「哼，廢話。他們各個都跟納粹撇清關係。」她看著房子，伸出雙手，表示這話題無須再辯論。「這麼好的房子會平白到手嗎，妳覺得呢？一個有錢有勢的德國家庭，絕對和當權者撇不清關係。」

瑞秋隱隱認為，這些論點並非出自博南姆夫人；夫婦之間必然已經討論過這事。

「我相信他們潔身自愛。」

「哎唷，瑞秋，少來了。面對人，凡事總往善良的方向去想，這可能是基督徒的本性，不過，在這方面的事情上，我們絕對不能天真無知。」

瑞秋從未懷疑魯伯特先生是納粹同路人。畢竟，如果附和博南姆夫人的說法，她豈不是自認被擺一道、路易斯是個粗心大意的傻子、住這裡簡直是掉進賊窩？

「他們不可能全都有罪，蘇珊，」她說，現在改套用丈夫的說詞。「我真的不認為他和納粹有關聯。」

「親愛的啊，他們全都撇不清關係啦，不同的只有涉案程度的輕重。」

第七章

「好心英國人。好心基督徒英國人。我喜歡英國的生活方式。我喜歡溫莎國王和皇后。我喜歡民主。我學習紐西蘭自治領。我想住在自治領。你幫我移民好嗎，英國人？」

「閃啦，你這個小王八。」

「好心英國人。我知道倫敦。你們有瑞茲河。有巴特基發電廠！」

「聽聽他講傻話！走開。走啊！快！」英國衛兵最後一字以德文說。

「你德文說得好，英國人。」

「快！」

「我不要俄國人。不要史達林。我要英國人的生活方式。」

「你應該上學去。學校（Schule）。」

「不上學。沒有家。沒有媽。要幾個菸菸，英國人。拜託。有嗎？給我。我媽媽死了。」

「我也是。快走。少煩我。」

「啊……我好像，我快要……暈了。」奧茲以德文說。

「可惡！少來這一套！不准！」

當著衛兵的面，奧茲直挺挺暈倒在軟呼呼的新雪上，撞擊出唧的一聲。穿著毛皮大衣的他躺在雪地上，狀似一隻中彈的狐狸。衛兵鎮守英軍總部門口，儘量裝出剛毅的神態，兩眼直視前方，不理會倒地的男孩。這時候，一名婦人推著一堆馬鈴薯路過，在男孩身旁駐足，看著無動於衷的衛兵，抬起下巴，朝男孩的方向指。

「可恥啊，士兵！」她狠狠瞪衛兵，以德文罵人。

德國民眾紛紛上前圍觀。衛兵不想把場面鬧大，只好將步槍挨在衛兵哨的牆壁放著，彎腰向奧茲，只蹲不跪，以免弄溼膝蓋。衛兵揪住他大衣的後領，拉他起來坐著。

「少來了，小子。醒醒吧。」衛兵的手套冷如冰，對著男孩的臉頰拍打。「看看你，穿成什麼德性？你看起來像劇場混帳鬼才諾維．考沃*。」

奧茲假裝眨一眨眼，搬出他熟能生巧的語無倫次台詞：

「艾德禮先生。謝謝。喬治國王。謝謝。英國衛兵。謝謝。菸菸。菸菸給奧茲。菸菸換麵包。英國人是基督徒。專門給菸菸。」

衛兵從胸前口袋取出一包香菸，放大動作，從中敲出幾根給男孩。

「給你，小子，」衛兵說，給他不只一根，不只兩根，而是三根香菸。盡完了親民的義務，衛兵滿足了，站起來，有點以為路人會報以掌聲，但他四下一看，才發現沒有人目睹到他的善行。

「好了，滾蛋，你這個小惡棍。」

奧茲瘋瘋癲癲稱讚英國文化，換來三根菸，連帶學到兩個新詞。他學會的英文用語當中，髒字早已超重。

「滾蛋。小惡棍！」他反覆練習著，拍掉身上的雪，踩著輕盈的步伐離開，沿著巴林達姆（Ballindamm）大道，朝阿爾斯特河前進，手裡握著掙來不易的濟助品。平日他行乞行竊的成績豐碩，這次算不及格。今天，他在阿爾斯特河的沼澤周圍耗了一整天，去英軍徵用的商店和飯店，裡裡外外覓食，撿拾生活用品，表演稱讚英國文化然後暈倒的戲碼，成效不彰。他去英軍福利社商店讚賞英國婦人的髮型和帽子多美，可惜她們似乎不為所動。平時，大西洋飯店後面的餿水桶有很多好料可撈，今天卻全被封鎖。他也去過凱旋俱樂部（Victory Club）的階梯乞討剩菜——「嘿，美國人，你來這裡做什麼？帶我去美國，美國人」——結果被一個美國字趕走：「滾！」

奧茲懷疑，倒英國人胃口的該不會是這身衣服吧？今天他穿上全副武裝：戴著有襯裡的真皮飛行帽，穿著名門仕女皮草大衣，裡面上身是絲質晨衣，腳下是大他三號的騎馬靴。救世軍每星期發衣服賑災，大衣是他去哪裡領到的，馬靴來自紅十字會。也許他穿得太好了，勾不起英國人的同情心，但天氣這麼冷，他肺不好，不敢少穿一件。

奧茲把香菸收進鉛筆盒。今天只賺到三根菸。他大概能換來一條麵包，但波提看了一定

＊ 譯註：Noël Coward，英國喜劇導演。

嫌不夠。最近，波提的要求越來越高；他不再只要香菸或藥品而已，也要文件和通行證。但這些東西很難找，而且昂貴。奧茲只好去資訊中心（Information Centre）找霍克（Hokker）先生，看能不能用手表換到波提想要的東西。

奧茲對英國文化所知多半來自資訊中心。這棟美觀的建築位於市中心，隔壁是市政廳。今天夏初，市長主持開幕式，發表堂皇的演說，大談友誼和學習。市長說，這中心是「橋梁」，宗旨在於「教育前來參觀的德國民眾認識英國最大的機構和成就」。資訊中心裡面有一大間閱覽室、一間藝術館、影片播放室、借閱圖書館，天天人滿為患。德國人似乎求知若渴，想了解自身經驗以外的世界，對英國人的生活方式感到好奇。德國民眾樂於認識英國河川和女權運動是真的，但是，他們前來資訊中心坐，目的其實是這裡有暖氣可吹，可以弄一兩張糧票來用。明事理的德國人都清楚：在「橋梁」上進行的交流，文化和商品並重。

奧茲伸進柔軟的大衣口袋，看表。這表的品牌是荷德曼父子（Holdermann und Sohn），但他能欣然出讓。前陣子他在阿通納區，見一流民葬身樓梯間，表就是從這人手上脫下來的。主人心臟不再滴答跳，手表卻照走不誤，似乎不太合理，好比屍體的指甲增長，不夠忠誠。而且，這表每小時快了二十分鐘。今天是星期一，表面卻顯示星期二。照這樣暴走下去，到月底之前，這表能衝進一九五〇年。

資訊中心裡人擠人，身體散發的熱氣令人難以呼吸。氣溫遽增，奧茲頭暈了一陣。展示廳裡有免費報紙可看，有暖氣可吹，人潮洶湧，很難看見展示品。新成立的英德婦女會張貼海報，宣布「T．哈利夫人即將以開羅至耶路撒冷旅程為題發表演說」，也宣布英國大詩人T．S．艾略特即將蒞臨，「將以英德雙語針對歐洲文化統合進行演說」。奧茲駐足看著面容嚴峻的詩人相片，不確定是男是女。旁邊的海報宣傳的是《英國辦得到》（*Britain Can Make It*）影片，以及有關英國和阿富汗邊境帕坦（Pathan）民族的幻燈片展。

霍克坐在他常坐的位子，閱讀英文報紙。報紙全用夾子加鏈條固定以防竊。白天霍克多半待在這裡。外界有事會來找他，不必勞駕他外出。在漢堡，以非法傳輸而言，最暢通的黑市管道非他莫屬。所有髒水匯聚成溪澗和小河，流向他，再從他輸送到其他地方。想要什麼東西，找霍克一定有——只要你付得出代價。

奧茲鑽過人海，擠到他面前。霍克穿黑大衣，戴霍姆堡氈帽，看似葬儀社老闆，正埋首閱報中，一根手指順著油墨字走。帽子擺在他旁邊的桌上，帽簷的融雪蓄積一灘水。

「哈囉，霍克先生！今天英國發生什麼大事？」

霍克不抬頭。他讀得入迷，邊讀邊動嘴唇，以英文自言自語。

「奧茲．萊特曼。英國的情況不太妙。」

「不妙？怎麼了？」

「英國佬不想為占領區掏腰包。英國佬說，我們自己都吃不飽了，何必餵德國人？」

霍克先生喜歡炫耀英文和翻譯能力。在談交易之前，奧茲總會請他朗讀幾段，通常能促使對方減價，少換幾根香菸。

「今年冬天情況更慘。」霍克說。

「奧圖說，這次冬天會延續一千年，」奧茲說：「老天爺在懲罰我們做過的所有壞事。史達德鎮的櫻花不再開。果園不再有蘋果。陽光不再打在窗簾上。阿爾斯特河不再有裸泳客。只有一千年的冰雪。你認為呢，霍克先生？」

「感覺是這樣，沒錯。德國的所有河流全結冰了。連萊茵河也一樣。」

霍克以浮誇的動作舔手指翻報紙。「我們成名了。看這裡。我們登上英國《每日鏡報》七版：漢堡市的相片一張。」

奧茲愣得無言。化為焦土一片的漢默布魯克住宅區，他住過的地方，居然出現在英國報紙當中。在這裡，他曾目睹窗戶熔化、路面冒泡、女人身上的衣服被看不見的熱風颳走。他依稀聽得見那陣風聲——宛如風琴所有鍵被同時按下的聲音。他依稀看得見灰燼如雪花飄零，失火的門口像馬戲團獅子跳進跳出的火圈。索本街（Sorbenstrasse），密特運河（Mittelkanal）。有民眾陷入熔化的瀝青。媽媽的頭髮著火了！腦漿從鼻孔滴下來，從裂開的太陽穴流出來。屍體像裁縫師用的假人，縮小成只有他一半。德文稱之為「Bombenbrandschrumpffleisch」，意思是「被火烤縮的屍體」。

「媽媽……」

「你沒事吧，孩子？」

奧茲閉上眼睛，然後睜開，好讓慘景消失。老家的鄰里被剷平，他再看相片一眼，浮現相片上的是新公寓住宅的模擬圖。

「英國佬會把它變成新的嗎？」他問。

「這是給英國佬住的。他們打算趕走所有人，蓋新房子。標題寫說：『每年一億六千萬英鎊。教德國人蔑視我們』。」

「這是什麼？」奧茲指著漫畫問。畫中有一對英國男女，站在毀損的房子外面，男人說：「我們搬去德國吧。聽說他們的房子蓋得很大。」

「他在講什麼？」

「是笑話。意思是說，德國比英國好。」

「英國佬瘋了。什麼東西都能當笑話。」

「怎樣，奧茲．萊特曼。你今天找我有什麼事？」

奧茲把表放在《每日鏡報》上，霍克像在表演魔術，用帽子蓋住表。

「你要多少？」

「你不看一下嗎？」

「我看了。這表不錯。是德國高級品牌。」

「我需要更多藥，也要一張卡車司機通行證。」

霍克看著奧茲。「你找我要的東西很難弄到手。」他掀開帽子，看看表，拿起來，舉到耳朵旁。只要不聽太久，他聽不出毛病。

「表以前是我爸的。」奧茲說。

霍克投以懷疑的目光。「住漢默布魯克的人，沒有一個買得起這種表。」

「你能幫我弄到通行證嗎？」

霍克剔著牙，摳出東西，細看著，看似培根的肥肉。他心不在焉地放回嘴裡。

「這表對我沒用處。最近沒有人想知道幾點。現在是午夜零時，時間已經無關緊要了。一切都結冰了。沒空去關心現在幾點。」

「總有一點價值吧。」

霍克伸進外套，掏出三張糧票，放在報紙上。

奧茲擺擺頭。碰了英國釘子一整天，現在連霍克也跟他作對。

「十張。」

霍克呵呵笑一笑，提起帽子，露出表，隨奧茲意願。

「三張，不然免談。」

奧茲看著糧票。一張能換麵包，一張換牛奶和雞蛋，一張換人造奶油瑪琪琳。面對波提時，他只好再找個藉口應付，但他在腦子裡已經煮著明天早餐。

霍克把三張糧票推給他。

「收下吧。表不能吃。」

路易斯站著照鏡子刮鬍，儘量不要吵醒瑞秋。他用指甲摳掉刀片上的鬍子屑，不想對著洗臉台咚咚敲。這棟房子的所有浴室全以大片大理石裝潢，色調是芥末黃和金黃，怎麼看都無法適應：每次刮鬍子，他覺得自己像英屬印度軍官在富豪家受款待。儘管他善意允許德國人待在自己家裡，但他再怎麼拿這一點自我安慰，也禁不住覺得自己只不過是又一個外來投機客。

刮完鬍子，拿毛巾擦乾臉，清理環境。包包相連的半打銀色保險套，放在大酒杯後面，顯示三個月來只用過一次。這種月曆未免太傷感情了。路易斯把保險套留在這裡，隱隱希望瑞秋上廁所時看見，促動她改進。以這種方式求歡顯得迂迴而荒謬，既不可能改變現狀，也不太公道。但他已經喪失自信，無法再對她直來直往。（的確，當他試圖回憶他能在房事上直言不諱的那幾年，他只記得在追求她的時候，他曾毫無畏懼告訴她，她在年底之前一定能成為摩根夫人。）現在路易斯告訴自己，她喪失親熱的慾望正如同頭疼和賴床，同樣是她生病的症狀，能以委婉語概括稱為「戰後憂鬱」，假以時日必定能有所起色。至少他但願如此。他實在太忙了，無暇考慮其他療法。

瑞秋側躺著，熟睡中，舌頭和嘴唇輕輕發出乾燥的嘖嘖聲，臉皮不時抖一下，也許正在做夢。梅菲爾德醫師曾建議，嗜睡既是症狀之一，也是一種療法，但路易斯倒寧願她多一點活動。若硬要他搬出一套哲理，他會建議說：沒事找事忙。

幸好她又可以出門了，因為蘇珊．博南姆又約她進市區。路易斯曾在軍官餐廳遇到這位情報官夫人。儘管她愛管閒事，她的幽默感卻也鮮活，熟稔各種文化和社交場合。此外，只要能讓瑞秋不再窩在家裡，路易斯高興都來不及了。

他選擇穿這件俄軍戰線大衣；他的身體缺乏肥肉，而今年酷寒頻創紀錄，這件是少數能禦寒的衣服之一。據報導，庫克斯港的北海已經冰封，也有民眾步行橫渡波羅的海，逃離俄國占領區。他去抽屜櫃查看他存放的香菸。最近比平常抽得更凶嗎？難道是肉體得不到滿足，所以抽菸彌補空虛？庫存似乎短少好幾包。他照常取出六十根，並自我提醒，耶誕節之前必須減少到二十根——以表示同舟共濟的精神，畢竟本地人把香菸等同於麵包。他再看瑞秋一眼，考慮吻她額頭一下，但想想之後作罷，只悄悄離開臥房，隨她去做夢。他也縱容自己一廂情願，妄想自己是她夢中的主角。

即使在雪中，這輛車依然沉穩踏實，猶如一艘巡洋戰艦在汪洋中破浪前進。司機施若德因戰時舊傷復發而退休，路易斯本應另尋司機替代，但他太喜歡自行開車的滋味了。這輛賓士已成為他日常一大樂趣，蔚為溫暖的行動閉關室，方便他盡情思考。他一旦坐進駕駛座，腦海裡的紊亂思路瞬間打直，自信也全恢復了。

天候總算出現一許慰藉：昨日天空的石板灰色雪雲不復見，今天湛藍清淨如資深護士裝的顏色。爬不高的太陽曬得萬物亮閃閃，厚厚一層雪柔軟如絨毛，令人心安，白軟如醫院被單。景象美歸美，卻令路易斯看得氣喪，因為今天是帶次長巡視漢堡的日子，必定會給他錯誤的印象——次長會誤以為，漢堡正以飛快的速度復原中。雪為萬物覆蓋一床毛毯，均衡地面上的一切，掩飾創傷，替破磚和尖銳的金屬蒙上一層充滿希望的新護罩。這片廢墟中的生活灰暗而難看，今天卻讓路易斯難以向次長呈現實情。

路易斯走進大西洋飯店的旋轉門，經過接待區，見領班背面牆上高掛一幅威靈頓公爵畫像。這幅畫將飯店幻化為小型英國政府白廳。次長會恍然以為自己仍置身倫敦。

娥蘇拉站在大壁爐前，暖和身子。她身穿羊毛針織衫和山形斜紋裙，鞋子是楔跟鞋，儀容優雅含蓄。她的頭髮盤在後腦勺——適合管制委員會口譯員的標準髮型。若說她意在不聲揚外表，這樣的打扮卻只能強調她的姿色：如狼的眉毛、纖瘦的羚羊頸子。路易斯不知不覺以蹩腳的德文恭維她。

「……淑女。」他未經大腦思考，詞不達意。講「Lieblich」（漂亮）或許比較貼切，但叫她翻譯並更正針對她本人的讚美語，怎麼說也說不過去吧。

「謝謝你。」

「抱歉我遲到了……街道是冰的。德文這樣說對嗎？冰的？」

「是的。」

前陣子，艾德蒙以咬字清晰、發音標準的德文問他問題，之後他就堅持盡可能和娥蘇拉講德文。

「今天搭不到電車。」

「路上不好走吧？」

「還好。我穿的大衣很暖和，一路不難走。這是你今天的行程。」娥蘇拉遞給他一張打字稿，他瀏覽著，看見蕭次長的全銜列在今天第一件事。

「有錯嗎？」

「沒有……不是。它是。完美的。只不過，肯辛頓是『頓』，而不是『屯』。」

「啊！」娥蘇拉似乎真心和自己過意不去。她逐音節唸出這地名：「肯──辛──頓。對不起。」

「沒關係。一個很容易犯的錯而已。沒人會介意。次長已經來了嗎？」

「他正在交誼廳。」

「希望他是自己人。」

「自己人？」娥蘇拉問。

「相對而言是『外人』。我的意思是，希望他和我們站在同一邊。同樣是好人。」

娥蘇拉摸摸自己下巴，暗示他臉上有東西。

「你流血了。」

路易斯摸下巴，血沾到手指上。

「這是不抹肥皂就刮鬍子的教訓。都怪我為了節約資源而亂來。」他舔舔手指，以唾沫塗傷口。「還在流血嗎？」

娥蘇拉從大衣口袋取出手帕，想幫他拭傷口。她暫停動作一會兒，等候他准許。路易斯伸出下巴，但願將軍和市長不會正好路過。

「麻煩妳。」

娥蘇拉以母親的姿態為他療傷，雖然動作一本正經，毫不做作，這份關注卻令路易斯害臊。她如此貼近，氣味如甫洗好的寢具。

「好了。你現在可以去見肯辛——頓來的次長了。」她向後退一步，因為她察覺到對方的尷尬。

「謝謝妳。進攻！」

她點頭。「進攻！」

兩人齊步走向大交誼廳，前進戰場。

男士三三兩兩站在煙霧繚繞的室內，交談的語音凝聚成巨響。今天出席率相當不錯：索提斯將軍來了，管制委員會其他高官也到場。圓胖的市長也在，抽著正常尺寸的古巴雪茄，模樣似德國版邱吉爾。警察局長馮恩．貝利也與會，神態緊繃，畢恭畢敬。他一眼就見到次長，因為在場只有兩人穿便服。次長被一小群阿諛者包圍，人人都想趁機和次長打交道。

路易斯趕緊向娥蘇拉介紹在場人士。「那位瘦男是索提斯將軍。我的最高層直屬長官。也是妳長官。」

「是自己人嗎？」

路易斯聽了微笑。她的吸收力很強。他搖搖頭。

「穿銀行西裝的那位男士呢？」

「那是警察局長。」

除了次長之外，全場不穿制服的人唯有貝利局長。路易斯對貝利甚為敬重。貝利拒穿管制委員會深藍色制服廣為人知，因為制服令他聯想起空襲督導員的服裝。「自己人。」路易斯說。

「正在和次長講話的那人呢？」

一把火氣從路易斯內心升起。那人是博南姆少校。從眼前的情況看來，少校已經虜獲次長半顆心。路易斯恨自己遲來一步，居然讓少校有機會在次長的思想裡下毒。次長的表情像在凝神化解疑難：一手托下巴，歪頭沉思，流露著同情，彷彿正極力聽取並記住對方的一言一語。

「博南姆少校。情報官。」

「外人。」娥蘇拉不點就通。

早餐席間，路易斯坐在少校和萊恩・凱因將軍對面。凱因將軍是美國人，前來德國考察英軍的進度，分享美國占領區的生活。凱因頂著平頭——連美國三星將領似乎都偏好這種髮型——顯得陽剛而年輕。皮膚上的日曬斑暗示著駐紮地陽光普照，過著充實的生活。凱因將軍的態度怡然自得，顯示他喜歡駐德。他也略帶一種自大的神態，來此地探望較窮苦、三餐不繼的親戚。

「禁止和本地人交好的禁令可以解除了吧？聽說在你這一區，只要和德國婦女攀談，就能構成妨礙風化罪。」

「我認為，現階段，德國人比較喜歡明確的區隔。」

「你知道嗎，在法蘭克福，美國軍人如果想和德國百姓結婚，我們已經能為他們舉辦特別儀式了。以這種方式來統合社會，不是比較省事嗎？」凱因將軍的色眼遊遍娥蘇拉全身。

「假如妳想跳槽到比較友善的一區，小姐……」

路易斯欣然觀察到，娥蘇拉保持風度，淡然處之。

「比起你們，英國區的問題多太多了，將軍。」

「你說得對。」

服務生端早餐上桌：雞蛋、香腸、火腿薄片、燒烤切半番茄、蘑菇、洋蔥、血腸、肝。

「就算你們窮，我很高興見你們款待客人照樣慷慨，」凱因說。說完，美國將軍臉色轉為嚴肅。「把方向盤還給德國人的時刻到了，你不覺得嗎？我們動作非快不可。如果我們再不當心一點，德國人會開始覺得蘇聯是個更好的靠山。我們應該趕快讓他們的工商業上軌道。提供他們必要的資金。然後讓他們自己作主。給他們工具……目前有人提到一套計畫，提供他們——和歐洲——巨額金援。華府正在討論中。振興德國，對我們大家都有好處。」

「不過，在德國強盛之前，我們先要把德國弄乾淨才行，將軍。」博南姆少校說。

凱因把肝切成兩半，送進嘴裡咀嚼。

「那當然，」他說：「先對那些王八蛋斬草除根。粗人講粗話，抱歉，小姐。」

娥蘇拉淺笑一下，表示她覺得這話逗趣，不以為意。

路易斯已經吃掉半個蛋和一片火腿，但一聽到少校的話，腸子立刻打結，胃臟也緊縮。他迫切想插嘴。他望向這一桌的其他人。迪畢里爾正和空軍元帥索爾托交談，遠到聽不見這裡的對話。但次長坐在娥蘇拉鄰座，現在已將耳朵轉過來旁聽。

「我贊同你剛才的說法，少校：『房子不能蓋在腐壞的地基上。』」

路易斯的心往下一沉。路易斯也聽過副手威金斯講過同樣的話。現在，博南姆少校繼續玩同樣的傳話遊戲，無疑在早餐前就已經在多人耳朵裡埋下種子，藉這種方式將莫須有的偏見深植人心，凝固成定見，進一步形成政策。

「德國人民已過了十二年無知、不識字的生活了，」博南姆說，受到次長的鼓舞。「人民變成了牲口。等我們奠定法治，振興基礎建設，就能著手進入重建心靈的程序，不過，在這之前，我們必須提高警覺。善意是一種奢侈品，我們沒有行善的本錢。」

博南姆的睫毛對著路易斯眨一眨。

「你相信這裡有叛變的危機嗎？」次長問，話鋒轉向路易斯不樂見的險境。

「災區狀況混亂，大批流民流竄，為納粹提供絕佳的障眼法，先是消失，然後打著『清白』的旗幟復出。」

「你們不是有問卷嗎？」凱因說。

「問卷是有幫助，沒錯，不過我們需要稍微調整一下內容，對他們的過去要稍微再挖深一點，才能查明真相。我們的案子累積太多了，需要增加人手應付。不過，我們也需要加強情報工作，揪出真正的不法分子。這難題不只是分辨綿羊和山羊而已，更要辨別哪些山羊假冒綿羊，哪些綿羊骨子裡其實是狼。或狼人防衛隊。」

此言引來所有人關注。

「你們這裡也有？」凱因將軍問。

「上禮拜，我們有個車隊被兩個叛軍埋伏。載琴酒的卡車被炸翻了。」

「他們曉得你們的弱點喔。」凱因調侃說。

「是叛軍嗎？」路易斯問。「或者是想找東西吃的民眾？」

「被逮捕的兩人看起來營養相當充足，」博南姆反駁。「兩個人似乎都深信希特勒活得好好的，總有一天能東山再起，擊垮我們。我對他們指出，希特勒死了，其中一個叫我拿出證據來，說俄國人一直不肯公布屍體。」

「有屍體，有證明！」凱因高喊。「把希特勒捧成耶穌基督似的！」

「狼人防衛隊的宣傳價值遠超過實際成就，次長。」路易斯說，決心搗毀狼人防衛隊迷思，將話題轉回要務。

但博南姆已經將所有人收編為信徒。

「被逮捕的兩人都有『88』刺青，」博南姆繼續說：「在前臂燙成的疤痕。」

「八十八？」次長問。

「是縮寫暗號。意思是第八個字母。」

次長數一數。「H。代表HH嗎？」

博南姆點頭。他要次長說出整句。

「希特勒萬歲（Heil Hitler）？」

路易斯急著非介入不可。

「一派胡言。『88』的記號在全漢堡的牆上和廢墟都看得到，只顯示目前狀況多糟，人民準備考慮回歸過去。」

「說不定，有些德國人還沒學到教訓？」凱因將軍提示。

「一定要伸張正義給大家看，」次長說：「英國人民有這樣的呼籲。」

「最好應該是落實正義，而不是伸張給人看看就好吧。」路易斯說。

「上校，你不是政治人物。在我的領域裡，觀感代表九成真相。」

「追捕幾個狂熱分子稱不上是我們的當務之急。」路易斯說，自制力岌岌可危。大家三言兩語剖析德國，他意識到德籍的娥蘇拉漠然無言。

「當務之急是什麼，你說來聽聽吧？」次長問。

路易斯挺直腰桿，雙手攤在桌上。「人民餓肚子，亂成一盤散沙了，對他們宣導民主，有用嗎？如果我們能讓人民溫飽，讓他們有家可住，幫助他們和親屬團圓，創造工作機會，這樣一來，我們就沒什麼好怕了。不過，目前，有幾百萬肢體健全的德國人沒辦法工作，因為他們被卡在『清查』的過程裡。親人到現在還各分東西，有幾千人還被關在拘禁營裡。」

「的確。」次長點頭沉思。可惜的是，條列式的當務之急不比狼人防衛隊的傳聞更動聽。

「上校，你是真心同情本地人，」凱因將軍有感而發。「是不是這樣，大家才稱呼你是『漢堡勞倫斯』？」

一定是博南姆走漏的情資。

「上校，既然次長和將軍在這裡，你不如跟他們報告一下你特殊的居家環境吧，」博南姆建議。他轉向凱因和次長。「摩根上校正在實驗一種新方式，以促進英德關係。」

情報官能和將領高官直言心中話，無須顧忌後果，路易斯一向很羨慕他們這種本事，但博南姆迫切想試煉路易斯的平等主義傾向。現在，博南姆正把話題扳向他這一邊。

不情願之下，路易斯娓娓道出和德國家庭同住一屋的來龍去脈。解釋完畢，全桌陷入冗長的沉默，隱隱汙衊著他。原本顯得人道至上的行為，如今聽起來逼近醜聞邊緣。

「哇，這是不折不扣的『交好』啊，上校。」凱因將軍說。

「我懷疑。這該不會加深對方的恨意啊？」博南姆問，語帶四平八穩的理性。「我是說，德國這一家人，會不會寧可搬去流民營，和同胞相處？」

全桌目光轉向路易斯，期待他回答。

「搬去住鐵皮屋嗎？被凍掉半條命嗎？」他自知此言顛覆了既定政策，但次長非知道不可。

「聽說他們住那裡挺舒服的，」次長說：「有暖氣。也有糧食。日子比目前半數英國人還好。」

「我在想，假設被強迫搬家的是我們，有機會留下來的話，我們多數人會選擇住在自己家裡。」路易斯說。

「嗯，上校，希望你的好意不會害你被反咬一口。」次長說。

路易斯已經講太多話了，也看得出迪畢里爾將軍不高興他在次長面前數落英軍的努力。他想等到次長實地視察時，再說明流民營的實際情況。

直接偵訊中心（Direct Interrogation Centre）的等候室有餿牛奶味，魯伯特坐著，儘量回想自己除了身為德國人之外，另有什麼值得英國情報單位質疑的罪狀。

這中心位於內阿爾斯特湖（Binnenalster）後面，原本是藝術學校。上次魯伯特來這裡是一九三七年的事了，當時陪克勞迪雅前來欣賞勃克林的畫展。希特勒政權下，無數畫家的作品被批評為傷風敗俗，勃克林是逃過一劫的少數好畫家之一。據傳，希特勒曾買下八幅他的作品。參觀後，魯伯特和克勞迪雅大吵一架：勃克林的畫作有鮮明的道德觀，令她欣賞，但魯伯特卻認為這正是作品的問題所在。克勞迪雅罵他「蠻橫」，看不清作品本身的美，而他也反過來罵她是民粹主義者。然而，這對夫妻爭論的主題並非藝術或品味，而是政權。

思緒回到等候室。他告訴自己，他沒什麼好怕的。戰勝國鼓勵德國人「反躬自省」（Besinnung），以坦承自己也涉及德國犯下的滔天大罪，魯伯特也反省過了。他不喜歡全民有罪的觀念，但他也不是那種耽溺於往昔的人，不會把當前的苦難歸咎於同盟國，更絲毫不憐憫在紐倫堡被吊死的被告。他填寫過能決定未來就業的問卷，總共一百三十三題，比他預期來得簡單，他不明白這種問答如何能判定誰是真正的壞人。感覺上，這份問卷太客氣了，缺少狡詐或刁鑽的拷問。其中有一兩個怪問題令他笑出聲音，但大致而言，他憑自信和良心填寫。他甚至喜歡「記得自我」的練習。

有人喊魯伯特的姓名。他走向偵訊室，接近門口時深呼吸，提醒自己要保持謙虛，儘量溫文有禮，不要太逞強好鬥。聽謠傳說，英國認為被判黑的德國人不夠多，最近約談的時候加倍用心篩檢。

坐橡木辦公桌裡的偵訊官有兩位，其中一人抽著菸，以手勢叫魯伯特坐下，另一人不抬頭，繼續監視面前的文書資料——魯伯特看得見他填寫完的問卷：綠墨水，螺旋形的草寫字。偵訊官翻閱著問卷，翻向前，翻向後，反覆翻看，彷彿困惑於前後矛盾之處。某處不太對勁，或者漏了什麼東西。漫長而充滿戲劇張力的拖延戰術如果用意是動搖人心，這一招對魯伯特果然管用。偵訊甚至尚未展開，魯伯特已經被激怒了。

「魯伯特先生？」第一位偵訊官說。
「是的。」
「我是丹奈爾上尉。這位是博南姆少校，情報處長。根據我們的需求，我們打算以英文和德文進行約談。據我們了解，你的英文很流利。」
「是的。」
少校仍不抬頭看魯伯特，繼續對問卷顯得疑惑——嚴格說來是魯伯特的回答。少校終於開口了，語調沉緩，德文無懈可擊。
「你是個幸運的人，魯伯特先生。」
魯伯特不反駁。他靜候著，心知「幸運」即將被這個睫毛出奇長的少校攤開來檢查。
「你平安無事躲過這場大戰。第一次大戰時，你太年輕，第二次大戰你超齡。現在你仍住在自己家裡。你保有自己的資產。你有個同情你遭遇的房東。」
魯伯特想針對「資產」一項爭辯，但他忍著不說。
博南姆少校抬頭，魯伯特看著他。少校的眼睛太俊美了，不像偵訊官。魯伯特在他眼神中尋找同情心。
「我很感恩。」他以英語回答，想平衡現狀。
「真的？」博南姆回應。他低頭看問卷，翻頁到啟人疑竇的一題。
「從你回答的幾題，我聞到不太感恩的味道。甚至有輕蔑的味道。」

批評得好。魯伯特向來不喜歡被逼問，尤其不喜歡自以為是問題。遇到這類問題，他會露出頑強和愛唱反調的一面。

「我認為，問卷裡面有一題問到玩具兵。似乎……和主題無關。」

「製作這份問卷花了許多時間和心血。」

「是的。不過……我看不出玩具兵和人品的關聯何在。」

「你有沒有玩過玩具兵？」

「玩過玩具兵的男人，你會全逮捕嗎？」魯伯特忍不住反唇相譏。

「魯伯特先生，講話傲慢，可能會害你掉進你不想被歸入的類別。你到底有沒有玩過玩具兵？」

「有。我小時候和任何一個正常的男孩子一樣。」

「好。我們只需要知道這一點。」博南姆在空白處做記號。「接著，這裡有個……」博南姆的手指移向下一題，臉皮糾結成疑惑的表情。「問題R之三。你這回答是什麼意思？這稱得上是回答嗎？問題嚴肅，你這麼回答似乎……顯得戲謔。」

魯伯特明白博南姆是聰明人。他明瞭，博南姆心知他為何如此答題：因為這問題無聊。填寫問卷的當時，魯伯特以為看走眼，再看一次，心想一定是翻譯太拙劣，或者特別出怪題考倒他。他當下認定，出這題的是英國政府或華府某個糊塗職員。既然出題者糊塗，答題者就不該嚴肅看待。

「怎麼不回答？」

「以為這問題問得好的人……絕對不夠認真。或者根本沒概念，不懂遭遇到——」

「這是個絕對認真的問題，魯伯特先生。『轟炸是否影響到你和家人的健康？』如果你想重回你的專業，想上全職班，我們需要判定你沒有精神方面的問題。以驚嘆號回答，不能算是精神狀態穩定者的態度。」

「少校，我認為轟炸影響到我妻子的健康。她身亡了，在一九四三年七月英軍發動大轟炸摧毀本市那天，另外有四萬人也一命嗚呼。」

博南姆無動於衷，但他似乎欣然聽見魯伯特主動提起這話題。

「我們來談談你妻子。你設計的是住宅區建築，居然住得起華麗的大房子。你蒐集赫赫有名的藝術品，其中包括雷捷和諾爾德的名畫。據我推測，有錢的是她娘家？」

「她的確是出身於富豪之家，是的。」

「她娘家的財富從何而來？」

「經商。」

「哪方面的生意？和誰做生意？」

「什麼都有。他們以前擁有幾座造船廠。」

「運輸納粹武器的造船廠？」

「從一九三三年起，他們照命令從事貿易。」他大可指出，那些輪船當中，有多少艘進出英國，但少校必定心裡有數。

「所以說，你們蒐集名畫的本錢來自和納粹做生意？」

這種數學題多麼單純啊：等號的右邊總是「等於有罪」，完全不受左邊的數字和小數點影響。

魯伯特搖搖頭。「漢堡做它自己的生意，全是在商言商。我們和納粹黨沒有掛鉤。只有克勞迪雅的哥哥——」

「是的。」博南姆看著相關的一頁。「馬丁・富洛姆。」

魯伯特原本甚至不想寫下大舅子的姓名或頭銜：納粹地方官。答題的空格不夠大，無法詳述他加入納粹黨的志向，以及家人對他入黨的驚愕。

「我們轉到另一個問題。F之三：『你是否曾希望德國戰勝？』你的回答是……『我希望戰爭趕快結束。』」

「當然。大家都這麼希望。」

「你希望德國打勝仗？」

「我當時——現在還是——民族主義分子，不過這不代表我是納粹。」

「我認為這是狡辯。在一九三九年，民族主義者就是納粹。」

「我根本不希望打仗。」

「說明你女兒的狀況。」

這少校懂得製造地震。魯伯特覺得自己快站不住腳了。

「哪一方面？」

「呃，我猜她受到大轟炸的影響。母親去世也有關係吧？」

「她到現在……仍然……生氣。」魯伯特首次轉為防禦，語調變得猶疑。「另外……她也覺得和英國家庭住在一起很難適應。」

「生氣？因為被英國占領嗎？」

「因為母親去世。」

「她參加過希特勒的少女聯盟。」

回答問卷時，魯伯特差點想漏掉這一點——但這是事實。「照硬性規定的——從一九三六年起。」

「你沒阻止她？」

「我們……我太太和我……在這方面意見不同。我反對女兒加入……不過最後，決定權不在我們手裡。這事，我良心過意不去。但是在當時，拒絕加入相當於叛國。對我們更不利。」

「可是，有良心的人寧願坐牢，也不願作惡，不是嗎？」

「你好像打定主意，想找個罪名硬戴在我頭上，少校。」

「對我來說，你的罪只有輕重的分別而已，魯伯特先生。我的任務是判定你屬於什麼顏色，顏色的深淺度。所以，告訴我……我很好奇，你怎麼能忍受和以前的敵人同住一棟房子？」

「他們對我們很和善。」

「你女兒的感受如何？」

「她……很鬱悶。」

「表現在哪一方面？」

「她……呃……我們獲得不錯的待遇，還能住在自己家裡……她卻不懂得惜福。」

「她何必惜福？」博南姆少校說：「母親都遇害了。學校倒了——她現在整天做什麼？」

「她去瓦礫堆做工。」

「你見四處都是瓦礫，一定會懷疑，建築學還有什麼用處，魯伯特先生。你確定想回到建築業嗎？」

「在其他行業，我能發揮的地方不多。我想要」——他想不出合適的英文用語——「『參與』重建工作。我是個差勁的工廠作業員。」

「你以前為黨高層蓋過避暑別墅。你懷念那段日子嗎？」

沒錯，當時魯伯特接案數量陡增，其中有一棟是軍火製造商哈洛·阿姆費德的「小宮殿」，但當時民間的案子稀少。

「一九三三年以後，機會變少了。雪上加霜的是，黨唾棄我畢業的建築研究所。」

博南姆翻到問卷的另一頁。「你懷念過去嗎？」

「我懷念的過去只有我妻子，少校。」

「你不懷念美好的往日嗎？」

「我不懂你指的是那些往日。一九三三年以後，對多數德國人民而言，德國成了我們的監獄。」

坐在椅子上的博南姆臀部往後挪，打開抽屜，取出一疊相片，扔到桌上，像紙牌一樣攤開。

「是像這樣的監獄嗎？」

少校拿起一張乾癟如骷髏的猶太階下囚相片，改拿起另一張，再換一張，兩眼直盯魯伯特的臉，緊扣他的反應。戰後頭幾月，這一類相片到處張貼在牆上，讓所有德國人看個夠，魯伯特也見過。這時候，他面帶倦容看著相片，然後轉移視線。

「魯伯特先生，無論你遭遇到再大的麻煩，我建議你，絕對不能不把自己的處境和集中營相比。」

博南姆拿起問卷，翻到最後一頁的最後一題。Y。

「你在『有無其他說明』的地方留白。你現在想不想補充說明？」

魯伯特看著少校，儘量擠出悔恨和恭敬的態度，說：「我想不出來了，少校。」

「為什麼不徵求我同意就掛這個？」瑞秋說。

「這裡以前掛著一幅畫，現在留下黃色的框框，我以為妳可能會喜歡——」

「哼，我不喜歡。」

瑞秋在走廊等著，來回踱步，目不轉睛瞪著魯伯特，身子挺直如鐵桿，彷彿曾受過嚴格女家教的調教，懂得如何對付冥頑不化的學生。魯伯特剛回家進門來，冷、餓、憤怒。約談結束後，他去上班，發現工廠今天不上班。英國人聲稱原因是天氣不好，但大家都知道，關門的用意是防止廠內醞釀異議。同事修爾敘在門口發傳單，宣布正在組織一場大型示威行動，鼓勵英國區所有工人在工廠舉牌抗議，反對工廠被拆除。「魯伯特先生，要記得你站在哪一邊喔，」修爾敘遞傳單時喃喃說。老是聽命令，魯伯特聽煩了。

回家後，他請園丁理察掛畫。現在他抬頭看他煞費苦心挑選的這一幅。他考量摩根家人的品味傾向鄉野情趣，不能太怪誕，不能太深奧。他原本看上一幅利伯曼的風景畫，可惜遮不住前一幅畫留下的痕跡。這幅「半裸女」出自十九世紀德國畫家馮・卡洛斯菲爾特之手，他認為最適合不過了：優美而低調，能遮掩舊痕，更能提升全廳的氣氛。這一幅是難能可貴的傑作，值得掛在哪一國哪一廳的任何一面牆壁。唯獨沒水準的土包子才會反對；沒水準，也許更是個故作正經的女人。

「他是德國十九世紀的知名畫家。」

「我不管他是誰。」瑞秋說，雙手插胸，拒絕承認背後畫中的淑女溫柔而明豔。

「妳不喜歡？」

「重點不是這個。」

是因為裸體的緣故嗎？魯伯特納悶。這幅畫也許瀕臨色情邊緣，但表現得太節制了，也點到為止，不至於冒犯人。他突然心生一股難以遏止的衝動，好想儘量和瑞秋過不去，整得她臉紅無地自容，給她一個教訓。

「也許，妳會比較喜歡鄉村景色的作品，例如狩獵圖？或者換成衣服包得緊緊的？」說這句話的過程中，他聽出話中帶有哥哥討好盛氣凌人妹妹的語調。心情太激動的他不在乎。

瑞秋岔開視線，覺得自己臉紅起來。博南姆夫人說得對：德國人的確很孤傲。都怪自己放縱這個德國人，今天他才敢得寸進尺，爬到頭上來。

「魯伯特先生，我實在不喜歡你的口氣——」

但魯伯特控制不了自己。「我想知道你不喜歡這幅畫的原因。這作品畫得十分真誠。不是——我不知道英文該怎麼說……德文是 unschicklich：只求效果驚人。妳看看她嘛。畫得很優美。我還以為妳會欣賞。以為妳是一個有品味的女人。」他停下來，以示強調。「看來，是我想錯了。」

這話似乎觸發燃點。

「你想暗示什麼？這畫是佳作，我當然看得出來。你含沙射影的，令我反感。你對我的品味或背景一無所知。」

「這倒是真的。」他說。熬過挫折感深重的一天之後，這活動有益身心。

「你怎麼可能知道我喜歡什麼？怎麼可能知道我的品味？憑什麼判斷我認為什麼才是高尚藝術？你對我和我的出身一無所知。」

「這正是問題的癥結！」他說。豁出去的情緒籠罩他的心。「我們對彼此的過去完全不清楚，怎麼可能互相認識？」

「不過，最困擾我的正是你的過去，魯伯特先生。」

話鋒丕變。她看著畫——嚴格說來，視線聚焦在被新畫遮掩的位置。

「你以前掛的是『那個人』的畫像，對不對？」

對方的質疑在他心中激起輕蔑和猜忌，他因而愣得無言。

瑞秋閉嘴深呼吸，點一點頭。

「被我猜中了，對不對？領袖的畫像，」她說，避免提及駭人的姓。

魯伯特笑出來，笑聲比心情多了一分輕浮。

「怎麼不講話？」她問，心知此言一針見血，把他逼進牆角了。「到底是不是領袖的畫像嘛？我知道，以前你們多數人家裡都掛他的畫像。我只是想知道而已。」

魯伯特不太相信她的疑問。聽起來像從哪裡借來的話。死背的。

她忍不住臨別一擊：「我對你很失望，魯伯特先生。我本來以為你和一般人不一樣，品味比較高。」

他內心愛唱反調的一面多想無言以對。但她的無知過度狂妄，他把持不住了。

「妳前後左右看一看，摩根夫人。好好看看這裡的家具。書籍。好好看一看……看鋼琴椅底下的琴譜。有孟德爾頌，有蕭邦，都是被黨查禁的作曲家。去看看圖書室，妳會找到赫塞*的作品，馬克思和法拉達**的書——全是納粹時期沒被燒到的書。看看藝術品。要是我認為妳感興趣，我會早一點帶妳參觀——全是十三年前被查禁的作品。全是墮落藝術。甚至諾爾德的這版畫也一樣。」他指向第一座樓梯牆上的一幅簡素的拖網漁船版畫。「各個都是『不德國』的東西。猶太布爾什維克派。他們不合希特勒胃口，所以全被禁止創作或販賣。」

魯伯特開始繞行，對著家具和擺設辯論。

「你們非找人罵不可，這一點我能了解。找人罵也一定有好處。我相信，空想出一張臉來，對你們而言比較省事。不過，壁爐上面是主位，我怎麼可能讓那人占據……那人的思想導致太多太多書籍和藝術品被查禁焚燒啊。他是個搗毀文明的野蠻人。他的唯一信條……是破壞——不只破壞藝術，連生命、家庭、民族、城市、國家也破壞。甚至連上帝也不放過！他死後只留下哀鴻和廢墟。」魯伯特停止打轉，駐足喘息。

瑞秋不走動不行。她不再看惱人的畫像，視線向下移到壁爐。她開始拿著火鉗戳煤炭架，手不住顫抖著。

「我想你說夠了，魯伯特先生。」

「還不夠。」他非但沒說夠，還剛剛找到主題。「妳說得對。我們對彼此一無所知。妳完全不了解我。我的過去。我的現在。我的未來。對，沒錯。我有我對未來的展望。是的，身為德國人的我也有！」

瑞秋把火鉗放回煤桶。她雙手插胸，以隱藏顫抖的手。

「妳說妳對我的過去感到困擾，但我認為，困擾妳的其實是妳自己的過去。我對妳的往事知道不多。只知道艾德蒙告訴我的部分。不過，至少我試著去想像妳的過去。為的是看一看表面底下的東西。」

「艾德蒙對你說過什麼？」

「他說過妳兒子麥可的事。提過妳的……哀慟。他說妳以前比較快樂。聽他說，妳以前常講笑話，常唱歌。他說，假如我認識以前的妳，會和妳比較合得來。說妳不太像從前的妳。」

魯伯特從她深呼吸的動作看得出，這話刺傷她的心。

「而我同情妳的喪子之痛，同情妳遠走他鄉，搬進這裡，忍痛和舊敵人住在一起，守著一個幾乎見不到面的丈夫。如此看來，我比較容易知道，妳不單純是一個滿心怨恨和偏見的

＊譯註：Hermann Hesse，德國詩人小說家，一九四六年諾貝爾文學獎得主。
＊＊譯註：Hans Fallada，一八九三－一九四七，德國小說家。

女人。妳有妳自己的痛苦。我從妳眼神看得出來，聽妳的琴音也聽得出。不過，這世上有很多人像妳一樣。醒醒吧！吃苦的不只有妳一個。」

魯伯特這時站到她正前方，正面相覷。

「你說夠了，魯伯特先生。不許你再說下去。」

「不然妳想怎樣？趕我走嗎？妳是不是想趕我走？好啊。我方便妳。」

魯伯特忽然雙手攫住她肩膀吻她，稍微偏了點，只側吻到她的嘴，動作粗魯快速。他往後站開，等待反撲，脖子略微向前伸，以臉為標靶等她打。

「好了。我做了。」他說，不完全確定自己做了什麼。

預期的耳光遲遲不來。瑞秋轉身，摸一摸上唇的一側。

他的心思陷入紊亂，腎上腺素激增。他再不趕快走，恐怕會做出更傻的舉動。他舉雙手退開。

「我走，」他說：「我這就去打包。我相信這符合妳心意。」他轉身，正要上樓。

「不必，魯伯特先生，」瑞秋說，語氣出奇鎮定。「真的沒有必要。」

魯伯特一手按在欄杆上，前腳已經踏上樓梯。「我……不應該誣賴你。剛才都怪我挑釁你。這全是誤會一場。事情過了，我們不要再追究吧。」

他不看她，只在無言靜止半晌之後拍一拍樓梯端柱，表示聽到她的停戰宣言，繼續上樓回自己房間。

艾德蒙開著丁奇新車，行駛在樓梯歇腳處的地毯上，穿越玩偶屋和香菸來源地，然後掉頭回去。他聽見樓下傳來的幾個字——「忘記」、「過去」、「畫」——稍微聽得出語調中的不悅，但他太專心執行任務了，沒聽懂樓下的對話。假如女傭或母親路過，會覺得這是剛領到新玩具車的健康正常男生都有的反應，但這全是艾德蒙的把戲——他暗中玩著更盛大的遊戲。

母親的香水味逗留在玩具車上。他把車子轉進自己的臥房。母親送他這禮物時，舉動相當隆重：叫他坐上她大腿，雙手捧小臉蛋，對準額頭親下去，然後才交給他禮物。她說，這是提前送他的耶誕禮物，接著說，等到耶誕節那天，耶誕老公公可能另外有東西送他。她似乎非常急著想討好他，令他有點不自在。

「我知道，最近我不太常以行動表示，不過我只想讓你知道……我很愛你。」她送禮時說。

以這種方式表達，非但無法證明，反而更令人懷疑。如同地心引力或氧氣，艾德蒙一向不把這事看在眼裡。

但他很高興有玩具車可玩。這輛拉岡達雖然款式和比例不對，如今卻成為複製魯伯特家的獨樹一幟道具。如果玩具車製造商能狠下心生產賓士 540K，艾德蒙的複製就能大功告成。他甚至製作一個園丁理察玩偶，還用厚紙板幫它做一把鏟子以示區別。艾德蒙將玩具車停在玩偶屋外，叫理察玩偶去提他買回家的東西，艾德蒙玩偶這時去提真正的香菸。他去查看母親玩偶是否在前廳彈鋼琴，魯伯特玩偶是否在看她，貴妲和海葛玩偶是否在廚房，芙莉達玩偶是否在閣樓，父親玩偶是否在地毯草坪以外的地方拯救德國，這時候，艾德蒙玩偶提著兩大包，跑進中間的大臥房。艾德蒙回頭看門口，聆聽是否有人接近，確定無人前來，他才把家具推到大臥房的旁邊，掀開小型波斯地毯，底下藏著八包香菸，現在新增兩包，總共湊齊奧茲要求的兩百根香菸了：相當於一個士兵每月的配給額，對孤兒而言是一大筆財富。時候到了，他準備空運物資，橫渡覆雪草地形成的凍原，救濟「無母男孩幫」。

處女雪覆蓋牧草地，艾德蒙踏著喜悅的步伐，在雪地踩出第一道足跡，享受靴子陷入雪地的唧聲，雪花也不會掉進夠高的長統靴裡。前方，他看得見營火，黑煙連結天地，灰雲低到和地表糊成一片，抹煞了地平線。遍地雪白之中只剩驚鴻一瞥的黑河，但所向披靡的凜冬凍縮了原本幾百英尺寬的大河，浮冰群島中偶見溪澗潺潺。在河道彎曲如牛軛之處，目前已經完全冰封，有一艘帆船受困冰雪中，船頭向上，船尾被卡在死寂的寒流裡。河水仍有力推動浮冰，不時突出冰面，尖角嶙峋，令艾德蒙聯想到英國南極探險軍官斯高特亡命之旅的冰原相片。河中間，在仍有水流動之處，平面浮冰往下游漂流，宛若一輛接一輛的送葬車。其中一片浮冰上坐著一群烏鴉。依大自然定律，人不該為烏鴉難過才對，但艾德蒙看得心疼。太冷了，飛不動，羽毛蓬鬆顯得胖嘟嘟，這群烏鴉看似不再堅守尋食腐肉的志業，聽天由命，搭乘冰船，隨波流向大海。

艾德蒙腋下夾著福利社紙袋，走向營地，深信這份厚禮能贏得野童幫的敬重，提升自己的位階。奧茲這群人圍聚在營火旁，近到人體無法忍受的距離。其中一男孩以雞舍的殘骸助長火勢。此地的附屬建築比以前更稀少了：木造工具屋不見了，馬廄也是。看樣子，野童幫已經燒掉營地的半數建築。奧茲坐在行李箱上，像老人在等候延誤大半天的火車。他坐得紋風不動，看似已經被凍僵了。一位男孩以手肘碰碰他，他才有動作。

「英國好人。」

奧茲一躍而起，對著營火裡的某人敬禮，然後轉向步步接近的艾德蒙，繞著營火走，不脫離溫暖圈，臉皮崩解成半瘋癲半狂喜的微笑。「艾德——蒙，」他說，喜歡自己這種唸法。「你有什麼？」

艾德蒙抵達營火邊緣的泥地。營火烘熱了周圍的雪地，融雪被踩成半徑三英尺的褐色覆土，野童幫站著，毫不退縮，彷彿已進化到能抗高溫。

「你有什麼？」奧茲再問一次。「你有什麼？你有什麼？」他反覆說著，每問到最後一字，牙齒咯咯打顫。

「菸菸。」

艾德蒙把紙袋交給奧茲。火太熱，他不得不遮臉抗高溫。奧茲一見違禁品，瞬間從滿心期待的兒童變成專業鑑識人員。他伸手進紙袋，取出一包普雷爾香菸，嗅一嗅，然後檢查包裝是否有破損。很好。和剛下的雞蛋一樣新鮮。完好的包裝能賦予他更強的討價還價籌碼。奧茲高舉香菸宣布：「普雷爾。名——牌香菸。」膠膜禁不住高溫，已漸漸發黃冒泡。

「好菸菸，」艾德蒙英文夾雜德文說：「普雷爾牌。」

「他媽的英國好菸菸。」奧茲說。

香菸傳給大家看，大家接連以粗話表達感激之意。上次被艾德蒙兩三下壓在地上的男孩，今天稍微向後站，冷眼旁觀著。艾德蒙利用做大善事的時機，向手下敗將顯示他內心沒疙瘩。他從奧茲抱的紙袋取出一包香菸，抽出一根送男孩。男孩先是抗拒片刻，隨即尊嚴被需求壓垮，他走向艾德蒙，領受好意。

營火散發出一股燒柴之外的香味。他們正在烤肉。某種動物被串在火上燒烤著，難以分辨究竟是什麼動物，因為頭腳被切除了，尺寸比豬大，但比牛瘦小，總之烤起來香噴噴。奧茲抓住艾德蒙手臂，拉他靠近烤得滋滋響的肉，切下臀部一條瘦肉給他嘗。肉被烤黑了，口感酥脆。

「是什麼？」

大家紛紛竊笑著，艾德蒙認為是他德文不標準。

「艾索。」奧茲說。

艾德蒙懂德文的豬、狗、牛、獅，但他沒學過這單字。也許是牛肉的別名吧。他不想惹主人不高興，只好把烤肉放進嘴裡嚼。

「英國人喜歡？」奧茲問。

艾德蒙繼續嚼，在場每一顆眼珠靜候他回應。這塊肉很硬，帶有一種他說不出來的風味，像牛肉，但比牛肉更甜美。話說回來，這肉烤焦了，實在難以辨別是哪來的肉。

「我愛。」他終於用德文說，不太確定是不是違心之論，總覺得這回答很適切。

「英國人愛艾索！」奧茲說，大家隨之笑逐顏開並歡呼，比著贊同的手勢，同時不知為何也發出驢子的怪叫聲。艾德蒙覺得自己剛通過某種入會儀式。接著，他記得自己另有東西分享。他伸手進大衣口袋，取出纏成一小包的手帕。艾德蒙左右看看，想找個地方放下。奧茲帶他去他的行李箱，把行李箱放平，權充桌子。

「媽媽家。」他說。

艾德蒙將手帕放在行李箱上，其他男孩簇擁過來。他攤開手帕，呈現裡面一小座亮晶晶的方糖，所有人立即同聲倒抽一口氣，彷彿觀賞到魔術表演。艾德蒙不確定他們是否連砂糖都沒看過，從山頂拿起一顆，舉向太陽，糖粒子折射出金光。

「砂糖。」他說。他遞給奧茲一顆方糖。奧茲二話不說放進嘴裡。

奧茲含著，嘴巴不動，然後以臼齒嚼，隨即縮緊眉頭，紅紅的血水從嘴角涓流而下。他伸指頭進下頷，摸索一陣，掏出血淋淋的三角形爛黃牙，冷笑著給大家看血口，然後低頭看著躺在粉紅色烏黑掌心上的血牙。他握住斷齒，收進口袋。艾德蒙納悶，牙齒掉了，收起來能做什麼？掉了又不能裝回去，奧茲住的馬廄臭烘烘，牙仙才不會去對他顯靈。牙仙也不太可能找上德國小孩吧。值得她去顯靈的小孩名單一長串，德國小孩肯定墊底，比義大利和日本小孩更不受關愛。

奧茲彎腰，抓起一把雪，冰敷仍在流血的牙齦。有人喊著德文：「河上有人！」大家轉身瞧，果然河彎處有個男人走過來，距離太遠，無法判定年齡，但男人的腳步輕盈靈活，踩著結冰的易北河面，衝著他們直來，意向堅定。野童幫似乎能隔空感應到他的意向，紛紛變得祟動難安。雖然不確定是誰，大家似乎確定一點，不希望他是某某人。

「啐。是他嗎？」

「不是。」

「我看不太清楚。」

那人持續踏冰雪而來，一時之間，在營火飄搖之中，他彷彿在水面上行走。唯有奧茲不為所動。「是波提啦，你們這群笨蛋。」

西弗利說：「我們幾乎沒偷到東西。他會不高興。」

男人走上河岸，上前來，從冰面踏上雪地，姿態更加挺拔，步幅也擴大。他一身灰色加黑色，踏雪而來之際，抽著菸，一粒橙紅的火光忽上忽下，在白晃晃的寒氣中至為顯著。

「只不過是波提嘛，」奧茲又說：「我弄到他要的東西了。」但旁人一眼能看出，在他虛張聲勢的門面底下，他其實正硬起頸子，等著風浪。

艾德蒙擔心到暈眩起來。他多想飛奔回家避險，可惜太遲了。

「艾德——蒙！」

奧茲埋頭進行李箱，箱蓋只開一小道縫，以遮掩內含物。他取出一頂俄國哥薩克帽，扔給艾德蒙，指著他的頭。

「不說。」

艾德蒙戴上帽子，站到大家後面，長統靴裡的腳感覺凝重麻木，帽子有柴油臭，被凍成鋼盔。

近看之下，波提看起來沒什麼好怕的——他比大家並沒有大幾歲，個頭也沒有高多少，穿著過大外套的身材顯得渺小。然而，波提近到營火暖氣團時，男孩們變啞巴，擠在一起發抖，不由得向後退，艾德蒙覺得自己差點被擠進火坑。唯有奧茲不同。奧茲強裝冷漠，離群佇立。波提走向奧茲，幾乎不把旁人看在眼裡。他小聲問奧茲幾句，不想讓旁人聽見。奧茲遞給他一張紙，在波提檢視時含糊講著話。波提的表情既不開心也不惱火。他把紙小心摺好，放進大衣裡。

「你有什麼給我？」

被這麼一問，奧茲連續做出幾個聳肩的動作，以手勢懇求，頭也頻頻搖，然後豎拇指向後一指，表示某個不知名的同夥人害他失望。奧茲的即興表演不夠逼真，連艾德蒙都覺得他像一條扭個不停的小蠕蟲。他表演到一半，波提單手像鉗子揪住他的臉。這舉動蠻橫，近在艾德蒙眼前，令艾德蒙腎上腺素激增，心寒刺骨。艾德蒙想吐。

波提鬆手，奧茲似乎立即遺忘粗蠻之舉，變成餐廳領班，帶波提走向烤肉，彷彿想帶他去坐全餐廳最上等的一桌。波提走向烤肉，端詳片刻，隨即轉向奧茲和其他人，表情比剛才甚至更憤怒。

「這個英國人吃蛋糕，我們卻吃艾索！」

又是艾索。

奧茲試圖再以另一個花招轉移波提注意力，拿著一管看似藥丸的東西，對他揮一揮，動作像馴獸師，在獅子面前呼呼抽鞭，叫獅子從椅子跳過火圈，然後走回椅子，不讓獅子記得雄獅本分。

「波提，你看我們幫你弄到什麼東西！柏飛錠！」

波提搶走藥丸，馬上吞兩顆。奧茲接著向其他人拍手，示意大家交出口袋內容物。奧圖找出一個教堂捐款盤，放在地上。野童幫紛紛把自己的東西拋進盤中，數量貧瘠但五花八門：治療性病的藥品、預防藥、方糖。不情願地，奧茲捐出艾德蒙的貢品。

最後這一項令波提眼睛一亮。

「方糖哪裡來的？」

無人回應。

奧茲說了一句飯店之類的話，但波提不接受。波提把迪特瑪抓過來，扣住他的頭，拿火紅的菸頭迫近他的眼皮，燒到睫毛，迪特瑪慘叫著。

胃酸往上竄，艾德蒙強嚥下去。熱尿燙到大腿。他想叫波提住手，但他害怕開口，即使他自知這酷刑和他脫不了關係。假設父親遇到這種事，他會拿出什麼對策？

「住手！求求你……住手。」

這句英文立即解除危機。波提放開迪特瑪，人群站兩旁，空出一條波提直通艾德蒙的路。

「他是好人啦，波提，」奧茲說：「他帶菸菸給我們……他帶方糖來。他是個英國好人。」

尿龍頭全開，一股熱尿氾濫艾德蒙的褲襠，順著褲管一路流向長統靴，一時暖意盎然舒暢，可惜兩腿無力不管用：即使想拔腿也跑不動。他再度想起父親。這不是他嚮往的英雄式死法。屍體被尋獲時，大家會看到雪上的黃漬。勛章得主才不會被嚇得尿褲子。艾德蒙・摩根：願他在噓噓中長眠。

但基於不明原因，波提不向前走。他杵在原地，盤算著。他悄聲和奧茲商量一陣，偶爾瞟艾德蒙一眼。最後，他轉向艾德蒙，神態警覺。他看著捐款盤，拿起一包普雷爾香菸。

「帶菸菸來，」他以英文說：「來這裡。每星期。」

「好……」

「否則我做這個。」波提舉菸頭靠近眼睛。「對你。」

奧茲轉向艾德蒙。「英國好人。你帶菸菸……來這裡……明天，以及」——他以手向前劃一道弧線，表示跳到下星期——「以及下星期。」

艾德蒙點頭如搗蒜。

然後，波提把方糖扔進營火。方糖擊中燃燒中的破雞舍鐵絲網，奧茲發出鴨叫聲，縱身躍入火坑搶救，奈何熱火猛烈，他幾乎以同一個動作像青蛙蹦出火坑，大衣後襬著火了，他在雪地上打滾滅火，惹得大夥訕笑。

波提拾起野童幫的其他貢品，指著艾德蒙，然後指向魯伯特家。艾德蒙不需要明白他確切的意思，能直覺到他的心意，開始照著做，向後一步一步退開，脫離他虎視眈眈的眼光，拔腿狂奔時，被嚇軟了的腿跑得步履蹣跚。

漢默布魯克的流民營以一群半圓形鐵皮屋組成，積雪高達屋簷下，窗內散發金黃色的煤油燈火，給人的印象是一個祥和安樂的小村落蹲著休息。

「降臨吧，降臨吧，以馬內利。」蕭次長認得這首耶誕歌，唸出歌詞，路易斯則在一旁帶他走上鐵皮屋之間的積雪步道，走向發放救濟品的地方。

正如路易斯所料，近兩天連綿不休的降雪覆蓋住所有不和諧的跡象，逼民眾躲回室內，不想再上街抗議。目前為止，次長在視察行程中得到的印象是，艱困的狀況正由高手治理中：連工廠作業員也放下抗議標語。而在流民營裡，路易斯原本希望讓次長（以及隨行的《世界報》攝影記者）視察到鐵證如山的困境，這時卻見到傾巢而出的慈善機構。紅十字會、貴格會、救世軍都在場，銅管樂隊演奏著聖誕歌，會員們發放著濃湯和糧包給排隊的流民。

「很高興見到他們有飯菜可吃，上校。」

「次長，這個月已經有二十人被活活餓死了，情況只會更惡化。如果領不到糧包，這些人會喊餓。德國的糧食產量不夠。」

「咦，肥沃的農地不是到處都有嗎？」

攝影記者想安排次長站對位置，再拍一張。

「俄國人把麵包籃握得緊緊的，不肯分享，」路易斯回答，心知次長聽得三心二意。「平時供應漢堡市糧食的農田，現在被劃分給俄國，而俄國人要求我們再拆幾座工廠，他們才願意輸送穀物。因此，英國區有百分之九十的糧食都靠進口，相當於每天兩百萬噸糧食，次長。現在，河結冰了，輪船進不來。如果我們拆掉工廠，德國人會失業。而現在很多人都沒辦法工作，因為他們一直苦等良民證。這是惡性循環。」

次長點頭沉思，但路易斯覺得自己講太多了：亂槍打鳥，沒有命中紅心。這時候，攝影記者插手。

「次長，麻煩你站到格子架後面，我想拍一張你發放糧包的相片。」

對於來自《世界報》的監督官雷蘭德而言，他的任務很單純：把英國人的光明面展現給德國民眾看，表示英國人和德國人同甘共苦。膠卷裡已有幾張能挽回顏面的底片：次長坐在學童椅上，看著三位笑吟吟的德國女生認真閱讀歷史書，裡面描述著英國上下議院的運作（「德國兒童學習民主綱要」）；次長站在《世界報》排版印刷機前（「德國民眾再次享有自由報業」）。儘管有這麼多相片可用，今天的重頭戲必定是「次長發放糧包給感恩的德國民眾」，因為這相片能顯示民族大融合，大家都樂見，也能讓德國人看見，英國人有同情心，辦事效率也一流。這相片勢必能消解管制委員會的批判，把次長刻劃成行動至上的人。次長懂得視察之行的訣竅：問個問題，握握手，面露憂慮狀。

次長以德文問候一名德國老嫗，以崇高的姿態彎腰送好禮，老婆婆冷笑接下，不發一言，轉頭就走，沒有被次長演出的同情戲打動。記者火大了，怎麼不感恩呢？非拍到感恩照不可。一位少婦腰間抱著小娃兒，來到鄰桌，攝影記者湊近過去。次長立即反應，以戴著手套的手為小女娃祈福，送她糧包，儼然以耶誕老公公自居。記者半蹲，瞄準鏡頭，入鏡。

次長抵達後，一名披頭散髮的年輕人亦步亦趨跟著走，這時以德文對著次長呼喊。路易斯曾聽民眾對他喊過同一句話：一次是在達姆特車站偷煤的婦人，另一次是在鵝市場歌劇院（Goose Market）的幼童。

記者趕他走，同時為這年輕人的無禮向次長道歉。

「他剛才喊什麼？」次長問，看著口譯員娥蘇拉。

「他說：『英國人，多給我們糧食，否則我們忘不了希特勒。』」

次長非但不反感，反而面露欣喜。民眾挑釁，賦予他一顯身手的良機。

「問他，剛才講的是不是真心話？」次長對娥蘇拉說。
娥蘇拉向男子傳達，男子以堅定的語氣回應，態度是明目張膽的輕蔑。
「他說：『和現在相比，我們以前的日子反倒比較好。狀況從來沒有慘到現在這種地步——連戰爭最後幾天都沒這麼苦。』」
攝影記者無疑深怕搞砸貴重的飯碗，趕緊叫這麻煩人士別囂張。但次長似乎真心感興趣。他再次轉向娥蘇拉。
「問他，能獲得自由，他感不感恩。」
男子指著鐵皮屋回應。娥蘇拉再次傳譯：
「『這看起來像自由嗎？戰後，我已經輾轉住過三個流民營。在比利時和科隆，現在改住這裡。我有九個月沒見到老婆了。為什麼？只因為我為國家上戰場嗎？』」
「我們怎麼樣做，才能改善你的生活？」次長問。
男子沉聲，嘟囔回應一句。
娥蘇拉憋著不敢笑，低下頭，看著自己的手背。
「他說什麼？」
「他……只是講講氣話而已，」娥蘇拉回答。與其說是不想冒犯到次長，倒不如說是想保護男子。「餓肚子的氣話。」
次長想展現競選場合身經百戰的身手。「他想講什麼都可以。我不會介意。說吧。他剛才到底說了什麼？」

娥蘇拉猶豫一下，以目光向路易斯請示。

「我認為，我們應該讓次長明白他剛才的說法。」路易斯說。

「他說，『不要再把我們當成罪人看待。』然後，他又說……『回英國去。』」

「我懷疑他的措辭比較激烈……」

路易斯忍著不笑，對娥蘇拉點頭，准許她據實翻譯。

「大致可翻譯成：『滾他媽的王八蛋回英國去。』」

路易斯開車送娥蘇拉回家，不甚留意路況，因為腦海縈繞著他未能向次長傳達的訊息。

「謝謝你。」她說。

「謝什麼？」

「說出難以啟齒的事。」

「我其實說得不夠多。完全沒有把自己的意思表達清楚。我有機會遊說次長卻沒好好把握，這下子他回倫敦，沒有人能明瞭這裡的狀況多艱困。」

「你自我要求太高了。」

「我是個呆頭鵝，坐失良機。」

「你總不可能面面俱到。」

這話聽起來像訓話。前方有一輛卡車打摺，橫跨馬路中間，被棄置在路上，車頭橫跨路面，車禍的輪痕已被新雪覆蓋。從旁經過時，路易斯見到有人從駕駛艙抱著東西，匆匆逃逸。他假裝沒看見。

「你不必專程送我回家。」

「冰天雪地的，我不放心讓妳走路回去。」

「可是，這和你家不順路。」

「我堅持。」

車子的暖氣強勁，熱風吹襲著路易斯的腿，暖意漸次上升，籠罩他胸腔，指尖因血液恢復循環而有刺麻感。隨著溫度上揚，潮溼的羊毛味、菸味、娥蘇拉的亞麻布料香味在車上混合成一氣。

「他們幫你的取的綽號是什麼？漢堡勞倫斯？是好話或壞話？」

「因人而異。」

取這綽號的人是巴克，當時路易斯不反對，因為這能滿足他私底下的虛榮心。「他指的是T．E．勞倫斯。也就是阿拉伯勞倫斯，聽過沒？」

娥蘇拉沒聽過。

「他是個作風奇特的英國中尉。第一次世界大戰期間，他駐紮在埃及，對當地貝都因民族的了解很透澈。他出過一本書，《智慧七柱》（*The Seven Pillars of Wisdom*），對我而言可以說是《聖經》。我隨身攜帶。巴克有時候會喊我勞倫斯。八成是在辦公室被同事聽到了。」

「我有興趣了解這人。」

「他老是惹長官不高興。常挺身捍衛當地人。陸軍長官認為他倨傲無禮，痛恨他窩裡反，偏袒當地人。我的書可以借妳看。裡面有他的親筆簽名。我短暫見過他一次。在國軍招待會上。」

「他是怎樣的一個人？」

「在招待會上，他像巴不得遠走高飛似的。」

「你呢？偏袒本地人嗎？」

「這種批評，我見怪不怪。連我妻子都這麼說。」

車輪輾路面的聲音生變，滑溜轉為嘎吱嘎吱的壓榨聲，路易斯也覺得方向盤的震動轉小。一提起瑞秋，他加緊握方向盤。

「願意分房子給德國人住，我覺得她非常勇敢。做得出這種事的人不多。」

路易斯也認為如此，但他不覺得瑞秋勇敢。

「她是不是……安頓下來了？」

「安頓」？說得好。

「我認為她……快了。她不是……她身體一直……不太好。大兒子過世後，她花了好長的時間，一直沒辦法釋懷。」

得知娥蘇拉心懷喪夫之慟後，路易斯也約略吐露麥可之死。一方死了丈夫，另一方死了兒子，兩相交流，感覺很公平，但他當時並未詳述。現在他也無意明言。

「把兒子的死怪罪到敵人身上，然後和敵人住在一起，我想我也會覺得非常辛苦。何況，她的丈夫現在如此關懷敵人。很辛苦。」

僅靠約略的資訊就能推理出這感想，她為什麼一點就通？

「對。不過……她必須……」路易斯攔住自己的口舌。家事外揚太多了。

「必須？」

「她……我本來希望，時間能沖淡……也許她能再出發。」

「為什麼？時間又不能沖淡任何東西。」

路易斯詞窮，不知如何回應。

「兒子死了，心頭的傷口永遠不可能癒合。」娥蘇拉說。

路易斯沉重地長吐一口氣，擋風玻璃因而起霧。他伸手用手套抹乾淨。

「這種天氣不得了啊。」他說。

娥蘇拉明白這暗示。「對不起。我不該管閒事的。」

「不會不會。沒關係。」

沉寂片刻。

「你有另外一個兒子，對吧？」
「對。」
「他是怎樣的一個小孩？」
想起艾德蒙，路易斯不禁微笑。他喜歡和兒子相處，想進一步理解他，但由於他對兒子認識不深，內疚感阻止他說明父子情。
「他是……一個好孩子……」
方向盤突然急轉彎，甩開他的手，先是順時鐘打轉，緊接著再逆時鐘自轉，彷彿車上多了一個醉醺醺的幽靈司機。等到路易斯重掌方向盤主導權，車子已側滑一段距離，在險境中鎮定優雅地兜圈子。他不趕緊打直車頭，而是任由車子漂浮路面，等車輪自行止滑。到了某處，他聽見自己喊，「當心！」同時伸出僵硬的右手臂，攔住娥蘇拉的中腹部，按住她，直到車身無聲撞擊深厚的雪堆。儘管車子已經靜止，路易斯的右手仍滯留原地，直覺想縮手，卻被他在萬分之一秒的瞬間否決。
「剛不知道發生了什麼事，」他說：「車子只……方向盤就……」
右手仍如護欄，橫阻她腹部，不再提供防衛作用。他凝視著自己的手，等著看對方有何反應。她以左手握住他的前臂，拿起來，移開。
「對不起。剛才……」
「沒關係，上校。那是很容易犯的錯誤。」

車子扎扎實實卡在積雪中。路易斯決定徒步送娥蘇拉到家，然後自己走到湖濱散步道（Jungfernstieg）上的軍官俱樂部，安排交通工具回家，通知電機隊去拖車回來。他想抽菸想瘋了。連座椅扶手底下也沒有備用的香菸。

「我陪妳走到妳家。」

「不用了，上校。」

「沒關係。」

舊城區的這一帶倖免於轟炸。兩人走在荒涼的新岩路（Neuer Steinweg），剛才輕率的舉動令路易斯尷尬，導致他的腳步有點太快。

他對異性的態度天真無欺，瑞秋總愛糗他。這也是他常年駐外地的最佳防衛。別人遇到難以抗拒的誘惑而繳械，單純的忠誠心卻總能保佑他安度美人關。同袍在外亂搞男女關係是見怪不怪的事，大家常睜一眼閉一眼。平日百分之百理性的同袍有時為澆熄慾火而自毀前程，路易斯卻不曾有過這方面的困擾。他一度懷疑自己是不是有毛病。在不來梅，他的副官是布萊克摩，有一夜，副官罵他是「沒種的和尚」。當時戰後才幾星期，慶功演變成縱慾饗宴，全排官兵各個和當地德國小姐配對。副官是新婚的上尉，差點為了一個吧女而豁出去，路易斯見狀上前搶救，結果挨副官罵，「你是一個欠幹的沒種和尚，摩根。一個沒種的和尚。」當時路易斯站在門口，等他穿衣服。「拜託，你看看她！你怎麼能抗拒呢？你難道不想上？」小姐躺在床上，一條腿露在被單外面，筋疲力竭，熟睡中，肌膚如凝脂，柔嫩誘人，路易斯卻不想上。但副官罵錯了。路易斯不想上的原因不是缺乏紅血球，也不是自制力太強，他真的是色眼只往妻子身上瞟。但現在，娥蘇拉以羚羊的身手，在雪地上蹦蹦跳跳，避免誤踩雪坑，他看著，懷疑自己能否仰賴自制力來自保。他曾注意到娥蘇拉的一些小動作，一些眼神，細微而明顯，而在這之前，他眼中只有瑞秋。如今，他宛如戴上特製眼鏡，這才發現自己長年近視眼而不自知。假設瑞秋現在躲著偷窺，她會瞧見什麼？一個做善事的英國軍官，或者是一個朝婚外情踏出遲疑第一步的丈夫？他知道副官怎麼想——總部有半數人和副官有同感——然而，他自己有何感想？是真的單純陪口譯員走路回家，或者堅持展現紳士風度的舉動其實另含邪念？寒意攪得他心亂如麻，感官橫衝直撞。

走到一棟七層樓的城市屋，對面是一棟老舊的商人之家。娥蘇拉開始在包包裡找鑰匙。

「這間是我姑媽的公寓。」

當然。她住在姑媽家。她逃離俄國區，長途跋涉來漢堡，正是投靠姑媽。

「我想請你喝杯咖啡，只不過，我姑媽是個大嘴巴。」

「那……我不在意。我原本就不指望妳招待。」

「謝謝你走路送我回家。明天辦公室見。天候允許的話。」

「對。天候允許的話。」

瑞秋躺在床上，反覆回想著和魯伯特爭執的經過，每一字深深烙在腦海裡，從頭到最後被強吻，巨細靡遺。儘管那一吻令她震驚，她非但沒有被觸怒，反而近乎有一絲絲甜蜜：嘴唇稍微沒對齊，像孩子等著挨耳光的臉頰。當時她想和解的速度多麼快，也令自己詫異，但她從此內心得不到片刻的安祥。她想問魯伯特，為什麼提到她的過去、喪子之痛、婚姻。他的評論不無精準之處，令她心神不寧。起初她沒理解到，她忐忑難安的是終於有人體諒的感受。

「假如我認識以前的妳，會和妳比較合得來……妳不太像從前的妳。」「不太像從前的妳。」大兒子死後，路易斯曾數度對她說過同樣的話，一定是被艾德蒙聽到了。路易斯的用意並非批判——若強說他有何用意，他意在鼓舞她——但其中也隱含一份慾望，一份希望，盼她能復原成他比較容易愛的對象。回歸轟炸事件前的瑞秋，回歸那個真正盡其在我、快快樂樂、想做愛時不假思索的她。然而，她回不去了。那份純真已遺落天涯。可恨的炸彈炸垮了她，她找不到回歸自我的路。如果路易斯看不清這一點，他永遠救不了她。她曾經問他，「路，以前，你愛我是愛哪一點？」他只回答：「就是愛嘛，瑞。我也解釋不清楚。」如果她真有復原的契機，她需要有人解釋給她聽。

她伸出一手，探索身旁的空位。床面涼涼的，空曠。雖然她已習於自己睡一張床，總覺得路易斯的身體應該睡在身旁。現在，她卻只摸到他摺好壓在枕頭下的睡衣，證實了他缺席。她撫摸著格絨和束腰繩。婚後整整有一年，兩人常裸體上床，寒冬照裸不誤。當時兩人之間無障礙，沒有羞恥感。當然，當年有的是青春活力和自信，不受難堪往事羈絆制約，但隨後幾年，遮遮掩掩的動作多了起來，也多了衣物的屏障。長子死後，她穿上冷硬的喪服，之後她懷疑自己將來是否再有脫掉的能力。

她在床上坐起上身。屋裡某處開著一盞燈，透過窗簾縫，照亮一小塊地板。她打開床頭燈。她有一股強烈的衝動，想下樓去燒一杯熱牛奶喝：路易斯在外期間，她在戰時養成這習慣。

她聆聽著暗夜。四下無聲，只傳來散熱器鏗鏗噠噠的聲響。她終於下床，掀開窗簾一角，向外窺視。開燈的地方是樓下。也許路易斯回家了，拿出聞香杯，倒一杯深夜酒犒賞自己。她穿上拖鞋，套上睡衣，下樓探究竟。

大廳壁爐的鐵柵裡亮著一粒橙色餘燼。她看著牆上引發爭辯的裸女圖，自責為何放任控制狂博南姆夫人操控自己。瑞秋本身很欣賞這幅畫：畫功細膩——筆法優美不輕狂，用心不著痕跡。也許，改天她會主動找魯伯特先生，請他說明這畫的背景。然後，她會請他自述「他的」背景。

客廳的燈開著，她走進去，以為會發現路易斯坐在摩登椅上，捧著威士忌淺酌慢飲。客廳裡空無一人。

她走向可俯瞰後院草坪的凸窗。從後院的緩坡可以走下河邊。對岸閃爍著幾盞燈，雪仍持續飄落。瑞秋凝望易北河，知道河在眼前，只是看不見而已。易北河漂往的國家是她日益難以想像的英國。

這時候，草坪上出現一頭動物，大小如鹿，尺寸也接近特大號的狗，但重心太低，兩者都不像，而且尾巴粗而捲曲，長如人手臂。她關燈，希望能看清黑漆漆的後院。她見到的是怡然信步跨越雪地的黑色大型貓科動物，不是狗，不是鹿，而是貓科動物，體型夠大，可能是豹，甚至可能是小母獅，姿態慵懶無顧忌。牠出現於不該出現的地方，卻以這裡為家，當成天然棲息地。

「等一下，」瑞秋說：「回來啊。」她想叫這頭動物停下來——以確定自己有沒有看錯。她想叫牠歇腳，要牠知道有人在觀察牠，要牠轉頭，正眼鎖定她的視線，給她心照不宣、寓意深遠的眼神，給她一個訊號。但動物頭也不回就走了，潮解在夜色中。

第八章

晚餐，魯伯特和女兒芙莉達吃著水煮蛋和黑麵包，塗培特森與尤漢森牌的乳瑪琳。魯伯特暗暗對人的適應力稱奇——他自己的適應力——遇物資短缺的狀況能隨之調整期望。即使在大戰最後一年、山窮水盡的時期，像這樣的一餐也會被嫌寒酸。如今，他卻每一口吃得津津有味。即使培特森乳瑪琳黏糊糊的，他照樣覺得美味。

「芙莉達？麻煩妳把乳瑪琳傳給我。」

芙莉達把小瓷碗推過去，繼續把麵包伸進水煮蛋較尖的一頭，駝背坐著，額頭油亮，有一兩個青春痘，辮子和雙手仍布滿瓦礫的粉塵。用餐時刻她默不作聲，已經成為常態，魯伯特也習於閱報——克勞迪雅曾對著他悲嘆。這又顯示亡妻的影響力逐漸式微。每次用餐時，魯伯特沉浸在新聞裡，只剩軀殼在場，中途克勞迪雅會奚落：「史蒂芬，你想不想和我們一起用餐？」她會問，「男人鬥嘴的世界真的比我還有趣嗎？」

《世界報》現在攤在餐桌下的腿上，版面上的報導是居住英國區流民營的德國民眾總數。自從強吻事件之後，他一心預期驅逐令隨時會來。雖然當時她立即原諒他，他仍覺得樓下正在醞釀後果。也許他和女兒的個性沒兩樣，只是他不願承認而已。父女倆同樣倔強，也有點鹵莽。此外，和女兒一樣，他也不太後悔自己的言行。

「前幾天夜裡，我看見有人想進培特森家偷東西，」魯伯特對芙莉達說，因為他想起克勞迪雅曾催他多多和女兒溝通。「我本來要去阻止他，不過後來想通了，算了，他們不住白不住。這麼多房子空著沒人住，多可惜？太沒天理了吧。」

芙莉達繼續吃，不看他一眼。

「可憐的培特森，」他說。他再拿一片黑麵包塗乳瑪琳。和被迫住鐵皮屋的鄰居相比，屈居貴妲以前的小廚房用餐不算被降級。培特森靠乳瑪琳致富，曾經擁有一輛勞斯萊斯、一匹賽馬、一艘大帆船。培特森曾駕船周遊易北河，像冒牌艦隊司令馮・斯比。他的豪宅是易北路上率先被徵用的一棟，車、船、馬以及尊嚴也一樣。他不僅忍辱遷居至哈姆市（Hamm）住鐵皮屋，房子被徵用九個月後，至今仍閒置不用，英國人不是找不到人住，就是忘了這間空屋的存在。

「瓦礫工人團的工作如何？」

「很辛苦。」

「如果妳母親看到，她會以妳為榮。」

「你忘了嗎？她死了。」

「我沒有忘記，芙莉蒂。我怎麼可能忘記？那時候我不願意接受事實，到處找她找了好幾個月。我現在接受了。」

和女兒交心如掘井，再怎麼努力挖，終究會撞上岩石層。她的怒氣構成剛硬的地基，他百鑽不透。這時候所幸有人敲門，他不必白費力氣再繼續挖掘。

「進來。」魯伯特說，以為來人是海葛。

瑞秋走進來。突然緊張的魯伯特起立，並非表示禮貌。驅逐令來了。就他所知，這是瑞秋頭一次上樓到他的住處。也許上校正在等著他下樓。兩人會在樓下聊天氣，然後上校會找他決鬥。

「摩根夫人。」

瑞秋快眼──態度恭敬──環視住家環境，見到簡樸的小廚房，在心中掐算樓板面積，和自己的廚房比較。

「我找到這個──在抽屜裡，」她說：「想還給你。」她遞出克勞迪雅的石榴石項鍊。

魯伯特接下項鍊，感受著重量，聽著寶石互撞的聲響，霎時遙想起舊事。他買這條項鍊時，兩人還在交往階段。富家女克勞迪雅繼承的精品無數，他送這點小禮，一定沒得比，因此他很緊張。沒想到，克勞迪雅一見這項鍊眉開眼笑，打散了他的惶恐，也證實他的心願無誤：她不太在乎富貴。

「謝謝妳，摩根夫人。芙莉達，這應該給妳收著。」他把項鍊傳給女兒。芙莉達接下，不發一語，以松鼠藏松果的動作放進罩衫口袋。

瑞秋這時正面對芙莉達說話。「另外我有一件事想問妳，芙莉達。妳想不想做頭髮？我們有……明天我有一位美髮師會來家裡。」

瑞秋望著魯伯特，希望他代為翻譯。

「芙莉蒂，」他以德文說：「摩根夫人非常好意招待妳一起做頭髮。妳想不想接受？」

「我的頭髮有什麼不好？」

「沒什麼不好。不過……把這當成是一件好事看待嘛……對小淑女有好處。這是……人家的好意。」

瑞秋似乎能意識到芙莉達的窘迫。「不要勉強……」她轉向魯伯特。「不用馬上回覆我。瑞娜特明天才來。如果芙莉達想一起做，美髮師下午會到。」

今天瑞秋看起來不太一樣，魯伯特暗忖。脫掉堅硬的甲殼了。

「謝謝妳。芙莉達？」

「Danke.」

芙莉達的德文含在嘴裡，但終究還是道謝了。

家教遲到了。可能是天氣的關係。但是，科尼格先生向來是風雨無阻。也可能是他的胸部有毛病——他說他肺臟不好，因此無法加入納粹國防軍。話說回來，最近幾星期，他的氣色不錯：少了一份死屍的外觀，皮膚也多了些許紅潤，不再是艾德蒙第一天認識的那個老態龍鍾的人。海葛請他蛋糕和牛奶，再加上艾德蒙塞給他的巧克力棒，為他增加一點體重。上課時，他也漸漸不再裹著大衣。他甚至談到將來的展望。

艾德蒙像哨兵緊盯門口，等著深色的身影劃破雪景而來。他殷切期盼家教踏進家門。今天是耶誕節前最後一堂課，他準備提前給老師一份驚喜：四百根香菸，能為他換來一張良民證，讓他能自由赴威斯康辛，投靠開著牛角別克車的兄長，展開新生活。老師起先婉謝艾德蒙的好意，後來改變主意，說，他很感激「漢堡羅賓漢」能協助移民美國（條件是不許告訴任何人）。能和英國最偉大的俠盜相提並論，艾德蒙偷菸的膽子變得稍大。偷菸給野童幫算是易如反掌，如今他只需偷兩次，就能湊齊老師所需的數量。家裡有個診療包是他擺放玩具的地方，他以診療包為掩護，將香菸走私到樓下，現在放在老師的空椅下。

海葛端著一塊蛋糕和一杯牛奶進來，科尼格老師依然不見人影。

「哈囉，艾德蒙。」

「哈囉，海葛。」

由於艾德蒙的德語精進不少，兩人現在能對話了，打情罵俏時也多了一分自信，打招呼時影射艾德蒙最初用錯詞的糗事。

「妳今天好嗎？」

「今天我非常好。」

「妳是一個可口的女孩。」

「你也是一個可口的男孩。」

她在咖啡桌放下托盤。

「科尼格先生呢？」

艾德蒙聳聳肩。

海葛走向窗簾向外看，經過時險些踹中艾德蒙這份能改變人生的厚禮。她以小動作模仿科尼格，舉雙手當作老鼠前腳，噘嘴縮鼻成老鼠狀。「說不定……他還躲在地下！」無論講什麼語言，這女傭都是諧星，逗得艾德蒙嘻嘻笑，只不過他微微覺得這樣做像是背叛老師。海葛東嗅西嗅，視線落在艾德蒙的書本。「這是什麼？」

艾德蒙看著桌上的《格列佛遊記》德文譯本，裡面有插畫。這本是魯伯特送的，老師上課時叫他朗讀。他翻到他最愛的一幅彩色版畫：格列佛被小人國釘在地上。

海葛一臉驚奇看著。「讀一段給我聽聽……」她命令。

艾德蒙隨便翻開一頁，以自信而流暢的德語朗誦：「這令我想起咱們英國女士的白皮膚。我們覺得白皮膚賞心悅目，乃是因為雙方相去無幾，皮膚上的缺點也不會被放大鏡強調，否則一看之下還得了，最光滑最白皙的皮膚也顯得凹凸粗糙，色澤不盡人意。」

「英國女士的皮膚沒人比得上，」海葛說：「看看你媽就知道。她的皮膚好美。」

艾德蒙點點頭，只不過他從來沒理由讚賞母親的皮膚，也不常比較英德兩國的婦女，所以他不得而知。

海葛照著壁爐架上方的鏡子，端詳自己的皮膚，左右轉動腮幫子看，輕拍臉頰幾下添加一抹嫣紅。「常有紳士稱讚我的皮膚好。有些人讚美說像桃子皮。你覺得像桃子皮嗎，艾德蒙？」

艾德蒙不確定「桃子」的德文，但從上下文，再從海葛吃水果的動作來看，他能體會意思。

「你喜歡我的皮膚嗎？」

艾德蒙聳聳肩。

「失禮的英國男生，」她說：「你不認為我有愛慕者嗎？」

艾德蒙也不懂德文單字「愛慕者」。但海葛繼續說，分享更多心事。

「我的約瑟夫去東方戰線了，沒回來。也許我該找個英國男人作伴。你覺得，我應不應該嫁給英國人？你認為怎樣，艾德蒙？」

她是在向他求婚嗎？他再一次聳聳肩。

海葛豎起一根指頭，假裝警告他：「不許碰科尼格先生的蛋糕喔！」她再擠眉弄眼成老鼠樣，然後離開。

艾德蒙凝視咖啡桌上的蛋糕和牛奶。點心撩不起食慾，只惹得他感傷。每次上課到老師喝牛奶吃蛋糕時，艾德蒙總會特地轉移視線，或垂頭讀書，原因有一部分是表示尊敬——完全不應該旁觀別人的私密時光。另一原因是他討厭老師的嚼食聲、口舌吱吱聲、匯聚碎屑和舔嘴唇上的牛奶的動作。和穿著粗羊毛衣摩擦一面塗過油漆的牆壁的感覺一樣恐怖。

時鐘滴滴答答流轉，滴答聲放大成「科尼格、科尼格、科尼格」的絮叨聲。再等了幾分鐘，艾德蒙放下書本，走向窗前。

「科尼格、科尼格、科尼格——你在哪裡？」

艾德蒙對著院子門一直看，依舊不見家教的身影。不料，父親的賓士車卻出現了，宛如黑輪船駛上車道，劃破南極浮冰而來。這是父親破天荒第一遭在白天回家。平常，父親在早餐前就急著出門，太陽下山才回家，疑似晝伏夜出的動物。今天為什麼這麼早回家？該不會在路上遇見科尼格先生，載他一程吧？

然而，下車的人只有父親。他下車後，彎腰進車內，取出公事包和一份檔案。接著，他做出略顯怪異的舉動：不直接踏階梯進門，反而站著看房子，彷彿正在斟酌某件大事。隨後，他深吸一大口氣，旋即嘆息，從龐大的白霧能判斷剛才吸進多少空氣。他慢吞吞走上階梯，從正門進來，接近書房時，鐵皮鞋跟越來越響亮。艾德蒙看著桌下這包贓物，來不及藏私，父親就已經站在門口。

「哈囉，艾德。」

「哈囉，爸爸。」

父親對他微笑，但笑顏未能擴展到眼睛。他帶上門，走來，在老師的椅子坐下，上身向兒子傾斜，點燃一根菸，嘆氣吐煙，動作一絲不苟而刻意，但也因熟練而顯得毫不費力。艾德蒙全看在眼裡：吐完氣咬上唇，香菸不換拇指拿就直接搔手背。父親是個百看不厭的動物，比母親容易效法，因為母親比較複雜，和變色龍屬於同一種生物。但今天，父親似乎比往常嚴肅。難道他懷疑事情不對勁嗎？父親鮮少對他動肝火。由於他長年在外，管教小孩的任務幾乎全落在母親身上，艾德蒙完全想不出父親教訓他的例子。儘管如此，他確定今天躲不掉一頓罵。

「你好嗎？」父親問。

艾德蒙點點頭。

「好。那就好。」

父親並沒有惱怒的神態，但他看似有非常難以啟齒的事，說不出來。艾德蒙忽然聯想起麥可死後，父親找他坐下，想「聊一聊」。互動的過程大致如下：

「你還好嗎？」

點頭。

「好。那就好。呃。如果你想……如果你需要談一談……任何事……都可以找我。」

聳一聳肩。點頭一下。到此為止。

父親這時看著他，神情幾乎和那天差不多。

「很遺憾，科尼格先生今天不能來，」路易斯說：「他永遠不會再來了。他遇到麻煩了。」

「都怪我不好……」艾德蒙口無遮攔說。

「什麼意思？」

「我叫他移民美國。」

父親面露疑問。

「我……想幫他一個忙。幫他過新生活。」

四百根菸逐秒膨脹，壯大成大人國尺寸的內疚，不是即將燒穿診療包，就是把診療包變消失。父親循艾德蒙的視線望去。

「裡面有東西嗎？送科尼格先生的？」

艾德蒙點點頭。

路易斯把菸叼在嘴唇中間，彎腰下去，被煙燻得瞇瞇眼。他打開診療包。

「媽媽說你最近想少抽一點。我心裡想，反正你留這麼多也抽不完。」

路易斯審視著贓物。「害我納悶，菸跑哪裡去了。」

「他要四百根菸，換一張良民證。」

「四百根？」

「四百能換良民證。兩百能換通行證。五百能換一輛腳踏車。」

「艾德，你怎麼懂這麼多？」父親顯得好氣又好笑——近乎欽佩。

「朋友教的……。他們住在牧草地另一邊。無母男孩幫。」

「你最近也在——『幫助』他們嗎？」

羞恥心壓得艾德蒙抬不起頭，語調低沉，「是的」接近無聲。近兩個月以來，他定期奧援奧茲，前後總共偷了二十幾包香菸。

「我只是效法你最近的作法而已。」

桌上有黑瑪瑙菸灰缸，路易斯在裡面捻熄菸。「施予是善行。但偷竊不是，艾德。即使你想助人，偷竊也不見得是最好的作法。你應該先問我才對。」

艾德蒙點點頭。父親的失望如鉛重，他感受得到悲情。艾德蒙用拇指上下撫摸另一手拇指的指甲，盡力控制情緒。他不敢看父親，擔心一看就淚崩。一定不能哭。

「總之，還好，你禮物沒送成。科尼格先生是個表裡不一的人。他沒當過校長。他以前是納粹祕密國家警察。」

「可是，他沒辦法作戰啊。他的胸部不好。我聽得見他呼吸有咻咻雜音。上課全程都聽得到。他不喜歡希特勒。他甚至不喜歡談希特勒話題。」

「你錯了。」

「可是……我不懂。你確定嗎？他怎麼看也不像壞人啊。」

「艾德，你不能憑外表斷定人品。有些時候……人的壞心眼……藏得相當深。」

艾德蒙感覺有東西在胸腔內翻跟斗。無論家教犯下什麼滔天大罪，如今再也見不到老師，老師也無法去威斯康辛開創新生活，他感到悲哀，甚至比受騙上當還難受。

「他的下場會怎樣？」

父親搔一搔手背的黑毛。「他大概會被關進監獄。」

蛋糕和牛奶顯得像在服喪。科尼格永遠喝不到那杯牛奶，吃不到那塊蛋糕。艾德蒙開始用指甲摳《格列佛遊記》封面。

「你是尖頭族還是鈍頭族？」父親問。

艾德蒙聳聳肩。他知道父親指的是書中兩派爭執不下的人馬，一派吃水煮蛋習慣從尖的一頭吃，另一派習慣倒頭吃。礙於低壓籠罩心情，他無法回答。

「我在考慮，我們也許能請魯伯特先生幫你上課——至少在我們找到替代人選之前。」

艾德蒙回憶著他和科尼格相處的每一刻，試圖尋找他看走眼的蛛絲馬跡，想憑著後見之明重新評估老師。「怎麼看都不覺得他是壞人啊，」他再度說。

「我以前也認為他是好人。我對他講的話照單全收。我錯了。不過，這並不表示你不應該信任別人。有時候，你為了助人，不得不信任壞人。即使信任被人糟蹋了也一樣。」

「對不起，我偷香菸。」

父親點頭。

「你打算怎麼處理這些菸？」艾德蒙問。

「我嘛，可能會被我抽掉。」

艾德蒙死盯著診療包。「我可以把菸送給……我朋友嗎？他們可以拿去換糧食。」

「要糧食，他們應該去流民營領。你朋友住哪裡？」

「我不確定。他們好像搬來搬去。」

「孤兒？」

艾德蒙點頭。

「總共幾個？」父親似乎是好奇心多於不悅。

「六、七個吧。」

父親凝視診療包半晌。他抖一抖腿，顯示他正在動腦筋。然後，他用腳把診療包推向兒子。

「叮嚀他們，不要一股勁全用完。」

路易斯走進飯廳時，瑞秋正在寫最後一張座位卡。她以流水似的草體寫下「博南姆少校」，摺好，放在她旁邊的座位上。

「你覺得怎樣？」她問丈夫。

「好美，」路易斯說：「做成這樣，很適合妳外形。」

「我指的是餐桌啦——不過，還是要謝謝你讚美。」她摸一摸捲髮。「我請瑞娜特以優待價多做幾個頭。她幫我做完以後，我請她幫海葛做。然後她再幫芙莉達做頭髮。只不過，勸了幾句，芙莉達才答應。」

「魯伯特先生一定很感激。」

「對。」

「這些舉動都有幫助。我相信芙莉達會感念在心的。」

做頭髮時，瑞秋見到令她感動的一幕：美髮師雙手放在芙莉達的肩膀上，以輕聲細語轉移她注意，同時解開緊緊纏著的兩條辮子，攏一攏頭髮，向下梳至芙莉達的腰間。「哇，不是蓋的喔。誰才有這樣的秀髮？和維若妮卡．蕾克有得比喔。」她說。

「好了。」瑞秋說著，從桌前退後一步。

路易斯欣賞著桌上的擺設。餐桌擺好八份餐具，整套高級品全上陣：國軍配發的灰綠色的 Wedgwood 餐具、路易斯母親傳給他的銀燭台（祖傳的唯一銀器）、畫著聞名倫敦景點的餐具墊。魯伯特的鉛水晶酒杯毫不費力地為全桌餐具鍍金。這些酒杯見證過什麼樣的慶祝會？杯面曾折射過什麼樣的憧憬？令路易斯振奮的是，瑞秋重拾老習慣，以白卡片親筆為賓主製作座位卡，並且在女卡下方綴以式樣不等的花紋，男卡則畫交叉的寶劍或步槍。

「看起來好光鮮亮麗，」他說。他按捺住的想法是，近在幾英里外，有人瀕臨餓死邊緣。何況，辦晚宴的點子他也有一份。他以這點子向瑞秋下戰帖，而瑞秋毅然接受挑戰。身負任務，有待她執行，她變得生龍活虎起來，路易斯看著她忙東忙西，舊有的一股亢奮感油然而生。

「蘇珊堅持坐你旁邊，所以，為了對稱，我坐博南姆少校旁邊。我把艾略特夫人安排在中間，坐你們湯姆森上尉旁邊，另一邊是少校。你覺得他們合得來嗎？」

「會打成一片。」

「路易斯，你該不會跟他吵架吧？蘇珊說，你們兩個不太和諧。」

「我會盡可能守規矩。」

「你們可以天南地北聊東西：板球、天氣、甚至政治。別扯到公事就行。眼不見軍艦為淨。拜託你，路？看在我分上？」

她多了一份新氣象：自從上次那場暴風雪以來，她肩挑起女主人的角色。工作人員對她服從，讓她更加得心應手。有天早上，她去參加「船友」咖啡會。「船友」是當初在荷拉岱爾號輪船上結識的姐妹們。此外，親暱語也恢復了。

「這樣對嗎？看起來不太對勁。」

瑞秋剛決定把座位卡擺進副餐盤，但擺完半桌，她躊躇起來。「座位卡是擺在副餐盤上，還是擺在餐具墊上？」

「沒有人會在意。」

「總督夫人最應該知道的，正是這種小事。西莉亞一定會有話要說。喝咖啡那天早上，我被她糾正……哪一個用語呢？喔，對了，我有句話沒聽清楚，向對方說，『抱歉？』她卻告訴我，『「什麼」才對啦。不是「抱歉」』。」瑞秋模仿湯姆森夫人洪亮的哼聲。「另外呢，我提到晚餐準備蔬菜，被她糾正。『不是蔬菜啦，』她說，『素菜才對，親愛的。』」

瑞秋退回去，把擺好的座位卡移到餐具墊上。路易斯也將自己的座位卡從餐盤移到墊子上，注意到她把他最愛的餐具墊留給他——閱兵圖的餐具墊。他看著親手製作的座位卡，欣賞她以優美的筆法繪製的交叉步槍。

「妳畫槍給我。」

「不然，你比較喜歡花？」

她問得輕佻，側眼瞄他的神態也是出人意表的三八。

「好了。這樣擺，你覺得怎樣？講真話。」

「我覺得」——他思索著比「光鮮亮麗」更好的字眼——「看起來棒透了。」

他摸她肩膀，訝異她伸手上來握他。他永遠無法徹底判讀瑞秋這種女人的心思，但這次，他無須勞駕英軍在布萊切利園（Bletchley Park）的研究員，就能破解密碼。

「要嗎？」

「我們動作得快點。」

「艾德呢？」

「我懶得理他。」

「為什麼？」

「他最近常去找本地男孩，玩到很晚才回家。沒事了。我已經跟他溝通過。晚上禁足一個禮拜。」

海葛進飯廳，行屈膝禮，低頭看著地板，擔心打擾到親密時刻。

「摩根先生，請接電話。」

「謝謝妳，海葛。」路易斯等女傭退下。

「誰打來的？」瑞秋說。

路易斯嘆氣。那支電話和軍方交換機的分機連線，只接總部的來電，而且含意只有一種：緊急事件。

「你不去接聽嗎？」

感覺宛如左右各有一匹馬拉扯著，一邊是穩紮穩打的馱馬，象徵公事，另一邊是易受驚嚇的阿拉伯馬，象徵慾望。

「你去吧。我馬上就好。」

幾分鐘後，他在浴室找到瑞秋。她站著照鏡子，渾身只剩內褲，挺著酥胸試戴著項鍊。

「你最好鎖上門。」她說。

他關門但不上鎖。

「出事了嗎？」她問，這時看著他。

「工廠發生暴動。」

「喔。」

「有幾人中槍。」

「可是……路易斯，你不能說走就走啊。客人一個多鐘頭之後就要來了。」

「親愛的，對不起。我會儘早趕回來……在晚宴結束之前。」

沉甸甸的項鍊被她放在洗手台上。她以右手臂遮胸。

「去就去吧。去拯救德國。」她語帶舊有的倦怠，莫可奈何的意味多於惱怒。隨即，右手仍遮胸，她用另一手冷漠揮一揮，趕他走，轉身不理會。

瑞秋去應門。她身穿孔雀藍的低胸亮片晚禮服。在戰前，和姐妹淘辦晚會時，她這套衣服從來沒被人比下去過。她的頭髮向上挽起，展現頸部和肥幫子的線條。她的青金石項鍊將目光引至她另有的強項。這身打扮的用意是消滅腦海裡的竊竊私語，向賓客宣示她身心健全，沒有丈夫在身旁，照樣能完美運作如常。她今年才三十九歲。她的戲還沒唱完。

蘇珊．博南姆連大衣都還沒脫掉，就已經認輸。

「瑞秋．摩根，妳一桿子把我們所有人都打倒了！」她端來乳脂鬆糕，以沉重的雕花玻璃碗裝著。她交給瑞秋。「裡面摻的雪利酒夠多，能另外辦一場酒會。對了，回家前別忘了把碗還我。」

「妳看起來很……托爾斯泰。」艾略特夫人說。

「這樣形容，我只聽好的一面就可以了，潘蜜拉。妳看來也很嫵媚動人。妳們兩位都是。」

客人將外套交給理察之際，她若無其事宣布：「剛發生了一點危機，路易斯要我代他向大家致歉，希望能趕回來吃點心。咦，西莉亞，是不是『甜點』才正確？」

「用『甜點』準沒錯。『點心』是別的階級才用的。」湯姆森夫人確定自己是禮儀部次長無誤，所以沒聽出暗損的底蘊。

瑞秋決心不讓話題逗留在路易斯缺席一事。她准許各人感嘆一句——「太可惜了！」「好失望啊！」「可憐的傢伙。」隨即揮手趕他們去壁爐前。海葛已經端著飲料等客人。艾略特、湯姆森、博南姆夫妻開始飲用粉紅琴酒，祝「荷拉岱爾號船友」重逢愉快，這時候，大家差不多已經忘記路易斯了。

「我們又聚在一起了，」瑞秋舉杯說：「敬船友。」

「敬船友。」姐妹們覆議。

「說也奇怪，我現在居然懷念那一趟呢，」艾略特夫人說：「在當時啊，我暈船暈得相當厲害。」

「幸好妳現在不在那艘船上，」艾略特上尉說：「海都結冰啦。」

「氣象史上最冷的十二月，」湯姆森上尉宣布。「在坎伯利（Camberley）的所有人都說，印象裡沒有一年這麼冷。肯特積雪十英尺啊。戴文零下二十度。」

「至少他們有暖氣。也有糧食。」船友當中最懂得感恩的是艾略特夫人。她總不忘跨越北海，將話題從英國拉回漢堡市，正視艱困灰白的景象。「在我們用的校舍裡，我們發現墨水池都結冰了。昨天，我看到一個男孩子在我們垃圾桶裡翻東西，猛舔一個白米布丁的空罐頭。他穿著一件晨衣，腳丫穿的是紙袋。好可憐。」

博南姆夫人嘆氣。「潘蜜拉，我們可以不想世上的苦難嗎？一晚就好？」

「我相信妳辦得到的，蘇珊，」瑞秋說，同時對她使眼色，意思是：「今晚的節目由我安排，」然後順勢鼓勵艾略特夫人繼續：「潘蜜拉，妳不是加入一個討論會嗎？情況怎樣？」

艾略特夫人發現本地有個婦女社團，常參與活動，適合她抒發熱中公益的志向。瑞秋小心避免加入。這社團的創辦人是本區牧師荷頓上校，有英國人也有德國人，宗旨是鼓勵德國民眾進行自由辯論。

「我們的活動越來越熱門了，只不過，我懷疑，多數人是衝著有暖氣可吹、有免費餅乾可吃而來的。德國人常常枯坐著，起先有點放不開，不過在茶水的助長下，大家很快就熱絡起來。我們舉辦過幾場很棒的討論會——甚至辯論會。有一場主題是英德兩國人民品格的差異，很有意思。上禮拜我們辯論：『女人應不應該待在家裡？』」

「那要看『家』是怎樣的『家』，才能決定，」蘇珊插嘴，毫不掩飾她對「沉溺於發揮人道精神」明顯不耐煩。

但瑞秋聽出興趣了。艾略特夫人一副神經質、興匆匆的模樣，一見有題材可發揮，變得精神抖擻。「繼續說吧。」瑞秋說。

「他們完全不習慣跟人辯論，也不喜歡公開和多數人作對。不過，他們慢慢學習到技巧了。比較年輕的一代學習比較困難。他們喜歡玩遊戲，討論就比較不拿手了。多數年輕人感到幻滅，對時局存疑，人生好像沒有希望似的。」瑞秋想起芙莉達。「荷頓上校想教他們明瞭，他們前途看好，人生有某種意義和目標。」

「例如吃吃喝喝，例如不要沒事一直談人生的意義！」蘇珊說。她今晚一心想鬥嘴。

「別理她，潘蜜拉，」瑞秋說，然後從海葛手上接琴酒壺過來，轉向男賓。「要不要添琴酒，紳士們？」

在待客方面，路易斯幾乎能未卜先知，總能在客人需要添酒時及時斟酒。瑞秋今晚特別叮囑自我，一定要隨時保持客人酒杯盈滿。兩位上尉仍有酒可喝，聊著剛結束的板球季，討論艾德瑞奇和康普頓得分滿堂彩的盛事。少校站得稍微疏遠，快見底的酒杯在手裡兜圈子。不經他要求，瑞秋就過去幫他添滿。

「終於能認識你了，真好，少校。蘇珊常提起你。」

他本人其實和瑞秋的想像南轅北轍。她綜合路易斯的報告和蘇珊・博南姆敘述的軼事，拼湊出的少校是個外形冷峻、野心勃勃的空想家，決心剷除本區納粹遺毒，手段不計，因此做人沒情趣，個性沉悶。如今見到本尊，瑞秋竟發現少校表現得羞怯，幾乎畏首畏尾的，膚色近似地中海東區人種。他外表顯得保守，可能是刻意表現得自貶，和外傳的強硬作風有所出入。也許是路易斯錯看他了。

「妳把汙點遮住了。」蘇珊・博南姆的目光降落在壁爐上方的新畫。這是必然的發展。

「對。」

「和先前掛的那幅比較，想必有長足的改善吧。」
「以前那一幅不是……我們以為的那種。」
「妳問過他了？」
「他聽了滿……火大的。」
「妳聽信他的話？」
「對。」
瑞秋不想逗留此地，於是拍拍手，引客人注意。「我們進飯廳吧？」
蘇珊‧博南姆用力眨一眨眼。「摩根夫人，妳今晚展現新的一面喔。」
海葛上第一道菜：微辣的洋蔥清湯，大家喝完第三口，紛紛稱讚廚師。餐桌上，所有人淺談一個接一個話題。主菜上桌之後，瑞秋決定專心和鄰座博南姆少校深談。先前和大家談笑時，少校顯得寡言，聊天有一句沒一句，一對一聊天時，他卻變得心無旁騖。
「事態一定很嚴重。如果路易斯待到凌晨才走得開。」
瑞秋不確定自己該知道或該說什麼。和多數軍眷妻一樣，她習於避不談論演習和任務，所以語帶保留是很自然的事。「他對他這區的大小事情都很關心。」她回應。
「他為我們的明日貢獻他的今天？」少校說。
此言帶有微乎其微的挖苦意味，但也挑起她的共鳴：「戰時他奮戰不懈，和平時他也奮戰不懈。」

「就某些方面而言，和平時的奮戰更難，因為敵人比較難辨認。」
「路易斯不喜歡『敵人』兩字。他禁止用這詞。不過，他比我容易原諒別人。」
「也許他能原諒的東西比妳少。」
路易斯曾說，寬恕是軍火庫裡火力最強大的武器。儘管瑞秋隱約懂得這比喻，博南姆少校卻道出她深信卻無法明言的事實：路易斯比較容易原諒別人，是因為他沒有體驗到她的切身之痛。對路易斯而言，慘事和他之間有點遙遠，她卻置身暴風眼。她引述自己的話：「我不確定這事情能比較。」但這話題引她進入她想避免的方向。
「蘇珊警告過我，她說，你的偵訊技巧很高。問卷調查的過程進行得如何？有沒有揪出犯人？」
「問卷太容易打馬虎眼了。所以我才儘量約談他們進來了解情況。到頭來，問卷再強，也勝不過面對面，用肉眼觀察。」
「你看得出來嗎？用肉眼能分辨？」
博南姆直視瑞秋的眼睛。他的睫毛修長，虹膜呈虎皮黃，美得令人繳械。
「光是從儀表或背景判斷可能有罪的人，通常清白。這禮拜，我約談一位當過上校的人，他現在想從商。他本人長得是典型普魯士人：高高在上，敵意旺盛，沒有悔恨的意思。痛恨南方人。習慣我行我素。不過，他也對希特勒和納粹黨恨之入骨，如同許多普魯士軍人。他是良民。我真正想約談，有必要約談的人，根本略過填寫問卷這一關。大人物通常人脈亨通，或者資源雄厚，不必工作，所以連問卷都用不著填。」
「被你們揪出的人很多嗎？」
「不夠多。我們關了差不多三千。」
「滿多的嘛。」
「問卷回收一百萬份，三千人算什麼？」
「揪出多少，你才滿意？」
博南姆將水晶杯對準燭火，折射著火光。「這不是數字高低的問題，摩根夫人。」
霎時之間，瑞秋能體會到被他偵訊的滋味。無論博南姆的動機是什麼，似乎不僅止於公事公辦。儘管他有自制力，儘管他能隔絕情緒和理智，他另一份管得太緊的個性。他外表裝得動機純正，但瑞秋懷疑他另有居心。
「你為什麼走上偵訊這一條路？」
博南姆放下刀叉，拿餐巾按按嘴。
「現在換妳偵訊我啦，摩根夫人。」
瑞秋笑了。「對不起。我只是……有興趣了解你為什麼選擇這一行。」
博南姆幫自己倒一杯葡萄酒。這是習於控制對話節奏和方向的人都有的反射動作，而他以這舉動暗示，這話題到此為止。
「這白葡萄酒不錯。」他說。

瑞秋放過他。吃主菜接下來的時間，兩人比較德國菜和英國菜的優劣，話題迅速被湯姆森夫人劫走。海葛過來收餐盤時，艾略特夫人指出，路易斯還沒回家。她說她希望路易斯一切平安，提議大家敬他一杯：「敬平訥貝格區總督。」

客人上門時，瑞秋曾說路易斯會趕回來吃點心，說過就忘了，其實她只是說說而已，為的是保護他，也為了討客人歡心，她壓根兒不信路易斯趕得上晚宴。事實上，她這時候發現，晚宴進行到現在，她一次也不曾想起他。整個晚宴被迫由她一手舉辦，她心裡有一份解放感，她甚至遐想著，自己表現得這麼好，該不會是因為他不在家吧？難道說，沒有他，她會活得比較好？當她舉杯敬酒時，她覺得敬的不是自己的丈夫，而是某個她不認識的無名氏官員。

「也敬女主人一杯，」艾略特上尉接著說：「說真的，這一餐水準一流，摩根夫人。敬瑞秋。」

「敬瑞秋。」

「全是廚子的功勞啦。她名叫貴妲。我不敢居功。」

「那我也向她致敬。」

「我會代為轉告的——只不過，她願不願意『接受』，那又是另外一回事了。我儘量對她和氣，不過她拒人於千里之外。」

「我們家的廚子好討厭喔，」蘇珊・博南姆說：「裝腔作勢的：『我地父清是一個龜族！』不過，後來我發現，她沒有胡謅喔。我本來一個字都不相信，結果後來呢，她拿她的珠寶給我看。我的天啊。」博南姆夫人拉開披肩，展示胸前的胸針，上面飾有一顆大如胡桃的黃玉。「三百根香菸加一瓶吉爾畢（Gilbey's）。」

湯姆森夫人以驚嘆讚美。「老天爺啊。好精美。」

「季斯戒菸了嘛，菸積多了，擺著不如拿去換東西。何況，能幫忙的地方，就一定要幫忙嘛。我認為她也很高興。」

瑞秋看著這顆被典當的半寶石，想著廚子不得已賣掉傳家寶，她內心不敢恭維。蘇珊・博南姆今晚的作風有點太猖狂了：難道是因為她在這一個小型太陽系裡不算是太陽嗎？

「『貴族』通常是軍火製造商的別稱，不是嗎？」艾略特上尉問，目光轉向一心想殲滅納粹的少校求證。

博南姆猛灌一口葡萄酒。「有那麼簡單的話，我們直接逮捕德國所有姓『逢』（von）的就行了。」

「你們家的『龜族』呢，瑞秋？」蘇珊問。「他有沒有守規矩呀？」

她這問題問得夠大聲，讓大家聽得見，逼得瑞秋非答不可。

「有幾次是滿彆扭的，不過，我認為兩家相處得還算理想。」

「滿彆扭的是哪幾次，快告訴我們。」

「全是瑣碎的小事啦，真的，」瑞秋支吾其詞。「共用哪些餐盤，側門給誰用，諸如此類的。」

「兩家同住一個屋簷下的滋味怎樣，我很難想像，」湯姆森夫人說：「妳是怎麼調適的？」她問這話的口吻宛如在關心絕症病患。「要是我，我會覺得心情七上八下。」

「忍著點就好。就像妳剛才說的，潘蜜拉：我們是幸運兒。」瑞秋拿起餐巾一揮，宣布晚宴進入下一階段。

「好了，大家一起去唱歌吧。」

賓主來到鋼琴邊聚集。耶誕歌集已經擺上琴譜架。瑞秋坐至定位，自彈自唱〈我見三艘船〉（*I Saw Three Ships*），曲風活躍，接著歡樂演唱〈快樂的上帝〉（*God Rest Ye Merry, Gentlemen*）。每一首曲子唱到副歌時，博南姆少校以掌拍擊貝森朵夫鋼琴側板助興，增添佳節氣氛，但他跟錯節拍，連吼帶唱。在眾人皆有些許醉意的場合裡，他酒醉的醜態或許不是很顯眼，但瑞秋看得心驚膽顫：轉變太快了；晚餐期間和她聊天的那位彬彬有禮、矜持的男士，如今成了莽漢。她彈唱〈蕭瑟隆冬〉（*In the Bleak Midwinter*），扭轉曲風以穩定局勢，試著以〈平安夜〉緩和氣氛，不料博南姆少校堅持唱德文版，刻意強調德文腔以諷刺德國人，大煞風景。

「來點吉伯特與蘇利文（*Gilbert and Sullivan*）吧？」湯姆森上尉要求。他剛在鋼琴後面找出皮裝本的全集，翻開喜歌劇〈彭贊斯的海盜〉（*The Pirates of Penzance*）。「這一首給你表演，少校。」

博南姆放下酒杯，站直身體。瑞秋嗅得到他的酒臭味，感覺到被她壓抑的怒火正往上竄燒中。少校沒唱走音，唱腔凌厲，毫無畏懼：

「我乃現代少將之典範。
我掌握動植物礦物資訊。
我認識英國君主，我引述歷史戰役。
從馬拉松至滑鐵盧，照字母順序……」

瑞秋放慢拍子，讓他跟上，但歌詞字字珠璣，節拍明快，他心有餘而力不足。唱完每一段的第一行，他「啦啦啦」混水摸魚唱完剩下的歌詞，雙手拍鋼琴上面，手勁越來越重。最後一段唱完一半時，鋼琴後面的花瓶被震落摔碎。

「哇！」博南姆說。

瑞秋停止彈琴，起身去視察災情：花瓶裂成俐落的四片，沒有碎屑。

「季斯！」蘇珊大罵。

「對不起，」博南姆說：「補一補就好了吧，我相信。」

「這花瓶不是我的，少校。這是這棟房子的附屬品。」

「喔。那就沒關係了嘛，白道歉了！」他哈哈笑說。令瑞秋心驚的是，其他客人也隨之歡笑。正當她拾起碎片之際，門開了。她一時以為路易斯回家了，但進來的人是魯伯特先生。

魯伯特看似即將做壞事，或剛做了什麼駭人聽聞的舉動：他的一邊眉毛上方有個嚴重撕裂傷口，血光仍晶瑩，全身因氣喘如牛而上下震盪。他傻眼站著，瞪著所有人，猶如先知撞見一群人正在辦性愛轟趴。

「魯伯特先生？」瑞秋說，既是介紹他給大家認識，也想探測他的下一步。「你沒事吧？你在流血。」

魯伯特看著破花瓶，然後看博南姆，鼻孔擴張，胸膛和肩膀起起伏伏，宛如正激起渾身精力，想一舉抬起鋼琴壓扁少校。

「花瓶的事，對不起了，老兄，」博南姆說：「我相信，在……傾全力協助之下，摩根夫人能把它拼回原來的樣子……」

瑞秋對蘇珊．博南姆使眼色，叫她儘快干預。

「別鬧了，季斯，」蘇珊終於說：「你鬧夠了吧。」

「什麼？我們再唱一首嘛。說不定，魯伯特先生也想加入？」說著，他隨著腦海殘存的輕快音符，拍打鋼琴。

「麻煩你不要那樣亂拍鋼琴。」魯伯特說。這時候，他瞪著博南姆，不再掩飾猙獰面目，雙手緊握成鐵鎚。自從他踏進門的那一刻起，他的眼珠緊緊盯住博南姆不放。博南姆的神智仍清醒到可以發飆，拍打鋼琴的手反而更起勁，連琴弦都嗡嗡共鳴。

「魯伯特先生，你大概知道吧，這鋼琴已經被徵用了。這表示說，鋼琴現在是管委會的財產，也表示說——鋼琴等於是我的。」

瑞秋認定魯伯特即將撲打少校，連忙起立，把花瓶碎片放在鋼琴上，站到兩人中間，正面對魯伯特輕聲說：「我們全都喝多了點。」

魯伯特看著她，鬆懈拳頭。他再瞪博南姆一眼，然後轉身離去，嘴裡嘟囔著一句罵人的德文。

「哈！」博南姆驚呼。「你們聽見沒？他罵：『你們讓我噁心！』他說我們讓他噁心。『我們讓他噁心！』」博南姆轉向瑞秋，命令她立即要求對方道歉並提出懲處之道。

「我猜人家指的是你而已，季斯，」蘇珊．博南姆說，這次她抓住丈夫手臂，拖他走向門口，以免事態繼續惡化。「該上床了。」

「可是，『我乃現代少將之典範啊……』」他抗議著。

晚宴落幕了，結尾和瑞秋的計畫不同。原本瑞秋希望大家能到壁爐前打打牌，玩猜謎遊戲。現在，她希望大家儘快走。她心裡只有一個念頭：去找魯伯特。識相的客人紛紛告辭，夾雜幾句讚美、感謝和道歉。十分鐘後，她向滿臉驚恐的艾略特夫人告別。夫人說，希望一切都沒事，順便拉瑞秋參加英德討論會，也代她問魯伯特先生想不想參加。

關上門後，瑞秋正要上去頂樓，這時她聽見呻吟聲。她轉身，看見魯伯特坐在壁爐前的扶手椅，雙手抱頭彎腰，手摀住雙眼，咬牙吃力呼吸著，發出潮水沖刷鵝卵石灘的聲響。

「史蒂芬？」

魯伯特睜開沒受傷的一眼——另一眼腫到睜不開——隔著指間看，隱約見到瑞秋如大提琴的腰身，見她禮服的亮片在火光中熠熠生輝。

「你還好吧？」她問。

他感覺瑞秋一手放在他肩膀上。他放下自己的手，顯露傷勢，抬頭，好讓瑞秋能仔細檢查。見到血淋淋的傷口，瑞秋縮縮脖子。

「怎麼發生的？」

他想說：我差點被一個「讓德國活下去！」的標語劈死，但他講不出英文，而且開口也會痛上加痛，索性只呻吟就好。

「我去拿東西幫你療傷，」她說：「馬上回來。」瑞秋上樓去拿急救用品，衣服上的亮片跟著發出清脆的撞擊聲。

魯伯特手肘按大腿，撐著上身，再度抱頭，嗅到掌心的血腥，嘗到鮮血的金屬味。今晚的暴動反覆在心中重播，歷歷在目。他記得有人舉標語：「我們想要工作！」「外交大臣貝文，終止拆廠令！」「讓德國活下去！」他拗不過同事欺壓才跟著去抗議。他擔心參與示威可能危及取得良民證的機率，也討厭人潮。一大群人聚在一起，凡事不用大腦，只靠蠻力硬幹，令他緊張，也覺得自己不合群。但這一群工人同事態度平實，令他心安，而且大家也走得很近。他忽然認定，與其安安穩穩窩在家裡，倒不如頂著寒風陪弟兄打拚。同事修爾敘上台，俏皮訴求英方公平待人，展現幽默感，讓德國人知道，呵呵一笑無傷大雅，比手勢損長官也沒關係。德國人民已有多年不曾放膽做過這種事了。大家甚至唱起德國國歌，唱得堅忍不拔，叛逆味清淡，不見近年來那股痴狂的熱度，是終於能抒發怨氣的人民歌聲。倏然間，有車子按喇叭，引擎呼呼轉，聲音突兀，原來是一輛英國勤務車想駛進工廠門。抗議民眾陸續站開，其中有一兩人拍拍車頂，以示不耐。接著，有一人雙手推車身，搖動車子，其他人覺得好玩，有樣學樣，結果車子晃得太厲害，車輪騰空了。魯伯特看得見車裡的軍官表情從憤怒轉為懼怕。年輕工人彷彿不了解自己力氣多大，把車子搖到側翻，駕車軍官嚇得貼在車子天花板，臉貼車窗，活像嘴巴開開闔闔的金魚，模樣近乎滑稽，但魯伯特意識到山雨欲來。果然，有人開步槍了。第一響，所有人縮頭發怔。第二響，大家拔腿推擠，像羊群集體轉彎，牧羊人是看不見的子彈。魯伯特順著人群移動，感覺自己被抬著走，被異物擊中額頭，繼續逃命，其中有段距離，他不用腿也能走動。後來，他看見槍火，被膝蓋擊中太陽穴，耳鳴一陣。他改以狗爬式前進，一會兒之後才發現，白雪上的斑斑紅漬是他自己的血。

瑞秋帶著軟麻布、繃帶和碘酒回到大廳。

「讓我看看。」

她在魯伯特面前彎腰，以手指輕輕挑起他下巴，近看傷口。

「你這裡面可能有沙子。」她拉來一張腳凳，在他前面坐下，先用碘酒浸溼軟麻布，白布漸漸泛黃。「會痛喔。」她說。

魯伯特刺痛得縮緊眉頭哆嗦。

「出了什麼事？」

魯伯特記得住景象但無法說明，因為頭痛欲裂。

「他們……啊！」

「不要緊了。」

瑞秋拿著軟麻布按傷口，為了施力而上身向前傾。深度消毒痛得魯伯特呻吟，不由自主握住她手臂，尋求慰藉。兩人維持這姿勢一陣子，儘管疼痛——或由於疼痛——他握著她手臂，久久不鬆手，她也不介意。頃刻之後，她放開軟麻布，檢查傷口。

「傷口看起來夠清潔了。好。讓我纏這個……」

她解開繃帶，拿一塊乾淨的軟麻布，再攙一些碘酒，繞到他背後，讓繃帶纏一圈，腹部撩過他鼻尖前幾寸。她拿安全別針固定繃帶。

「好了。女童軍教的。感覺怎樣？」

「刺痛。不過還是謝謝妳。」

「少校失態了，對不起。他醉了。」

「謝謝妳解圍。否則，這可能會鬧大成國際事件吧，我想。」

他的臉近到她面前幾寸。瑞秋注意到他眼圈有細紋，也見到他前所未有的哀傷。她想像著親吻他的滋味，剎那間知道自己想吻他，現在能吻他。她一手拿著紗布，另一手拂過他臉頰，嘴唇隨即輕貼他的嘴，動作與意向重疊，如同一份重寫本。她的嘴唇徘徊夠久，兩人的呼吸因而交錯融合。她等著引爆線觸發，等著高壓電圍牆通電，等著警鈴聲大作，等著探照燈亮起，但手銬腳鐐一直沒來。她踏進新領域卻無人攔阻。就是這麼容易。

「這一吻比先前好，我喜歡。」魯伯特說。

瑞秋垂頭，霎時意識到目前的處境。

「這是不是……趕我出門的詭計？」他吻她。

「這是……感謝你。」她說。

「謝什麼？」

「謝你喚醒我。」

第九章

工廠泛光燈照亮狼藉的雪景，散落一地的標語看似沒命的鸛，被推翻的勤務車是刑案現場的核心，以警示布條隔離。幾名德國警員在暗處駐足，不確定自己的定位何在。路易斯視察著暴亂後的殘局。現狀難以掌握，這是路易斯已有的自知，如今狀況完全跳脫他的掌握範圍，他覺得無法招架。

當時下令射擊的憲兵是蒙特鳩少校，現在向路易斯報告事發過程，但他再如何解釋原委也難以改變事實。這是驚天動地的失職——在他監督之下發生的。

「軍官想開車進工廠大門，被憤怒的暴民包圍，暴民開始攻擊勤務車。我們開槍示警，暴民卻繼續推車，把車子翻倒。幸好，車子側翻之後，暴民沒辦法對他不利。」

蒙特鳩描述過程的語氣機械化，不帶感情。路易斯等著他報告結束，但蒙特鳩已講不下去。

「然後，你對著手無寸鐵的民眾開槍。」路易斯說。

「我們別無選擇，上校。」

「死者才別無選擇，少校。三條人命啊，搞什麼鬼！」

路易斯繞過車子，來到血濺雪地之處。這輛側翻的福斯車看起來更像甲蟲。

「假如我們放手不管，暴民一定會對他動私刑。」

「你敢確定嗎？」

「毫無疑問，上校。他們後來變成……一群毫無理智的暴民。我們相信，群眾當中有幾個造反分子，」憲兵少校繼續說：「參加示威，只想惹事生非。不排除是狼人防衛隊，上校。」

「唉，什麼鬼話。你逮捕到人了嗎？」

憲兵少校挺胸，以失禮的口吻喃喃回答：「我們留置六人偵訊中。」

「未成年人，對吧？」

憲兵隊最近逮捕一百餘名竊煤兒童，受輿論猛烈抨擊，案子雖經媒體披露，但事實——兒童的年齡——已經遭竄改。

路易斯拿起一面標語，上面寫著：「給我們工具，我們就能完成工作！」他舉著讓憲兵少校看。「這是誰的名言*，你知道嗎？」

被上校問個沒完沒了，憲兵少校漸漸惱怒。「假如你在場，你也會做同樣的事。」

路易斯拋開標語。「我們教他們學習民主制度，結果他們行使民主權，卻挨你懲罰。」

* 譯註：邱吉爾。

路易斯的上司迪畢里爾將軍緊急約見，巴克駕車送他前去。

「憲兵少校說得對，」路易斯說：「我是應該到場的。最起碼，我也應該派一支較大的特遣隊去支援。」

「上校，那場活動本來的用意是和平示威，工會事先向我們保證過。誰曉得那群岩石猿會恐慌呢？錯不在你。」巴克回應。

「我有預感會被開除。」

「八成不會，上校。」

「不然迪畢里爾幹嘛半夜找我開會？」

「大概是一瓶單一麥芽威士忌剛到手，將軍想聽聽你的評鑑，上校。」

路易斯勉強微笑一下。迪畢里爾將軍視威士忌如命，眾所周知他曾以品酒面試人才，只提拔能分辨調和威士忌和單一麥芽威士忌的軍官。

「上級才不會開除你，」巴克繼續說：「你是少數懂這裡狀況的人之一。我猜，上級找你別有用心。」

「巴克，我的角色沒有你想得那麼關鍵。」

表面上，路易斯顯得謙虛，不接受讚美，其實他把讚美暗存在心底，在自信心動搖時拿出來當解藥。在軍隊中，直截了當的「幹得好」少之又少，如果真有讚美，通常會另加一句侮辱，以求平衡。這種不鼓舞讚賞症，並非軍方專利，路易斯認為，這是英國人的通病，起源是內斂加唯實論，路易斯自認也無法免俗，另一原因是怕對方得意忘形，所以英國人喜歡說，和歐洲大陸的鄰國相形之下，英國比較不會被獨裁荼毒。

「上校，我就快完成名冊了。」巴克繼續說。

「名冊？」

「失蹤人口名冊。你不是交代過我嗎？」

路易斯聽得見盤子落地聲：忙得團團轉的他猶如表演著轉盤子的把戲，同一時間能轉動多少盤子？他曾吩咐部屬整理出一份「失蹤死者」名單，清查大轟炸期間失散的民眾，比對本區仍在醫院、醫務室、修道院、復健中心的病號。他另有幾個點子也是一交代就忘，因為他有更急迫的要務待辦。

「被我忘得一乾二淨了。希望你沒浪費太多時間整理名冊。」

「上校，你一交代下來，我是忙得夜以繼日喔。不過，名冊一整理好，我就能開始對照病人名單，再給我幾個禮拜就好。」

「另外那件呢？貴重物品報告？」

「驚動了幾個長官。他們不喜歡。我暫時還不可能升官。」

「那就好。」

路易斯說的是肺腑之言。原因之一是，他需要巴克。但他也真心相信，很多軍官位子一升到巔峰，原本力爭上游的動機消失了，發現職位雖高，卻不符合自己的本職學能，一身本事被擱置緩蝕。他的座右銘一向是，最好留在「位階較低的職務」。

路易斯進辦公室時，迪畢里爾將軍不是坐在辦公桌裡面，而是挨著桌子站，急忙請他坐下，拿出威士忌和香菸敬他，不太像申誡部屬的前奏。由於警察局長貝利在場，他認為巴克的預測可能不假：將軍約見不是想開除他，而是另有居心。

「你見過局長吧？」

「是的，將軍，次長視察的那次，我們短暫見過面。」路易斯看貝利順眼：貝利的職責既難如登天又不討喜，但他執行任務的方式剛柔並濟，也不失尊嚴。

貝利熱情和路易斯握手。「又見面了，上校。分房子給人住的軍官。」

「房子不是我的，局長，不過，你說得對。」

「德國議員對你的評價很高。」

「所以嘛，」——將軍說到一半停下，為路易斯點菸——「今晚才找你來開會。因為你有能力看清另一邊。」

路易斯坐下，心裡想到，即使是階下囚，被槍決之前仍有菸可抽。在百般討好的前奏之中，上級顯然有個臭氣薰天的任務想交代他。從路易斯坐的地方，他看得見將軍背後窗外有一輪滿月，清晰到看得見月表的坑洞。也許，上級想流放他去月球。

「將軍，就算我累積到一絲絲善意，也全毀在蔡司工廠事件了。」

「今晚發生的事實在不幸，」將軍說：「不過，這問題只是冰山一角。在本區各地，拆廠令正引發我們憂心。在科隆，在漢諾瓦，在不來梅，在魯爾河（Ruhr），到處都有人抗議，醞釀出高度緊張的情勢。而且老天爺不作美，糧食短缺，情況更加嚴重。德國民眾開始仇恨我們。他們仍以為，我們想把德國變成一座超大型農場，以為我們摧毀德國造船業是想讓貝爾法斯特和克萊德（Belfast and Clyde）的造船公司超前。」

「我們確實炸掉了一座運作正常、世界一流的造船廠。」

「拆布洛姆福斯是拆錯了。我們現在才明白。不過，宗旨和目標變得很快。幾乎每個月都在變。一年前，我們的想法是廢除軍備。然後變成掃蕩納粹遺毒。接著是降低工業產能。接著又變成只要把這堆爛人餵飽就好。現在呢，大家一眼就看得出來——法國人和俄國人例外——我們需要一個壯大的德國。我們已經同意和美國區合併。明年即將成立英美雙合區。以後，等到法國認清自己在宇宙中的處境之後，說不定他們會加入英美，組成三合區。目前逐漸明朗的情勢是，俄國越來越不可能交出俄國區。拆解德國重工業的日子拖越久，俄國就越不願意。」

將軍把今晚慘案一語帶過，顯然不打算談暴動。以將軍個人而言，和國與國之間的大動盪相形之下，這場暴動充其量是局部小地震。路易斯幾乎感到失望。趕來開會的途中，他曾想到自己會被開除，當時心裡並不怎麼排斥。

「我們仍有機會避免和俄國鬧翻。避免鬧翻的第一步是，遵守波茨坦協議的補償措施。

不補償，他們就不輸出食糧。除非我方立即執行拆廠令，否則盟國賠償署（Inter-Allied Reparations Agency）將實施我方負擔不起的制裁。美方將被迫掏腰包，餵養幾百萬個人民，邱吉爾掛在嘴上的『鐵幕』也遲早會成真。」

迪畢里爾將軍遞給路易斯一份檔案，標題是：「拆廠列表。第一類別廠房。機密文件。」

「在本區，廠房分四種。俄方正要派遣一支隸屬盟國賠償署的代表團，監督拆廠過程。我們需要你到場指揮，我們也需要你即刻啟程。」

路易斯看著文件，翻閱其中的廠房地點。

「黑爾戈蘭島（Heligoland）？」

簡直像被外派到月球。

「他們準備集中所有軍需品，一併炸掉。我們想派一個德方看得順眼的人，這人要能傳達上級指令，也要具備德方能領會的悲天憫人個性。上校，你有這種名聲。市長非常讚賞你。」

在外人聽來，此言或許像讚美，但路易斯明白，這是軍方剷除異己、又不至於把事情鬧大的伎倆。軍方不希望他向次長和媒體告密。他曾在蕭次長面前批判軍方的心血。不懲處他不行——以建設性的方式懲處。

「這不是我的……專長。」

「重點是和人溝通，上校，」迪畢里爾將軍說：「你是我們的溝通王。」

「你的意思是，你想派一個能巧妙炸掉東西的人。」

將軍以不耐煩的低吼聲清一清嗓子。他的推銷技巧已用罄，不肯再為路易斯包裝商品了。

「上校，我鄙視俄方，也憎恨這些個補償措施。不過，如果我們想避免再打一場戰爭，我們就一定要完成這件事。在冬天結束前。」

原本約談是聽意見，如今演變為命令。「你將陪同庫妥夫和他的觀察員，現地也會有一名法國和美國觀察員各一名，隨時陪同你到所有地點。據我所知，你的口譯員通俄文。如果一切順利，你頂多只去幾個禮拜就回來。你不在期間，你在本區的部屬能代你執行任務。」

整個對話過程中，路易斯一直假想著瑞秋也在場。對於這次外派，她會有何感想？這會構成最後一根稻草嗎？

「我可以等到耶誕節過後才出發嗎？」

「上校，俄方已經不慶祝耶誕節了。更何況，趁這時節下手，最理想不過了，」將軍把球打回去。「趁我們全在唱耶誕歌的時候，你可以把東西炸掉，不會有人聽見。」

迪畢里爾不是動一動憐憫之情就能坐上將軍寶座的。即使在麥可遇害後，將軍不曾多放他幾天喪假——他也不曾主動要求。

「將軍，我才只和家人團圓幾個月——而且幾乎忙到沒空陪家人。如果又被外派，一定對我們產生沉重的壓力……」

「上校，我處理的是國事，不是婚姻諮商。」

「魯伯特先生，摩根先生請你到客廳見個面。」

「他是不是顯得……生氣？」

海葛想一想。「好像沒有，魯伯特先生。」

沒有。當然不生氣。上校從不發脾氣。即使妻子親吻野男人被他發現，他可能也只聊聊天氣，然後把自己的車送給對方。

「謝謝妳，海葛。我待會兒下樓。」

魯伯特放下製圖筆，關好墨水瓶。他用手整理頭髮，想想覺得不妥，又伸手撥亂，恢復自然面貌。

他見到路易斯站在鋼琴旁沉思，眺望河的對岸，全套制服穿在身上，戴手套，也穿大衣，即將外出的模樣——又要出門了。路易斯的嘴張開一半，做出似笑非笑的表情。

「魯伯特先生，進來，請坐下。」

魯伯特過來，坐進窗台椅。

「頭上的傷還痛嗎？」路易斯問，摸摸自己的太陽穴。

魯伯特眉毛上方的傷口難看，呈陸龜殼的顏色，但已有康復的跡象。「我復原很快。」

「聽說，那天晚上很熱鬧。」

魯伯特等著路易斯主動說出，繼而懷疑，對方是否也等著他先開口。據說英國人患有情緒便祕症。魯伯特或許應該行行好，以道歉為他清腸，告訴他，錯不在摩根夫人。魯伯特可推說，他被暴民敲破頭，神智不清，一錯再錯。

「我為那件事感到抱歉。」

路易斯看著他，臉上寫著問號，舉手制止。

「該道歉的人不是你，魯伯特先生。面對你，我很尷尬。花瓶的事。家裡任何東西毀損都一樣。也為那一夜某客人的行為賠不是。」

路易斯撫摸鋼琴背，算是彌補博南姆少校重手拍擊的傷害。「瑞秋告訴我說，以當時的情況而言，你表現得很委婉，可敬可佩。」

魯伯特變得結結巴巴，差點脫口而出的告白及時打住。「呃……這……我不怪罪任何人。當時大家興致很高昂。花瓶的事，不要緊。我本來就覺得那花瓶可有可無。」

「對，不過，這不能為那事件脫罪。魯伯特先生，你自己也說過，這房子是你的財產。」

「是的。」魯伯特說。上校再一次以毛毯覆蓋一切。

「另外，我也對你被捲進蔡司暴動感到遺憾。」

「我記得的東西不多，只知道我當時在聽演講，然後就傳出槍聲。」

路易斯的臉色一沉。「工廠發生的事無可狡辯。正當我們以為情況出現轉機了，竟然又發生這種事。一有人失去理性，或恐慌起來，整個情勢就急轉直下。我們目前處於非常微妙的重建階段，一個小地方不對勁，一切都將毀於一旦。總而言之，我慶幸你沒事。」

「上校，你的任務非常艱巨。我不羨慕你。」

「不該羨慕。言歸正傳。我找你來的目的，除了為那一夜的事道歉之外，我想拜託你一件事。我們想幫艾德蒙找個新家教。我知道你目前不能去工廠上班，所以我在想，如果你願意幫艾德蒙上課的話，連瑞秋也一起教……可以教他們一點德文。在我離家這段時間，我沒辦法另外找家教。瑞秋能藉這機會學學德文。我知道，她和雇員溝通困難，無力感深重。」

「我當然願意，」魯伯特說：「你要出一趟遠門嗎？」

「幾個禮拜。去黑爾戈蘭島。」

「所以說……你不在家慶祝耶誕節？」

「可嘆，因為軍隊照自己的行事曆運作，魯伯特先生。有勞你代我照顧這個家了。我知道……情況一開始不太輕鬆。你大概猜到了，瑞秋……剛到的時候情緒不太穩定……不過，她的老樣子逐漸恢復了，我看得出跡象。我認為，她想多多和人相處，也許可以帶芙莉達出去逛街。有人作陪，對她身心有益。獨自一人窩在家，對她沒好處。尤其是佳節前後。另外，如同我一直強調的，如果想落實重建計畫，兩國人民需要開始交好，對彼此多一分認識。我想，我想講的是，魯伯特先生：你不要太自我封閉。在家裡自在一點，不要把自己當外人。」

「謝謝你，上校。」

魯伯特欣賞路易斯。他尊重路易斯的寬宏慷慨。他感念在心。路易斯不擺架子，也令他欽佩。但他聽路易斯講這些話，難免暗中譏笑路易斯眼睛瞎了。路易斯若非渾然無猜忌心，就是心思不在家，事情的輕重緩急全搞顛倒了。

「瑞，我有壞消息要報告。」

瑞秋又在讀阿嘉莎．克莉絲蒂推理小說，沉浸在綿密雋永的情節和線索中，讀到大魔王即將被揭穿的節骨眼。聽見路易斯開口，她放下書時，兩個不恰當的念頭在她腦海裡較勁：一是，我想知道凶手是誰；二是，希望路易斯不是來通知我，史蒂芬和家教一樣是「黑分子」。

「什麼事？」她問。

路易斯一臉即將被外派的表情。她以前見過——記憶最深刻的一次是他返鄉為兒子奔喪，葬禮一結束，他宣布馬上回基地報到。

「將軍叫我去監督拆廠，叫我明天動身。這意味著，我這一去就是好幾個禮拜。」

「喔，」她說。

「我知道。這是最後一根稻草。」他說，猜錯她的心意。他忙著在更衣間尋找行李箱。

瑞秋內心存有一套軍人妻子的制式台詞。每當丈夫提前收假或假期完全泡湯，妻子都會搬出台詞搪塞幾句。但瑞秋無意敷衍他。她也意識到，路易斯不期望她敷衍。「這就是軍隊，瓊斯夫人。」她引用戰時美國同名輕歌劇說。路易斯看著她，點點頭。

「對不起，瑞。」

他開始收拾行李時，瑞秋回到書中世界。她真的不想幫路易斯打包。這一次不想。打包或許算是她的任務，但她已經不甩什麼任務不任務了。可惡，她只想讀完這一段，查出凶手到底是誰。但她瞧見路易斯動作懶散，受不了，只好放下小說，幫他找襪子。海葛今早送來一籃子剛洗好的衣物。

「多少雙？」

「五、六雙大概就夠了。」

她朝他扔襪球，一個接一個，他像守門員似的雙手一個個接住，接連放進行李箱，動作不間斷。她看不慣路易斯的行李雜亂無章，動手為他擺好。

「這算是升官嗎？」她問。

「我想是懲罰，因為我在次長面前脫稿演出。顯然我多嘴了。」

「聽起來不像你的作風。總督的工作由誰替代？」

「巴克。我已經叫他不時過來關心一下。帶郵件過來。妳和艾德應付得過來嗎？」

「你認為呢？」

他點頭。傻問題一個。

「等我一回家，我考慮……也許……我們可以去度個假。只有我們兩個。等天氣稍微回暖。去特拉沃明德（Travemünde）。或者去波羅的海的豪華度假村也行。」

「對，應該很不錯。」

「不過……要等一陣子再說。」

「對……」

路易斯詞窮了，但她不打算幫他提詞。

「好了，我該走了，」他說。他闔上行李箱，轉向她，想道別。她為了避免心情沉重，只在臉頰上親他一口，彷彿吻的是即將告辭的訪客或點頭之交。

第十章

緊身內褲的鬆緊帶束著黃褐色檔案夾，貼著芙莉達的肚皮，檔案夾在她走路時戳著肋骨腔。她不太確定是什麼檔案，因為內容全是英文，她在這份紅框的資料上只認得「限閱」，見到幾張工業和軍事廠房的相片，因而確定從上校公事包偷來的這資料一定能令艾波特刮目相看。一想到送他這份好禮，她不禁得意到頭重腳輕。

黑框的R代表「徵用令」，鬆垮掛在鄰居培特森家的欄杆上。芙莉達左看看右看看，注意有無來車，確定風平浪靜，才在艾波特擺木製雪橇的地方翻越矮牆。培特森在圍牆上插碎玻璃，以嚇阻小偷。即使有白雪覆蓋，碎片仍露出頭來。在戰前，培特森這種防盜措施曾導致鄰居不滿。芙莉達的母親嫌培特森是粗俗的暴發戶，還說，只要是有自尊心的小偷，都不會去那一個土豪家裡偷東西。培特森家的財產來得不是很光明正大，先是靠東非殖民地的瓊麻，然後賣假牛油──「錢賺得越快，花得就越急。」芙莉達當時年紀太小，不懂世家和新貴的微妙階級關係，但現在，她走向易北路上最大的一棟房子之際，她明白母親的預言果然不假：培特森這棟立方體的豪宅淒涼空蕩矗立著，安靜無聲。

她照艾波特指示，從地下室廚房窗戶進屋子。她走後樓梯上一樓之際，嗅到燃燒木頭和蠟燭的氣息，聽見尚未變嗓的男童嗓音。她循人聲至房子後方的客廳，看見瘋狂的一幕：全廳以燭火照亮，以非洲風格布置——矛、盾、獸皮、面具。四名男童圍坐著，聽另一男孩講話。男孩站在撞球桌上，捧著一盒看似方糖夾的物品。這男孩戴英國殖民官的遮陽帽，肩膀披著斑馬皮，喊叫聲像聖保利區的魚販。

「剛從達姆特車站來的新鮮貨！」男孩嚷嚷。他搖一搖盒子，拿起一枝方糖夾，把夾腳併攏。燭火將他的影子投射成醜陋的大侏儒，方糖夾成了金屬海螯蝦。

「誰用得著啊？我們連方糖都沒有。」坐著的男孩之一嗆聲。

「好好看著，學著點，奧圖。就算你覺得這只是方糖夾，對一個愛美的美女來說，卻是……」站在撞球桌上的男孩放下盒子，舉起方糖夾，開始示範用途，假裝拿著鑷子拔眉毛。

「也可以……」他張嘴，假裝拔牙，把方糖夾當作牙醫鑷子。

「也可以……」他方糖夾摳鼻孔，假裝放屁。

「也可以……」他彎腰，假裝夾起地上的物品。

「也可以……」他伸進口袋，掏出一根香菸，夾住菸屁股，以花花大少的姿態抽菸。

「小姐們會瘋狂搶著要呢。」

野童幫似乎不為所動；一名持矛男孩帶頭批判：

「人們才不要方糖夾。人們要馬鈴薯。」

「奧茲，你平白浪費了菸菸。」

「你幫我們換到爛貨了。」

奧茲舉起雙手。「好戲快上場囉。我弄到一個非常特別的東西。託英國男孩的福。非常特別的東西。」他伸進斑馬皮裡面，取出一管看似雪茄的物體。芙莉達認出這就是艾波特服用的藥物：柏飛錠。在二戰苦戰到最後關頭時，軍方曾發這種藥給年輕士兵，確保士氣「高昂」。

「這藥吞一顆，你就能變成強人，你會不怕冷，而且絕不會餓。波提有一盒，不過我幫大家各弄到一管。」男孩停下來，朝門口望。「呃，看，誰來了。」

「那種藥不是給小孩吃的。」芙莉達說，一手按在門上，以便事態不妙時可以逃走。持矛的野童將矛舉上肩，纖細的矛桿搖搖晃晃。「小妞，妳是什麼人？」

奧茲跳下撞球桌。「別緊張——她是波提的女朋友。」

朋友放下矛。

「你怎麼知道我是誰？」芙莉達問他。

「我見過妳。」

「在哪見過？」

「我看見妳在……」奧茲左拇指和食指形成圈圈，右食指在圈子裡進進出出。朋友們紛紛奸笑。

太放肆了，她好想揍他。怎麼會被他看見？是在白岬那房子的時候？或是在這裡？

「他人在哪裡？」

「他在樓上，陪他朋友。」

「什麼朋友？」

奧茲舉起一管柏飛錠。

艾波特在主臥房裡，但他不在床上；手提式留聲機播放著唱片，他正聞樂起舞。這種亂七八糟的美國音樂，海葛也常在漢堡電台收聽：叢林鼓聲隆隆，銅管樂器聒噪，聲音不和諧。見艾波特聽這種音樂跳舞，她感到惶恐。他上身打赤膊，手腳軟趴趴舞動著，活像被酒醉傀儡師操縱的木偶，兩腳胡亂踏地毯，宛如滿地螞蟻任他踩。他失神跳著舞，沒注意到芙莉達進門。旁觀他跳舞，她很尷尬。這個點著頭、東蹦西跳的年輕人，不是她所認識的俊逸、冷靜、自持的艾波特：他似乎暫時被妖魔附身了。

「艾波特？你在幹什麼？」

他轉身，但似乎未受驚嚇。他繼續隨著音符跳舞。「我的德國好姑娘……」他以雙手做出爬行的誇張動作，走向她，順著音樂潛行，潛行到她身旁，對她伸出一隻手，要她一起跳舞。他的皮膚亮麗，眼睛睜得有點太大，眼球暴凸，顯得不老實。

芙莉達從裙子取出檔案交給他。

「我有重要的東西。」

「班尼．古德曼，」他說，依然跳著舞。「班尼．古德曼。跳舞啊！」他對她伸手。堅持著。他的手精神煥發而溼冷。雙頭肌上的88疤痕抽抽抖抖著。她想取悅他，可惜她不會跳舞。

「我不會。」她說。

「會啦……我的德國好姑娘。」

他一手伸向她的腰，另一手牽引她。芙莉達把檔案貼在胸口，腳左移右移，動作冷淡，硬是放不開。這種變調音樂太沒章法了，太難理解。而且，她希望艾波特能……唉……總之不要像這樣！每次他身體一扭一擺，她越覺得他陌生。

「我不會！」

艾波特退開，仍在舞動著，舞向留聲機，抬起唱片上的唱針。

「是嘛，是嘛，是嘛。這女孩不願意跳舞。士兵該放輕鬆的時候就該放輕鬆。別這樣嘛，我的熱情朋友。展現妳的實力。」

她交出檔案。音樂停了，但他持續被腦裡的音符帶動。艾波特接下檔案，摸一摸。

「『限閱』……」他讀著。「好料。」他解開束帶，翻開檔案，慢慢閱讀內文，嘴唇嚅嚅動著翻譯。過了幾秒，他開始會心點點頭。

「從哪裡弄來的？」

「從上校那裡。」

艾波特繼續閱讀，嗯嗯表示滿意。

「是好東西嗎？」她問。

他放下檔案，看著她，露出餓狼貌。他伸出熾熱的雙手，按在她的雙頭肌上。她看得清他的頸部脈搏節奏快而強烈，感受到勃起的性器官緊貼過來。她想起先前對他產生的魔力，開始解開他的皮帶。他又嗯嗯發聲音，對著她磨蹭。他掀起裙子，她脫掉自己的內褲。她向後倚在床尾上。進入她體內時，他發出喜悅的聲音，她聽了再度覺得驕傲而厲害。她開始哼哼唉唉討好他，後來發現，聲音來得自然，是哼給他聽，也是抒發自己的快感。這一次，他比較遲結束，多給她一些時間感受新的暢快。完事後，他緊挨著她身體，疲軟無力。然後，他站開來，穿上長褲。芙莉達覺得自己彷彿聽得見、看得見臥房裡的一切，屋外的一切也逃不過她。

「你能幫我烙印嗎？」

艾波特笑一笑，再吞一顆柏飛錠。

「好。」

他從床頭櫃的一包香菸裡抽出一根，點燃，吸一口，然後走向她。

「會痛喔。」

「我不在乎。」

「妳想烙在哪裡？」

「這裡。」她伸出雪白如百合花的前臂，在柔軟的部位畫一圈。

「妳可以吞一顆藥丸——什麼感覺都不會有。」

她甩甩頭。「我想感受。」

他緊握她手腕，菸頭對準她的手臂按下去，直到菸頭熄滅才鬆手。她忍耐不喊痛，只咬牙呻吟。艾波特重新點燃同一根菸，在剛才燙傷的上方再烙下一個圓形，完成第一個8。她看著已經血紅破皮的新傷口。皮膚燒焦的臭味很濃。她短暫回憶起母親，想像母親陷入火場，從頭到腳被紋身。接著，她向艾波特點頭，要他繼續動手。他想重新點燃同一根菸，但由於剛才按太用力，菸頭已經被壓扁，無法再點燃。他再拿一根過來，再烙一個圓圈，第一個8的刺痛感呼應著即將烙下的第二個。燙到最後一個圓圈時，她不由得發出歡暢聲，和幾分鐘前的叫聲不無異曲同工之妙。完工後，她雙手捧起艾波特的臉，以她想像是成年人的動作——因為她現在自認長大了——深情款款凝視他的眼睛。藥效作祟，他的眼球蹦跳不安分，她希望他能聚焦。她再捧著他的臉，以雙手遮眼。

「你為什麼吃這種藥？」

「我非保持清醒不可。有很多事要思考。藥能幫助我達成任務。」

「你的任務是什麼，計畫是什麼，你怎麼從來不告訴我？」

「別急，總有一天……」

「你老是這樣講。你信不過我嗎？」

「當然信得過。可是……妳不知道比較好。妳一直很……有用。」

她希望自己不只是有用。

「你常說要當士兵。不過……我怎麼沒看過你戰鬥？我看見你跳舞。吃這種藥。你光說不練。」

艾波特怔住，抽頭離開她的掌握。

「別擔心，我的德國姑娘。我懂我做的是什麼。」他以長輩的眼光對她微笑。

「是嗎？你常提到軍隊。可是，軍隊在哪裡？我只看見這一群瓦礫兒。」

艾波特看著她，儘量集中精神。

「我的德國好姑娘……妳好像一大群英國轟炸機。像地對空飛彈『轟轟轟』。別擔心啦。我知道我該做什麼。我已經看過了。我全看過了。」他拍拍頭，顯示他在哪裡見過。

「到時候，事情會轟轟烈烈。」

米老鼠站在十字路口，只有一把傘可為他避風雨。他急著找地方躲雨，來到一間民房敲門，卻發現門廊垮了，露出另一道門，開著。強風對著房子東吹西打，幾乎把房子從地基颳走。米老鼠一進屋子裡，門立刻砰然關上，自動上大鎖。室內到處是蝙蝠，米老鼠嚇得跳進鍋子，然後衝出去，哭叫著，「媽咪！」

整個屋子的人，除了婉拒瑞秋邀請的貴妲之外，今晚全聚在一起，這時觀賞著帕瑟投影機播放的最後一齣電影：《米老鼠鬼屋記》（*Mickey Mouse's Haunted House*）。投影機是瑞秋在結婚十週年送路易斯的禮物（錫鋁婚），但這禮物差不多是由艾德蒙代收，因為艾德蒙最常用，從中獲得的樂趣也最高。如今，艾德蒙如魚得水：身兼放映師、甜言推銷員、外交官和口譯員，發放棒棒糖以及浮雕紋的斯派庫魯斯薑肉桂餅乾，預報著全片的笑點（「接下來很妙喔，你們一定會喜歡這一幕」），哈哈笑著，同時也轉頭確定其他人也笑才甘心。今晚連續播放了幾齣胡鬧劇，大家沉醉在投影幕的光暈中，兩家人凝聚成歡樂一家親：海葛的態度先是遲疑，隨後嘻嘻笑得直不起腰。投影機的運作令園丁理察分心，但他後來見卜派秀肌肉，不禁嘿嘿笑起來。芙莉達原本板著臉，後來看見美國默劇演員巴斯特·基頓的敢死特技，堅鋼臉孔意外軟化成笑紋。最後，她終於呵呵笑出聲音，初具父親的雛形。

魯伯特不時縱情狂笑，是高品味人士享受單純樂趣的模樣。瑞秋懷疑，他是真的融入劇情嗎？或者只是誇大感激之意的表演？或者是，他和她有同樣的直覺，認為看電影只是前奏，更精彩的還在後頭？劇終，投影幕化為黑白雪花，兩人四目相接，她想像自己能從對方眼光偵測出相同的期待。

「劇終！」魯伯特以戲劇性的嗓音喊，使勁鼓掌。

艾德蒙開大燈，室內大放光明，照得大家眼睛睜不開。

「謝謝你，艾德蒙。你的前途就是這個。我認為，你將來有一天會拍電影。摩根夫人，你覺得呢？」

艾德蒙的志向一直是跟隨父親的腳步從軍去，這時望向母親，看看她是否同意他選擇如此奇特的前景。

「我覺得他將來會拍電影。」瑞秋說。雙重加持下，艾德蒙滿腔洋溢歡喜。

理察感謝艾德蒙放映影片。「大力水手卜派，」他說著鼓起雙頭肌，嘿嘿笑給自己聽。海葛講不出話，只撫胸表示感謝，同時以小動作行屈膝禮。不太懂德文的瑞秋好像聽見她對艾德蒙說：「可口。」

芙莉達的頭髮又紮成辮子了，但這次只紮一條。她始終不開口。

「快向艾德蒙和摩根夫人道謝啊，芙莉達。」

「謝謝你們，」她說。她看著瑞秋，勉強微笑一下。「我想上床去了。」她以英文說。

「當然可以，芙莉達。」瑞秋說，隨即以德文祝她耶誕快樂。

「媽媽，我們可以再看一次米老鼠嗎？拜託啦？」艾德蒙已經開始倒轉膠卷。

「艾德，看到現在應該夠了吧。你越快上床睡覺，明早能越快拆包裝看禮物。」

「現在不能拆嗎？德國人都在耶誕前夕拆開看。」

「咦，我們是照英國習俗吧？」魯伯特說，對他俏皮眨眨眼。

艾德蒙一時難耐即時享樂的誘惑，但他接受魯伯特的勸說。「好吧，」他說。接著，他吻母親臉頰。「晚安，媽媽。」

「晚安，親愛的。」

海葛已動手收拾餐盤。

「海葛，不用麻煩了，」瑞秋說：「真的，交給我就好。」

海葛猶豫不決，視線瞟向魯伯特尋求指引。

「海葛，今晚休假吧。」魯伯特說，一眨眼恢復一家之主的角色。

「那麼，晚安了。」海葛鞠躬說，紅著臉退下。

瑞秋和魯伯特等候所有人上樓回房間。魯伯特假裝在檢視投影機，瑞秋則忙著疊盤子。最後，樓板嘎吱聲停息，全屋子僅剩下爐火劈劈啪啪。

「不錯嘛。今晚挺愉快的，」瑞秋說：「很高興見大家笑得那麼開朗。」

「這就是米老鼠奇蹟，」魯伯特說：「也許他能為我們開創世界和平。」

「你想來一杯睡前酒嗎？」

魯伯特不確定這話的意思。

「就是所謂的就寢前最後一杯酒，」她解釋。「喝了睡得比較安穩些。」

「對英國人來說，一杯酒絕對不只是一杯酒。」

「怎樣？」

「麻煩妳。」

瑞秋倒兩杯烈度比照軍用品的威士忌，各攙一點水。她端一杯給魯伯特先生，拉來一張腳凳，在爐火前坐下，邀他也同樣坐過來。兩人默默看著爐火，肩並肩，相隔幾英寸。爐火本身就是一場戲，這一場演得熱鬧生動，充滿千迴回百轉的大小情節。瑞秋定睛在最上面的一顆煤炭，看著它轉為橙紅。

「你們慶祝耶誕前夕的方式比較隆重，我很喜歡，」她說：「和耶誕節本身比較起來，我一向喜歡降臨節。」

「妳信教虔誠嗎？」

瑞秋緩緩搖頭，動作不鄭重。

「我一向都喜歡耶誕裝飾品。」

「耶誕本身呢？排除外在的所有東西以後呢？」

「我想，我的信仰——就算以前有——也全被轟炸光了。」

「也許我們不該談這方面的事。」

「錯。我們應該談，」瑞秋說，覺得有必要表達更深的信念。「我們很少談論重要的事。一觸及重要的事，我們常學螃蟹走路繞過去。我認為，這是現代的表徵。是維多利亞時代的遺毒。或者，錯就錯在戰爭太多。我不清楚。如果我能決定未來，我希望將來大家能談談要緊的事。」

書房裡的時鐘敲十二下。

「耶誕快樂。」她說。

「乾杯。」魯伯特以德文說，舉杯和她互撞。

「乾杯。」

「祝大家在新的年代談論重要的事。」魯伯特提議。

然而，關鍵的事依舊無人啟齒。

「你呢？」她問，仍不太想明指重要的事是什麼。「你信嗎？」

魯伯特對著火光舉杯，照得威士忌熊熊燃燒。

「信一個化身嬰兒的神嗎？這很難吧。」他傾斜杯中黃湯；水晶折射出金黃。「信一個強人，比相信一個虛弱的上帝來得容易。」

對話至此，兩人仍在打馬虎眼，不願主動。瑞秋看得出，魯伯特眉毛上方的傷口已迅速癒合。

「上校說他被派去黑爾戈蘭島，」魯伯特說：「聖島。是以前聖人去的地方。」

「那麼，他去那裡會覺得很自在。」她來不及自我編輯就說出這話。她再次低頭看爐火。剛才她凝視的那顆煤炭已將鄰近的煤炭燒紅。

「上校說他被外派的時候，我聽了……很高興。」魯伯特說。

瑞秋搖涮著平底大玻璃杯裡的摻水威士忌。她的心正在操縱她，手法微妙而狡詐，她能察覺到。「我也是。」

界線。分際。邊境。她已經跨過幾道了，但這三字似乎是她跳出的最大一步。

魯伯特握她手，手溫比她高。他溫柔吻玉手。瑞秋對他的手捏一捏，拉他過來，引他的嘴來到嘴前，傾頭吻他，他立即以深吻回應。親暱感來得急，來得輕鬆，令瑞秋再度訝異。兩人分開時，魯伯特想說話，卻被她以吻封口。如果兩人討論即將發生的事，如果她被迫思考這事，她或許會就此喊停。第二吻結束後，她作勢要再吻他，但這次他抗拒了，像鳥似的縮頭，她只吻到空氣。

「……我現在回我房裡去，」他說：「妳等到我開燈——妳從這裡的大窗戶看得見。我會把門開著。」

指令下得一絲不苟，顯示他必定通盤考慮過。他站起來，鬆開她的手，但視線不轉移，舉一指至唇，然後朝樓上比，表示他即將上樓，一會兒就好。

瑞秋開始數六十，宛如正在玩捉迷藏的小女孩。她閉著眼睛，聆聽樓板嘎吱叫。她等著聽聲音——理智、理性、良心的聲音，希望它們出聲制止她，但聲音遲遲不來，她只聽見慾望如繃緊的琴弦。這時候，天大的事才有可能阻止她——上蒼干預、地震、或者是一隻大豹子走過草坪。

數完六十，她睜開眼睛，看見魯伯特臥房的燈光從大窗戶照過來。她動身，戰戰兢兢上樓梯，只走地毯，儘量避免踏到吵雜的木板，留意嘎吱聲，提防女傭的監視，當心仍未睡著的小孩。婚外情的要件除了奸計和隱形術之外，似乎也用得到兒童的天真大膽和創意。這難道就是婚外情嗎？感覺好像不是。話說回來，任何一個姦夫淫婦都能感覺到嗎？什麼樣的感覺才算？想歪了算嗎？一吻也算嗎？等她把其餘部位全獻給魯伯特，才算是名正言順的淫婦嗎？

她通過自己沒關的臥房門。來到第二道樓梯的最下面，她瞥向艾德蒙的房間。她踏上第一階，仔細留意輕之又輕的聲響。萬物皆放大，一切動作變慢。她注意到先前忽略的細節：樓梯扶手欄桿頭有浮雕、高頻率耳鳴、頂樓的氣溫較高。魯伯特臥房門微開，露出等腰三角形的光輝。她伸一腳進去。她看見自己的鞋子，同一雙鞋曾帶她走遍全屋上下，毫無罪惡感，冷冷從事居家活動，看起來不像淫婦鞋。她推開門，慶幸門沒亂叫。她踏進新國度。

魯伯特站在窗前，背對著她。她關上門，背靠著門，雙手留在門把上，把所有疑問關在門外。門把戳著她的後腰部。魯伯特轉身，臉孔因期待歡愉——或因恐懼——而扭曲。霎時之間，她以為他不確定，以為他想臨陣退縮。隨即，他對她邁出一大步，親吻她，兩人擁吻，開始脫衣，脫得像鬧劇芭蕾舞，毫無章法。她伸手拉背後的拉鍊，他脫上衣時衣服外翻，袖口卡住手。兩人總算裸裎相對時，他似乎想暫停動作，好好看她一眼，但她牽他上床。

起初，瑞秋幾乎沒注意到他或他的氣息、他的滋味、他的不同點；她不要他的特殊之處，避免正視他眼眸深處，也不想睜開自己的眼皮。她不要溫柔。她不要親切。升上巔峰時，她從不知道自己能喊得如此嘹亮，音量大到足以摧毀他的極樂。大到他伸手捂她的嘴噤聲。

「會被聽見。」

她不在乎。

她躺著，吸著房事的氣味，感受著體內的證物，暖意從身體中央輻射至四肢。

「妳還好嗎？」他問。

「還好。」她說。

「我想像過妳這樣子。好……強烈。」

她不回應。她躺著，現在眼睛睜著。兩人十指緊扣，前臂和大腿互貼。此時此刻，她對周遭細節、對他、對房間環境的接受度很強：他的腰有一個大如六便士的胎記、她起起伏伏的腹部明顯可見心跳、他的髖骨突出、細小的青藍血管遍布他胸膛。裸身的魯伯特顯得較高瘦，皮膚蒼白，比她更白皙幾分。

急就章的這房間漸漸浮現幾項坦白的事實。她看著倉促從樓下搬上來的家具，存放在這間，騰出樓下空間供她使用。這裡有他的製圖桌和畫具，地板堆著書籍。牆角擱著一大幅畫，面壁立著，長寬符合大廳裡牆壁上的痕跡。

魯伯特開始愛撫香肩。

「是那一幅畫嗎？」她問。

魯伯特不答。

「史蒂芬？」

「對。」

「可以准我去看看嗎？」

他的緘默只令她更想看。

「去吧。」他總算說。

瑞秋下床，拉床罩裹身，以免著涼，而非怕羞。她跪下去，把畫轉過來看。不需問，她一眼就知道畫中人是誰，和她想像中的人差不多。畫中女子和這家人的相似度太高，不可能是外人。

「克勞迪雅。」

魯伯特點頭。

「她好美豔。芙莉達有她的特徵。你為什麼把她拿下來？」

「我不想再被她盯著看了。瑞秋。回來吧。」他拍拍床，不想逗留在這話題上。

瑞秋的好奇心戰勝他的窘迫。「我指控你的時候——你為什麼不告訴我呢？明白說是她，不就好了？」

魯伯特面露左右為難的神色。「因為……我一直努力想遺忘。也因為，那天假如我對妳明講，我可能就不會吻妳。然後，妳會為我難過。認為我還在愛我老婆。」

「你還愛嗎？」

「求求妳。翻面吧。」

「你還愛嗎？」

「我無法愛回憶。我要更多。」

瑞秋再看畫像一眼，然後翻面讓它面壁，重回魯伯特床上。

路易斯躲在防爆牆後面，身旁有娥蘇拉，以及盟國賠償署三名代表，等待拆廠之旅的第一場控制引爆。俄國代表庫妥夫上校嚷嚷喊著，路易斯一個字也聽不見。路易斯摘下耳罩，轉向娥蘇拉。

「他剛喊什麼？」

「說什麼輸送小麥到你的區。」

路易斯戴回耳罩。「那隻狗雜種炸得好開心。」

他思索著無厘頭的拆廠邏輯：這座肥皂工廠生產人人用得著的必需品，廠房本身也毫無軍事價值，員工多達兩千名德國人，炸毀的條件是能為德國人向俄方爭取麵包。這是地獄帳冊上才有的收支表。

亨科爾肥皂工廠門口聚集五、六名抗議者，十幾名黑斗篷德國警察就能輕易管制。迪畢里爾將軍說得對：耶誕節是拆廠的理想時機。

盟國賠償署曾估計，爆炸聲能傳三十到五十英里遠。實地引爆之後，路易斯才發現，場面並不火爆，反而具有異樣美感：煙從廠房兩側滾滾上揚，有一份對稱美，然後，廠房倒塌時，猶如腿軟的人拚命挺直腰桿，以維護尊嚴。整棟建築最後垮了，消失在瓦礫激起的一朵雨雲裡，煙塵向外擴展，看似一顆不斷輻射的花椰菜，幾乎伸展到防爆牆，差點籠罩代表團。磚瓦水泥倒塌的「轟」聲，遠遠聽到的人會誤以為是同時劈下來的幾道雷電，或以為附近有一列大火車通過。也許，有些人會以為，最後一波幽靈中隊終於認清方向了，正要飛過來打完這場他們展開的戰爭。

傾倒的煙囪給予廠房致命一擊，之後，庫妥夫站起來，鼓掌讚許炸廠成功，彷彿剛欣賞完一場不對外開放的煙火秀。他的讚賞並不是完全沒道理：技術上而言，這次炸廠執行得乾淨俐落。在控制引爆方面，皇家工程隊的技巧日益精湛。同樣起立鼓掌的人是法國代表尚恩・波隆和美國代表齊葛上校。

路易斯看著煙塵逐漸擴散，顯露底下的碎磚和水泥屑，突然看見麥可受困家中的梁柱和泥土下面。儘管瑞秋對他描述過現場，他從不允許自己想像全貌，只在腦海勾勒一幅他能忍受的景象，其中只有整齊的一堆磚瓦，和眼前的情形不無相似之處，而且這景象裡從來不見兒子的屍首。

庫妥夫又對著代表們嚷嚷，同一句反覆不停，同時指著表。

「他現在講什麼？」路易斯問。

「午夜到了，」娥蘇拉說：「他用俄文說『耶誕快樂』。」

代表團被安排住在通往庫克斯港路上的一棟小旅館。抵達房間，已經凌晨一點，但庫妥夫將此行視為休假，不願輕言放其他人回房睡覺。一行五人前往酒吧間，慶祝今天順利完成任務，也敬人類救星。庫妥夫取出一瓶伏特加。

「打勝仗的酒，」庫妥夫說，舉起純酒精。「你們英國有你們的琴酒。」庫妥夫說，轉向路易斯。

「幫助我們忘掉戰爭的酒。」路易斯說。

「你呢，法國先生？」

「茴香酒，」波隆說：「想避免打仗的人喝的酒。」

「不過呢，我們的酒最後能贏得和平，」齊葛暗示。「馬丁尼：美國最偉大的發明。你們可別低估它。我能喝兩杯，」他說：「三杯下肚，我就癱到桌子底下。四杯，我倒在女人裙下。但是這酒嘛——哼。」他舉起一口杯的伏特加。「好像對我沒作用。」

「妳呢，鮑陸斯夫人？」庫妥夫問。「妳的國家喝什麼酒？」

娥蘇拉一直默默旁觀著，路易斯直覺她似乎對這俄國人過敏。

「可以說是啤酒吧，上校。不過，你們搶走了我們的啤酒花和小麥。」

娥蘇拉瞪著庫妥夫，看不出她此言是否有逗笑之意。庫妥夫瞪回去，目光如珠而凶險。娥蘇拉繼續瞪，絲毫不退讓。這時候，庫妥夫用力拍桌一下，哈哈笑起來，好像再大的侮辱也無法惹毛他。他體形粗壯無脖子，力氣很大。桌面挨他一拍，整張餐桌大地震。

「妳有幽默感，鮑陸斯夫人。我喜歡。妳也讓我想起一個我們以前紅軍玩的喝酒遊戲。」

玩法是，對方在你眼前擊掌，你不能眨眼，眼皮一動，你就輸了。庫妥夫扮演擊掌人，十秒就解決波隆，三十秒收拾齊葛。路易斯幾乎撐到一分鐘，但他輸在精神不濟，而非技不如人。最後勝出者是娥蘇拉，三分鐘才眨眼，而且是因為庫妥夫出賤招，突然對她喊：「哈！」

接著，庫妥夫唱一首平淡的俄國民謠。路易斯無法斷定他究竟是多愁善感，或者是肉麻兮兮。路易斯正想回房睡覺，這時美國代表齊葛提議再玩另一種遊戲。

「搶灘之前，我們為了殺時間，常玩一種叫做『假如沒有戰爭』的遊戲，能幫助我們認識新兵。你們會玩嗎？很簡單。只要說，假如不打仗，你現在正在做什麼事。好事壞事通通不要緊。重點是，一定要是真的。如果其他人不相信，或想問個清楚，可以插嘴或質疑你。」

庫妥夫拍桌子贊成。「太好了！」他說：「我沒玩過，不過，光是聽，我就已經很喜歡了！」

路易斯和娥蘇拉視線接觸。他睜大眼睛假裝警覺。原本已想告退的他，這時心裡興起一股義務感和好奇，屁股黏在椅子上。

齊葛繼續說：「我前面擺著酒瓶，表示輪到我發言。我講完，酒瓶移到左邊。我先上場。慢慢來，很簡單。好。假如沒戰爭，我……我現在還待在費城推銷人壽保險。假如沒戰爭，我永遠見不到巴黎鐵塔。假如沒戰爭，我的小孩大概不只兩個，現在可能有四個。假如沒戰爭，我會比現在肥幾磅。就這樣講。我講夠了。想把瓶子傳給隔壁，隨時都行。先在心裡打好底稿吧。」

他把酒瓶傳給庫妥夫。

庫妥夫拿著酒瓶。他的手指粗，疤痕累累。他用另一手撫摸著瓶子，一陣肅穆籠罩下來。「假如沒戰爭，」他以沉痛的口吻說，然後暫停幾秒。其他人做好心理準備，等著聽他講述血淋淋的遭遇，因為二次大戰陣亡人數最高的國家正是俄國。「假如沒戰爭，那麼，今晚我會在列寧格勒陪老婆。」又一陣沉默。無人確定該如何反應。他臉色哀戚，幾乎顯得落魄；他擴張鼻孔，大動作呼吸著。

「很遺憾，瓦塞理。」齊葛說著，伸手去摸粗手。

庫妥夫突然目光如炬，奸詐的笑容在蛋頭臉上綻放開來。「每天我感謝天上的星辰，慶幸我沒在家陪那賤貨！」

全場鬆了一口氣，笑聲因此更嘹亮。

「所以。假如沒戰爭，」——庫妥夫再想一想——「假如沒戰爭，我還陪老婆，陪三個孩子：我的瑪夏、我的桑雅、我的皮歐特。我會罵他們，我是個糟糕的爸爸。我會在通訊局上班。週末我會鑿冰洞釣魚。另外，假如沒戰爭，我也不會有藉口。」他又停下來。

「藉口？」波隆問。

庫妥夫又喝掉一杯伏特加，然後添滿杯子。接著，他陡然起立。「假如沒戰爭……」他掀起上衣，顯露雄壯的胸肌，黑疤痕布滿腹部。

「這是偷牽牛的結果。一個在波爾辛（Polzin）的農夫。」

「農夫現在呢？」波隆問。

庫妥夫指著地下。

「哞！」齊葛說：「分享得好，上校！分享得好。」

庫妥夫將酒瓶傳給法國人波隆。

路易斯猜不透他。波隆絕非軍人。是公務員嗎？可能是學術界人士吧？

「假如沒有戰爭……我不會享受到這份國際袍澤情誼……」波隆說。

庫妥夫讚賞他的用語，要求和四人碰杯暢飲。「袍澤！」

「假如沒有戰爭……」波隆繼續，「我當然不會來這裡，而會仍在法國伯恩（Beaune）上班。假如沒有戰爭，我會繼續讀完博士學位。假如沒有戰爭，我會……仍和安吉兒同在。假如沒有戰爭，我永遠不會和老婆結緣。」

「賞賜的是主，收回的也是主。」齊葛說。

「安吉兒這女孩後來呢？」庫妥夫問。

「德國入侵的時候，我在巴黎。我回不去伯恩。安吉兒是系辦的祕書。她沒地方可住……」

「尚恩，我們能想像……我們能想像。」齊葛說。

齊葛是醉意最明顯的一個，但路易斯也漸漸覺得醉了。他相信自己如果起來走動，一定會跌倒。儘管如此，他仍再接受庫妥夫斟酒。伏特加能有效撫平心海。

「這個安吉兒，現在人在哪裡？」庫妥夫想知道。

「她被抓走了。我的教授向德國政府檢舉她。她是猶太人。之後，我就離開大學了。不過……我遇見茱麗葉，後來和她結婚。就這樣。差不多是……講到這裡就夠了。」

酒瓶傳給路易斯。「摩根上校。我覺得你有故事要講。」

那當然。路易斯滿肚子是故事——戰爭為他帶來的酸甜苦辣和大家一樣豐富，但他不準備說出來。面對這一桌不講，換另一桌也一樣。這一小時以來，他無心和大家較量誰的境遇最慘痛，只悶悶抽著菸，簡直是以煙幕閉鎖自我在神遊狀態。

「上校？」

他把酒瓶傳給娥蘇拉。「抱歉。我腦袋一片空白。妳先請吧，夫人。」

「起碼也講一句嘛，上校。什麼都行。」

「暫時跳過我，」他說：「妳先講。」

娥蘇拉一手握著瓶子。

「假如沒有戰爭……我不會變成寡婦，」她說：「我可能會生小孩。我想生四個。我會仍在綠根島教書。我哥哥不會死在……政府手上。假如沒有戰爭，我永遠不會走過結冰的海面。」

「妳從我們那裡逃走?」庫妥夫插嘴。

娥蘇拉點點頭。

庫妥夫笑說:「妳以為英國人會善待妳啊!」

娥蘇拉看著他。「對。」

「英國人不必面對我們的處境。」他回應。聊到這裡,大家總算開始比較誰吃得苦比別人多。

「上校,有些事情不能以戰爭做為藉口。無論你的處境多艱難。」

「繼續講,鮑陸斯小姐。」齊葛說。

「假如沒有戰爭……我不會從綠根島走到漢堡。途中也不會看見……人性多麼殘酷,也不會看見人性多麼……善良。」

「講詳細點,夫人!詳細一點!」庫妥夫要求。

娥蘇拉狠狠瞪著庫妥夫。整天整夜以來,他不斷挑釁娥蘇拉。能贏得她憤慨,他幾乎覺得驕傲。

「假如沒有戰爭,我不會見證俄國軍人的殘暴,不會目睹老婆婆被打得好慘,先姦後殺。假如沒有戰爭,我不會見到士兵的長官勸他們饒了我,放我走。」

庫妥夫聽了立刻揮手趕走這句話。「算妳走運。」

娥蘇拉和庫妥夫再互瞪片刻,庫妥夫瞪贏了,因為他露出微笑,接著開懷大笑一陣。但這一次，其他人不跟著他一起笑。路易斯慶幸自己推薦娥蘇拉調職到倫敦，她也已接受調職令。如果她再和庫妥夫近距離相處一個月，一場國際事件絕對免不了。

齊葛想繼續玩下去。「摩根上校啊，這樣不公平吧，我們對你完全不認識。」

路易斯以手指咚咚敲桌。「我想睡了。我們明天要早起。」

「少來了。上校，講講有什麼關係呢？又不會少一塊肉。」齊葛哄著他。

「各位男士，這遊戲不合我胃口。」

剛才和庫妥夫交鋒的娥蘇拉一臉煩躁，現在煩躁的對象改為路易斯。「你剛聽完大家的說法，現在換你講一講，這樣才公平。」

「對，」齊葛拍桌贊成。「摩根上校，你總該貢獻一點嘛。我們全對你敞開心胸了。遊戲應該公平點，拿出板球賽的運動精神嘛。」

娥蘇拉伸手拿酒瓶，擺在路易斯面前。他看著酒瓶但不肯接手。娥蘇拉不耐煩，抓酒瓶回來，放在自己前面。

「好吧。身為你的口譯員，我來為你口譯。我認為我知道上校想講什麼。」

娥蘇拉看著路易斯，他忽然想搶酒瓶。

「假如沒有戰爭，摩根上校不會來漢堡給我工作。我也不會有機會去倫敦。所以，我在此謝謝你。假如沒有戰爭，摩根上校可能在英格蘭或威爾斯過著幸福的日子吧。假如沒有戰爭，摩根上校可能會多多陪伴家人。假如沒有戰爭，他不會喪失一個兒子，更不會為了逃避喪子之痛而故意忙得晝夜奔波。只不過，那份痛依然在。在他心中。」

說完，娥蘇拉把路易斯面前的酒瓶移至桌子中間。

庫妥夫拍拍手。齊葛點頭表示認同。

路易斯覺得心中有異物膨脹起來，漲到他的鼻竇，洋溢他胸口。一直以來，他奮力壓抑這股怨氣，如今怨氣反撲了。熱淚將至，他不得不強嚥。他站起來。伏特加甜如蜜的麻醉效果似乎集中在大腿腹，他穩定重心。他一手放在娥蘇拉手上——動作非常輕盈——拍一拍。「翻譯得不錯。」他向男士鞠躬。「我回房睡了。各位男士。鮑陸斯夫人。晚安。」接著，他分別以俄語、法語和德語再道一次晚安。

第十一章

理察放慢車速，停在博南姆家圍牆外，不料奧斯汀車在瑞秋下車之際震動幾次，迫使她一手按住儀表板。

「這輛英國車是屎！」理察罵德文，隨即為自己失言大感丟臉。「對不起。」

即使沒有每天學德語，瑞秋仍能大致了解這兩句的意思。

「不要緊，理察。只是因為天氣太冷了。我也覺得這種車不是世界一流。謝謝你開車送我來。這地方比我想像來得近多了。」她比手畫腳說著，以手指比出步行的動作和一小段距離，然後輕摸他手臂一下，要他寬心。

「妳是好的女士。」他以英文說。

瑞秋踏上博南姆家的車道，對理察的讚美既受寵若驚又不自在。她不覺得自己是一個「好的女士」。近幾星期以來，她做了不少見不得人的事，肯定已失去接受這份榮銜的資格。

假使有人能識破她的虛實，這人非蘇珊．博南姆莫屬。蘇珊邀她前來茶敘，感覺像有意偷襲她。瑞秋的處境和震盪的心靈正是蘇珊嗜食的肉品。蘇珊．博南姆請她在氣派的前廳喝茶時，瑞秋決定另闢話題。

「妳想必聽過科尼格先生的事了吧？他是艾德蒙的家教。」

「對。季斯提過了。祕密警察。我猜他會被槍斃。」

瑞秋點頭。

「你們當初沒查證他的說法嗎？」

「有。不過，和他告訴我們的東西顯然是兩回事，」瑞秋說：「他和大家一樣填表格，只不過他漏填對他不利的項目。他自稱曾經在基爾當校長。路易斯認為他沒問題。」

「他是怎麼被揪出來的？」

「被認識他的人舉報。」

「喔。妳先生的審核程序有待加強。」

瑞秋不替路易斯辯護，而是舉茶杯就口，結果被燙到。她吹一吹茶水，在杯面產生小小的漣漪。她端詳著茶杯。瑞秋對陶瓷器特別有感情。她精通陶瓷，而這一組茶具以「藍洋蔥」花紋裝飾，精美無比。她舉高茶杯，看看杯底的廠牌名，見到兩劍交叉的藍商標，顯示產地位於德勒斯登（Dresden）附近的易北河岸。當地瓷器品質傲視全球。易北河近在幾百碼，而這茶杯的出身竟然是同一條河。今年四月，她和路易斯即將慶祝瓷婚二十週年，而她一向以結婚週年的材料送他禮物。

「麥森瓷器。」瑞秋說。

「是這棟房子原本就有的東西。這裡的好東西堆得四處都是。」

蘇珊嘴巴不說，其實博南姆家很豪華。瑞秋帶她參觀魯伯特家時，蘇珊讚不絕口，令瑞秋誤以為憑她家的環境只能望魯伯特家興嘆。儘管她家的規模不及魯伯特家，卻自有華麗之處，或許也有那麼一點太精緻、太高尚，蘇珊．博南姆之輩配不上。瑞秋當然不會這麼說。兩人都是庸俗布穀鳥，霸占著別人精美的窩。

「我是考慮邀請妳來過耶誕節啦，不過呢，我們自己也不太有慶祝的興致——季斯受不了耶誕節。」

「妳有這份心意就夠了。我們家耶誕節過得還不錯。」

「妳老公不常在家吧。我來這裡這麼久了，好像只遇見他一次。」

「我認為，他也有點慶幸不必待在家。」

這話超出瑞秋的本意，不幸被蘇珊鯊魚嗅到血味了。「他是不是帶他的翻譯一起出差了？」

「他沒說。我猜是的。」

「季斯說他前幾天看見她，午餐的時候。他說路易斯的『口譯員美得像天仙。』我老公平常不太留意這方面的事，所以她一定是大美女。妳當初沒留心，對吧？」

「對。」

「難道妳心裡不會……癢癢的，有點懷疑？妳聽過賈克森上尉的事情吧？」

瑞秋沒聽過，也不想聽，但蘇珊正準備告訴她。

「他帶他的翻譯，私奔去瑞典了。留下三個小孩。甚至連一張字條也沒留。」

「妳為什麼告訴我這個，蘇珊？」

「因為我看你們兩個的關係，懷疑妳怎麼能過日子。我為妳擔憂。」

瑞秋不太相信。這位朋友的心態是關懷，或滿腦子淫慾？

「妳呢？季斯如何呢？好久沒見到他了，自從……那一夜之後。」

「天啊。他八成忘掉那件事了。」蘇珊笑一笑。但一提起醜事，她一時語塞。「他喝醉的時候像野獸。我擔心，我們搬來這裡，他的情況更糟了。」

「那天他好像滿肚子火氣。」

「是工作的關係。季斯他有自我期許。他不想讓他們逍遙法外。」

「他們？」

「納粹。」

「對。我們所有人都能認同。」

「呃。集中營的相片對他打擊很重。那些相片公開的同一個禮拜，他就申請調到掃蕩納粹遺毒的單位。他認為他受到感召，想對妖魔斬草除根。」

瑞秋的目光聚焦在牆邊的一行茶葉箱。她以為是剛從英國運來的家私。

「你們運來的東西還沒拆箱？」

「我們是想運東西回去。」

「可是，你們家這麼大，空間應該夠……」

「我們運的是……妳知道的……一些零碎的小東西。」

「零碎的小東西？」

「哎唷，別裝傻了，瑞秋。戰利品啦。反正全是贓物嘛。你們家那些畫——妳以為魯伯特先生沒做過壞事嗎？」

我一直太傻了，瑞秋暗罵。

「我……想也不敢想像。」

「妳倒是無所謂。」蘇珊說。

「怎麼說？」

「妳出身好人家。妳有傳家寶和高級古董。我們根本沒有家產。」

「妳錯了。我和路易斯都不是有錢人。」

一名女傭端來一盤碎肉餡餅。

「不行！我的媽呀！」蘇珊英德文夾雜說，叫女傭端去餐具櫥。她突然變得精神狀態失衡。

瑞秋拿起餐巾擦擦嘴。她想離開這個家。

「他打動妳的心了，對不對？」蘇珊說。

「誰？」

「妳那個英俊建築師。」

輸送血液至臉頰的機制和良心突然掛鉤，瑞秋來不及制止。「妳是……什麼意思？」

「花瓶摔破的那時候，我看見妳跳出來為他辯護。」

「房子是他的，蘇珊。我們打破了他家的東西——『他的』東西啊！」

「妳明明曉得我指的是什麼。」

「不曉得。我不懂妳的意思。」

「妳走向他的時候——妳想阻止他對季斯出拳的時候——你們兩個面對面的表情——」

「蘇珊！拜託。」

「唉，小心一點嘛。他們不像我們。他們不同。相當不一樣。不過，我哪能怪罪他。」

「怪罪什麼？」

「難怪他想占便宜。」

「拜託，蘇珊。」

「妳是個楚楚動人的淑女。等於是男方疏於照料。我這樣說只因為我羨慕妳。」

「我？」

「所以才更複雜嘛，」她說。她的皮膚忽然冒出不均勻的紅斑，遍布在眼睛和鼻子周圍，顯示情緒之火中燒。「我討厭搬來這裡。」

「我以為妳喜歡住這裡。」

「我是強顏歡笑啦。妳假如嫁給一個酒鬼，也會練成我這身子本事。」她緊張一笑，態度輕浮，試圖淡化此言的嚴重性，但話已脫韁。

軍隊裡不為人知的酒蟲多的是，但瑞秋從未將博南姆少校歸類於這一型。「我不知道情況有那麼嚴重。」

蘇珊突然伸一手，按在瑞秋手上。「別告訴別人，好嗎？求求妳不要告訴任何人。」

「好。」

「另外一件事也不要。」

「另外哪件？」

蘇珊望向滿是戰利品、正等待船運的茶葉箱。

「瓷器和其他東西。」

在臥房裡，艾德蒙拿著一副紙牌，面朝下攤開，芙莉達側躺在地毯上，大腿露在裙子外。她正在檢查玩具兵卡斯伯特脖子上的縫線。自從耶誕前夕電影放映會之後，芙莉達開始對他友善起來，他也儘量和玩具兵保持距離，儘量不再玩可能被她笑太幼稚的遊戲，例如在樓梯歇腳處玩小汽車，或在庭園裡獵捕想像中的野獸。現在的艾德蒙只放電影和玩紙牌。

「英國兵比較好，」芙莉達說。她的英語能力遠勝過艾德蒙對她的印象。「他是國王的士兵吧？」

「他是近衛兵。」

艾德蒙想繼續玩培爾曼式記憶訓練紙牌（Pelmanism），但芙莉達以一指撫摸著玩具兵的縫線，向上摸至黑高帽，自顧自地微笑。也許她想傾訴所有心中事。

「你的媽媽把他變得更好。從啞巴服務生救他出來。」

艾德蒙淡然聳聳肩，表示他已經不戀棧玩具兵和食品升降機。他這時看著她的裸腿，也換個角度，以便更容易看。他受芙莉達吸引的原因違反常理，他自己也想不透。夜裡，他輾轉難眠時，他的心思會飄回芙莉達展現運動細胞的景象，視線深入大腿深處的白內褲，聯想起夜壺那股帶有柑橘味的阿摩尼亞尿騷。從這些景物，他能構築出一整套新的幻想世界。

他假借想把紙牌攤得更均勻，手撩過她的肌膚，任其逗留不走。他早已在甜美的心靈歷險記中摸過芙莉達，但在真實生活裡……。這才是他想玩的遊戲。他想愛撫她那裡的肌膚，想在她膝蓋以上打轉，揉一揉，彷彿想抹掉窗上的水蒸氣。這念頭似乎直通他下體，他感覺到一股向上竄的衝動。他想叫自己的手繼續往上爬，走向白得不能再白的內褲，直到觸及內褲的布料為止。然後呢？她會不會把大腿闔起來，夾住他的手？

芙莉達有沒有注意到他的手？即使有，她也不動聲色。她放下玩具兵，注意力轉向玩偶屋，起身跪坐著，了解每個玩偶的配置。她指向臥房裡的小男孩玩偶。

「這是你。這是」——她指向鋼琴上的玩偶——「摩根夫人。這是」——她改指這屋頂上的兩個玩偶——「我爸和我。」

艾德蒙點點頭。他想回到紙牌遊戲，但芙莉達似乎迷上了他改造的玩偶之家。她拿起芙莉達玩偶，和瑞秋玩偶對調位子，把芙莉達和艾德蒙一起擺在二樓，瑞秋和魯伯特則一同上屋頂。然後她把兩個成年人送進臥房。重新配置後，她似乎覺得好笑。艾德蒙也笑了，但他其實不確定趣味在哪裡。見到魯伯特玩偶和母親玩偶一起進臥房，在他心中興起一股異樣的感受。

「艾德蒙的爸爸去哪裡了？」芙莉達問。

艾德蒙指向搖搖馬旁邊。那裡有衣服堆積成的一座島，上面有個玩具車。「黑爾戈蘭島。」

她起身，走向搖搖馬，摸一摸閃亮的馬背，一腳放在玩具車上，讓車子在地毯上來回滾動。

「妳可以叫他回家。」艾德蒙說。

「現在？」

「現在。」

她用腳把玩具車送回來，力道強到能震撼玩偶屋的一邊，最後翻車側躺在地上。

瑞秋看見樹林裡有動靜：有幾個身影正在平行跟蹤他們，從一棵樹奔向下一棵樹躲藏。她邊看邊放慢腳步，扯一扯魯伯特的手臂，強迫他也看。「我們好像被人跟蹤了。」

魯伯特望進林子裡。「瓦礫兒。」

人影靜止了，躲在樹幹後面偷窺。其中一人看似手持一根像矛的大棍子，年齡可能和艾德蒙相仿。

「用不著緊張。他們會把我們當成難民，或者以為我們是來公園散步的情侶。」

「情侶」兩字講得太隨意了，瑞秋不舒服。她最近發現，偷情不只需要鬼鬼祟祟和欺瞞，不只需要羅曼史作者願意透露的圖謀和規畫。最近許許多多晚上，兩人聚在壁爐前深談，但家裡耳目眾多，而且天寒地凍，大家足不出戶，兩人找不到地方親熱。即使這次短暫外出，她也必須先出門，藉口是出去「透一透空氣」，隨後他也出門，推說他想去「找柴薪」。路易斯出差將近兩個月了，這次卻是耶誕夜至今唯一能共築兩人世界的機會。

走過炎尼士公園的路上，她心想，冬季很適合偷情，因為大家全身裹得緊緊的，想偷雞摸狗的人不必拋頭露面。遠遠望去，人人外觀相似。今天，她和魯伯特有萬全的保暖措施：她穿雪靴和黑羊毛大衣；魯伯特戴滑雪帽，揹著背包，裡面有燃料，可在獵場看守屋裡生火。不知情的人看見這兩人，會以為他們是前往附近流民營的流民。

公園離家只需步行十五分鐘，但這裡感覺猶如異邦。處女雪覆蓋大地，上面只見鹿蹄印。公園中央有一棟大房屋，柱頂過梁垂掛著冰晶。魯伯特沿途解釋公園的歷史：「造景設計師名叫卡斯博．貝克。是個才子。可惜是個悲劇角色。他想從工作中找出一個全球通用的語言，最後失敗，陷入絕望，走上絕路。」兩人接近小屋時，他說明克勞迪雅靠家族關係取得這座公園的狩獵許可證，享有進出權利。小屋的外形四不像，是一座美式仿木屋，能俯瞰池塘。在夏天，池塘是私人游泳池。在雪地裡，四周有松樹環抱，這裡恰似孤寂邊境上的小茅屋。魯伯特掏出鑰匙，抹去鎖上的冰雪，打開門。

小屋裡面以厚重的木椅和小地毯裝潢，壁爐牆壁上以一座槍架和一顆公鹿頭裝飾。壁爐裡擺著一個爐子。魯伯特從背包取出火種——茶葉箱的碎木片和一份《世界報》，著手生火。蟲屍遍地，被他們踩得劈啪響。瑞秋找來一根冷杉樹枝，把蟲屍掃進門下，在壁爐前的地板清出一片，放下所有小地毯，布置成一張床，然後坐下來，看著魯伯特生火。他等候火種的火焰沉寂下來，加幾塊煤，一塊接一塊謹慎放在燃燒中的小樹枝之間。然後，他過來陪她坐在地毯床上，一同觀看爐火生熱，像兩個童軍守著營火。儘管兩人正在偷情，瑞秋卻忍不住想到，這段情仍有兒戲的味道。

附著在衣褲上的雪開始冒蒸氣。魯伯特脫帽，摘下圍巾，瑞秋也做相同的動作。然後他親吻她，一手托著她的頭，讓她躺下去。兩人熱吻許久，然後才開始做愛，這一次多數衣服仍在身上。這次和第一次不一樣。礙於低溫，兩人動作非快不可，笨手笨腳胡亂摸索著。然而，儘管穿著衣服，瑞秋仍覺得比上次同床更形暴露。這一次，她太留意到自身，分秒意識著時光和人生的迫近感。事後，兩人躺著，看著橫梁上的蜘蛛網。她懷疑兩人還能藐視現實多久。

「等我能再執業，我會照美國西部風格設計小屋。」魯伯特起身，走向霧濛濛的窗戶，以食指畫圖。「大家其實只住小屋就行了。」他說。

「你什麼時候能領良民證？」

「很快。只不過，那個少校好像決心想挖出什麼東西似的。只想證明我不乾淨。想像一下，假如他看得見現在的我們……」

「不要再講了，」她說。兩人都不乾不淨，但瑞秋一想到姦情被博南姆少校揭發，尤其覺得更齷齪。

魯伯特繼續用手指在窗戶上畫圖。「一個房間，不過要有樓台，陽台加大。我想我們只需要這些就夠了。」

她看著他一副真心喜悅的模樣。發揮想像力時，他才最生龍活虎。她起初以為他倨傲無禮，其實他只是表現富有鑑賞力和創意的一面。他無時無刻不想聊，也能帶動她無所不聊：宗教、婚姻、藝術、喪事、生離死別。感覺上，近幾星期兩人交心更勝她和路易斯婚姻二十載。「不想再為百萬富翁設計別墅了。不想再效勞吃得太飽、欠缺關懷的漢堡市富商了，他們只求房子蓋得比鄰居奢華。從今以後，我打算專門為社會大眾設計建築物。」畫完，他後退一步讓她看。「好了。妳覺得怎樣？」他問。「妳能住嗎？」

瑞秋看著窗戶上的蒸氣圖，整棟建築僅以幾條線象徵著。然而，這幅畫代表一個平面的無解習題，近在眼前的實際難題依然無人能回答——例如艾德蒙。例如路易斯。

「應該可以吧。」

「和我住一起？」他的口氣多了一分認真。

隔著草圖，窗外忽然冒出一個英軍頭盔。瑞秋坐起來，拉地毯遮身。窗外人敲敲窗，臉貼玻璃。一張流氓臉，是瓦礫兒。

「滾！」魯伯特用德語罵，也敲玻璃。

男孩以食指和拇指比劃不雅手勢，繼續盯著他們看，笑得愜意。魯伯特走向門口，開門趕他走。一陣寒風戳穿悶熱的空氣，瑞秋把大衣拉得更緊一些。她站起來，走向窗前，向外望。魯伯特追趕男孩幾碼，抓起雪球，果敢扔過去。男孩竄逃進樹林，嚷嚷著她不懂的字眼。

魯伯特進門來，笑著說：「淘氣的小鬼頭。幸好他錯過好戲了。」

瑞秋扣好大衣，因為她不喜歡他用「好戲」形容親熱。

「也好，」魯伯特說，刷掉雙手上的雪。「野餐時間到了。」

他從背包取出一塊起司、一罐醃小黃瓜、半條麵包、一瓶瓷罐裝的瑪琪琳，以及一小瓶桃香施納普斯（schnapps）酒。魯伯特也帶來一面方格紋桌布、餐刀、兩個白鑞酒杯。所有東西被他擺得一絲不苟，好像他以前做過同樣的事似的。

「你帶克勞迪雅來過這裡？」

一絲不悅掠過他的五官。「當然？為什麼問？」

「對不起。她……我只是好奇，想多了解她一下而已。」

「妳要我怎麼說？」他的語調多了一分防衛。

「呃，實話實說就行了。」

魯伯特嘆氣。顯然，回憶亡妻不在他的規畫之中。

「她態度高高在上。對愚昧的言行毫不寬容。愛時髦到了令人厭惡的地步。報復心很強。倔強。既內向又愛交際。喜歡閱讀，書卻讀得不多。熱愛音樂卻是個音痴。另外，她是個比我好的人。」

「為什麼比你好？」

「在我這種處境之下，她會展現……比較多的自我約束。」

「照你這麼說，她也比我好？」

「不對。我的意思是，她絕對不會贊成兩家住同一棟。」

「你還在想念她，對不對？」這不算是問題。

「有段時間——幾乎到了妳搬進來之前——我的腦子容不下其他東西。在大轟炸之後，我連續幾個月到處找她，忘掉其他事和所有人，特別冷落了芙莉達。芙莉達因此吃了不少苦。我認為，就是在那段時間，我和女兒斷了線。到現在仍未接好。不過，妳來了……妳來了，情況變了。」他看著她，想要她把這話當成真理。「但現在，我看得出來，妳想太多了。」

「對不起。可能是剛才那個怪男孩冒出來的關係。」

男孩的簷角妖怪臉嚇到她了，戳破詩情畫意的保護膜。

魯伯特倒一些酒進酒杯，端給她。

「妳在想。思考著這個狀況，思考著我們正在做的事。」

一直到今天，她不曾允許自己正視偷情的舉動，即使反省到了，也只以眼角觀察自我，但魯伯特已經注意到了。

「我也有同樣的想法，」魯伯特說：「妳先生待人一直很親善。而且他信任我。」他握住小手。「不過，我們的這一段很寶貴，不是嗎？我們了解彼此的心。妳讓我恢復知覺了。而我一廂情願的想法是，我對妳也有同樣的效果。」

她傾身，輕柔獻吻。在此地，在這棟小屋裡，思考這種事很容易。在當前，現在。

「我幾乎覺得，我非出門才有辦法思考，」瑞秋說：「遠離這個家和房子裡所有的幽靈。溜到一個地方，讓我們想說什麼就說什麼，不必擔心被偷聽或偷窺。」

「好啊，我可以帶妳去一個地方。我可以帶妳去德國最漂亮的城市。呂北克。我的出生地。去玩幾天。我們可以從中央車站搭火車去。我知道我們能住哪裡。一間不錯的旅館。孩子可以交給海葛和貴妲照顧。我們辦得到的，瑞秋。我們明天或下禮拜就走。」

她無法想像太久遠的未來。想做這件事，她不得不思考其他責任。

「瑞秋？」

「好。好。不過，我們暫時先不要討論。」

第十二章

奧茲付給霍克一千根香菸，然後去找一個名叫綠人的男子取槍。綠人住在阿通納區的公寓裡。人如其名，綠人的膚色近似廉價茶杯，穿雙襟西裝，戴著和霍克同款的帽子。他有兩顆金牙，每次奧茲開口，綠人總特別齜牙笑給他看。長槍像嬰兒用毛毯包著，放在行軍床上，位於綠人發臭的棚屋角落。綠人掀開毯子，讓奧茲看他的器材。

「莫辛—納甘（Mosin-Nagant）91/30 步槍，蔡司四倍瞄準鏡。俄國實用性。德國精準度。另附兩盒子彈。」

這枝槍是個了不起而篤實的物體，奧茲撫摸著冰冷的槍管，摸至槍口，以識貨的態度點點頭，假裝懂得鑑賞這一類物品。

「看起來夠好了。」他說。

綠人對他呵呵一笑。「當然好囉。俄國就是靠這種槍打勝仗的。你有帶小費來賞我嗎？」

霍克曾告訴奧茲，綠人的小費應該以金子或首飾支付。波提曾給奧茲一串石榴石項鍊。這時候，奧茲從口袋掏項鍊出來，交給綠人。綠人舉起石榴石，對著燈泡檢查。

「不是紅寶石。」他咬咬其中一顆。「不收白不收。」滿意了，他收項鍊進口袋。然後，他用毯子覆蓋槍，交給奧茲。「買槍幹什麼？」

波提曾嚴格指示過奧茲，一定要說，槍是打獵用的。

「我想拿這把槍射兔子。有胖烏鴉停在浮冰上，順河往下漂，我也可能試試看。人類全都餓肚子，幹嘛讓那些雜種活下去嘛。」

綠人以狐疑的神色看著奧茲。「你怎麼沒去上學？」

「我的學校已經變成一堆磚頭了。不過我常去英軍講壇。不信你隨便問我英國人的生活方式。溫莎王。我全知道。」

「你知道，是嗎？」

為了這趟任務，奧茲提著行李過來。他打開行李，以對角線把槍放進上層，將兩盒子彈塞進行李箱一角，然後關好。

「哼，希望你能射中幾隻肥野雞。看你瘦成這樣，應該多吃點肉。」

奧茲搭電車來到易北路最高的一站，然後步行到培特森家。途中，他不禁納悶這槍的真正用途是什麼，越想越覺得行李箱好重，走幾百碼不得不歇腳，換手提，揉揉被提柄掐出的紅腫。波提正在動歪腦筋，想傷害英國人。波提不願多說，只肯說是大事。奧茲盡力對他解釋說，英國人沒那麼壞，但波提一打定主意就很難更動，心意和石頭一樣堅定。他們的母親不是說過嗎？忘不掉罪過的人會變成石頭。波提忘不掉深夜空襲事件，忘不掉好友蓋哈特被炸得肚破腸流。他無法原諒英軍炸死好友，更無法原諒英軍在大轟炸事件炸死他們的母親、表親、姨媽、舅父等等。服藥是有點作用，沒錯，但他仍常做噩夢。他也睡不飽。也許應該換藥效強一點的藥。

奧茲拿起行李箱，繼續走在路上，自我辯論著。

「我可以把槍丟進河裡，告訴波提說，有英國人在追我。」

「『波提會查出真相的。』」

「我可以把槍丟掉，從漢堡溜走。」

「『只會逼他追殺你。』」

「我可以警告艾德蒙。可以趁沒人在看的時候，去他家院子門外面。」

「『太危險了。假如被波提發現……』」

「不然誰能阻止他？」

「『只有一個人能阻止他。』」

「誰？」

「『我。』」

「他才聽不見妳講話。媽，妳明明知道世上只有我聽得見。」

「『他認得我的嗓音。如果他看見我，他會再慎重考慮……讓我勸他吧。』」

「好。他會聽妳話。對妳來說，他只是你的小波提，半夜會哭鬧，會在水裡唱歌逗我們笑。波提會把漫畫藏進褲襠，以免挨打。波提以前的笑容像美國男星盧·艾爾斯。我有好幾年沒看見哥哥微笑了，不過，媽，他會微笑給妳看。」

奧茲在飯廳找到波提，發現他把扶手椅拉到壁爐前，坐著打瞌睡。從他手臂的位置和他幽幽的微笑來判斷，他剛為自己打了一針新藥。

「嗨，波提。」

奧茲進門時，艾波特沒有打招呼的意思。奧茲比較喜歡他服用以前那種藥：至少他還能待在這世界上。這種新藥把他帶到好遠好遠的地方。

「他現在不行。我們以後再勸吧。」

「『非現在不可。』」

「可是，妳看看他。他一副傻呼呼的模樣。相信我，媽，在他這個樣子的時候，最好不要跟他講話。」

「『非現在不可！』」

艾波特睜開一眼，坐直上身。

「東西弄到手了嗎？」

「在我這裡，波提。具有俄國實用性和德國精準度。」

「你告訴對方說，東西是打獵用的？」

「我說是打獵用的，照你教我的說法。」

「東西在哪裡？」

奧茲打開行李箱，取出毛毯包裹的槍，放在哥哥的腳前。坐在椅子上的艾波特彎腰下去看。他的雙手顫抖，臉上有薄薄一層水光。他掀開毯子，握著槍托拿起槍來，頂住肩膀，槍管對準牆壁和天花板，然後對準胞弟奧茲。

槍一進他手裡，再勸也沒用了，奧茲心想。

「『相信我。』」

「有沒有人看見你進來？」艾波特問。

「他連我都聽不進去了，媽，怎麼聽得見妳？」

「『讓他見我。』」

「你在跟誰嘰嘰呱呱啊？」艾波特問。

「沒有誰。」

「有就有。你剛在自言自語。你現在還跟我們的媽媽對話嗎？」

「沒有。」

「有就有。我剛聽見你在喊媽媽。」

「『快讓他看見我。』」

艾波特站起來，走向奧茲，邊走邊繼續對準弟弟，調整瞄準鏡。

「她想跟你講話，波提。她說她認得你是從前那個笑臉常開的男孩子，常去漢默布魯克撿空瓶。她說她知道你看見很慘的壞事……不過她覺得，你想傷害英國人的計畫不好。要整就整俄國人，或法國人，或西利西亞（Silesia）來的中歐爛流民。」

「她會這麼認為，是嗎？」

「對。來看，波提。」奧茲要他走回行李箱。「過來看。」

艾波特走向箱子。

「壓在上層的下面。」

艾波特以槍口掀開夾層，見到下層的物體。下層有半具枯骨，有頭也有肋骨腔，已經縮水成木乃伊，接近化石，是大轟炸某階段遇害的死者，身上穿著女童的蕾絲施洗裝，材質因年久塵封而泛黃。頭顱呈灰褐色，仍有些許皺縮燒焦的黑髮，縮小成宛如獵頭族的紀念品。

「被火烤縮的屍體……？」艾波特說：「見鬼了嗎？幹嘛帶這東西來？」

「它是媽媽。看啊，波提，它是我們的『媽媽』。我在凡頓街（Wendenstrasse）的咖啡工廠找到的。在大火球事件三天後。她身上沒衣服，我只好找這件給她穿。我那時候很難過。她有些部分脫落了，全身也被英軍炸彈炸得縮水。」

艾波特盯著骷髏玩偶。

「只不過是個舊屍體而已。」

「是她啦。看。看見她脖子戴的項鍊沒？」奧茲指著被高熱扭曲的銀鍊條和十字架。

「她想見你，波提。而且我也相信，如果你肯聽，你會聽見她講話……你聽得見她。你知道她正在說什麼嗎？我聽得見。她正在說：『放下你的槍。忘掉罪過！』就像她以前常講的。你聽得見她嗎，波提？」

艾波特看著嚇人的屍首，嘴巴開始發抖，極度排斥眼前的景象。

「你聽見了嗎？」奧茲問。「她真的會講話。」

「你這個傻瘋子，」艾波特說：「你是個腦子被烤焦的瘋癲欠幹的怪胎！」

奧茲穿著晚宴西裝，翻領被艾波特揪住。他把弟弟提到四目相對的高度。「你瘋了。你的腦子被強熱熔化了！她早就死了。死了！死了！死了！死了！死了！」

奧茲繼續反對。「可是，你知道她講得有道理。」

「沒道理！因為她死了，講不出道理。她死了，講不出話。走了。永遠不再見。死了！」

「可是她會說……她會……這麼說。」

「不會。她會勸我動手。蓋哈特也會勸我動手，我所有朋友也全會勸我動手。表親也會。我們的阿姨和舅舅也會。她會聽我……不會聽你。她一向都聽我的。她對我偏心。你是個怪胎。出生時被袋子包著！」

「她說那代表好運。」

「她本來根本不想生你！我聽她對爸爸說，不應該生你。沒有事先規劃好才生下你……」

艾波特推他退開變相靈柩台，捧出行李箱內的屍體——輕盈脆弱如藤製鳥籠，走向壁爐。抬起時，一根肋骨墜地。奧茲急忙衝過去撿起來，插進腰帶。

「你想幹什麼，波提？別摔碎她啊。」

艾波特高高舉起屍體，把她扔進火堆。施洗服布料乾燥如盛夏火絨，一觸即燃。奧茲試圖制止火葬，但艾波特再一次推開他，堵在爐火前站崗，看著骨骸崩塌，母親化為灰燼。

「你在家不會有事吧……我想去基爾，去拜訪巴科曼夫婦。」

「不會啦，媽咪。光是今天早上，你就問我三遍了。」

瑞秋發現，想維持一段婚外情，必須以謊言編織一套鷹架來支撐，直到整個偷情結構穩固到能自立為止。每一天她似乎被要求為鷹架再添加一塊橫板。最能考驗這座鷹架基礎的莫過於母子互動。

「你不要我走，我就不走。」

「我不會有事的啦。」

「你會乖嗎？不要亂跑太遠喔。要聽貴妲和海葛的話，好嗎？」

「好。」

她忍不住一直撫摸兒子的臉，摸他臉頰上柔嫩的細毛。有朝一日，這些細毛會硬成鬍碴。

「我可以再放電影給芙莉達看嗎？」他問。「她對我說，她最喜歡巴斯特・基頓。」
「當然可以。她終於變得比較友善了，我很高興。」
「她以前是嫉妒我。我想，原因是她沒有媽媽。」
瑞秋慶幸聽見艾德蒙覺得母親仍值得擁有。
「媽咪，傳言是真的嗎？有人說，下一場戰爭就要來了。」
「我相信是沒有。」
「爸爸是想防止戰爭發生嗎？」
「是的。就某方面來說。」
「爸爸這麼少回家，妳會不會在意？」
這話問得天真，但瑞秋不得不思索鷹架的事。
「我會。非常在意。」說這句話時，她覺得聽起來不像徹底謊言。「你問這做什麼？」
「妳好像不再顯得悶悶不樂了。」
瑞秋確定，艾德蒙這份詭異的認知力並非天下兒童皆有的異稟，而是缺乏母愛、歪打正著的結果，是他不得不趕緊練就的一番本事。她不禁懷疑，疏於關愛兒子，該不會賦予兒子意外的收穫吧？
「媽媽？」
「什麼事？」

「妳認為，魯伯特先生是良民嗎？」

「是的。我敢確定。」

「不像科尼格先生？」

前門的門鈴響了。「對。不像科尼格先生。」

「如果我非常喜歡魯伯特先生，也沒關係嗎？」

「……當然。我最好趕快去開門。」

瑞秋打開前門，看見一位笑容可掬的上尉捧著箱子，裡面有個包裹，上面堆積幾封信。他的福斯車停在車道上，引擎仍噗噗轉。她仍未正式認識上尉，但從路易斯多番描述，她猜得出他是副官。

「摩根夫人？」

「是的。」

「我是巴克上尉。」他伸出一手。「妳先生的代班。或者說是代你先生班的諧星，要看妳問誰而定。」

「能認識你真好。路易斯對你讚不絕口。」

「等他見到我把他的單位搞得多亂，他就不會稱讚了。言歸正傳。他叫我傳這封電報給妳。」上尉的神情太愉悅，不可能是壞消息，但當她聆聽上尉轉達電報內容時，一股激增的腎上腺素造成她心跳失速。電報壓在郵件上面。「皇家海軍沿海單位今早接到的，內容如下：『在黑爾戈蘭島因故耽擱句點礙於後勤調度而暫留句點預計三月一日返句點』。」

不多久以前，她聽見三月一日會欣然雀躍，因為這日子另有親密的蘊意。三月一日是聖大衛節，路易斯總會想辦法送她一束黃水仙。但現在，她只聽見弦外之音：妳正在做的事趕快劃下句點。趁現在儘早回頭，以免後悔莫及。

路易斯過幾天即將回家了？他離家已經兩個月，但對瑞秋而言，感覺更久。電報無情搖醒她，對她明示更接近事實的時間順序。

「謝謝你。」

「我早該送來給妳了。這些東西一直擺在辦公室，拖了兩個月，不過遲到總比沒有好……」

巴克交給她幾封信和一個褐紙郵包。包裹的收件人是艾德蒙，寄自路易斯的姐姐凱特。包裹軟而輕，顯示她依約為艾德蒙編織一件板球毛衣。想起大姑凱特，一份安適感和悔恨交雜心中。她對凱特懷抱一種特殊的溫情。

「這一份是給上校的，請他回家之後過目。」他拍一拍文件夾封面，交給她。

「什麼東西？」

「只是他又提議做的一件妙任務。我不希望這東西消失在空氣中。」

他上前一步，幫瑞秋把包裹重新堆疊在頂端。「要不要我幫妳搬進去？」

「不用了，謝謝你。我自己搬得動。」

瑞秋懷疑巴克是否能看破模範上校妻的假象：外表充滿自信、性情貞潔、對丈夫的工作略感興趣，內心卻是一團大漩渦。

「拖到現在才來，很抱歉。因為有罪者沒得閒嘛。家裡一切都還好吧，我猜。妳看起來很能掌握情勢。」

「我們……全都能適應。單位裡……情況怎樣？」

「玩笑歸玩笑，我是真的希望妳丈夫趕快回來，不然整個該死的單位會栽在我手裡。他就像那種被拆掉才發現很關鍵的螺絲釘。」

這份讚揚說得曲折，但巴克的溫馨言語對她輸送一絲絲不期然的光榮感。

「好了，我該走了，」巴克說。

他走下階梯，走回車子之際，對空舉手稱讚說：「終於放晴了！」

瑞秋看著他離去，覺得皮膚洋溢著暖意。風從西方襲來，不再是東風，吹走數星期以來的灰色鍋蓋，把天空洗成麥森藍。

她進屋裡，把郵件搬進書房，文件夾放在路易斯的書桌上，然後拆信：兩封是耶誕卡，一封來自路易斯的母親，另一封來自他的姐姐。婆婆的耶誕卡寫得簡潔如常，切中要領——路易斯繼承了母親不愛綴飾的習性。大姑的耶誕卡印著旅鶇站在樹枝上，山腳一座詩情畫意的村落閃著黃膩的燈火——果然俗氣。

大姑的耶誕卡裡附有一封草寫信：

「親愛的瑞：史上最嚴寒的冬天來襲。艾倫和我被困在威河畔羅斯（Ross-on-Wye）的卓斯特旅館，長達四星期！這封信能不能寄到妳手上，我很懷疑。國內能抱怨的事情多得很。縮衣節食至上。聽說妳那邊的生活相當優渥。你們家有傭人，是真的嗎？我們渴求太陽，苦在心中。旅館供應的餐點很掃興，根本是仇恨人類和人類的需求！幸好，這天氣起碼適合打毛線。希望合身！K與A敬上。」

世上除了路易斯之外，以「瑞」暱稱她的人只有凱特。凱特對弟弟關愛至深，所以再怎麼糗他，他也不在乎。路易斯第一次帶她回家，初認識凱特時，凱特曾看著他說：「你總算沒有帶一個有鱗片的雙頭獸回家了！怎麼一回事啊，路？」

瑞秋看著文件夾。巴克剛才怎麼說的？「只是他又提議做的一件妙任務。」上尉的溫馨讚美不僅表達工作上的敬愛，心意其實更加深切。是她想太多了嗎？或者巴克想告訴她——路易斯個性太謙虛，絕不會自誇——路易斯的價值被低估了？

瑞秋掀開文件夾的蓋子。文件的標題是：「失蹤人口名冊。照養院與醫院。平訥貝格區。」迴紋針在首頁附加一張手寫的字條：「注意：參考病患檔案第二十七頁。是親屬嗎？也許是巧合。巴克。」

檔案厚達一百多頁，她從文件夾裡取出，翻到第二十七頁。

她讀到一份病患簡介。打字的這一頁以迴紋針夾著一張相片，畫面模糊，主角是坐在輪椅上的女子，背景是夏日庭院，四周有圍牆。女子的視線稍微偏移鏡頭外，猶如雜誌裡的特寫照，而非病患大頭照。雖然女子比較瘦，臉上無脂粉，頭髮凌亂，但瑞秋一眼就能認出她是克勞迪雅。被迫從牆上退位的克勞迪雅：濃眉、堅定、聰穎。瑞秋閱讀註記：

「四四年在布克斯特胡德（Buxtehude）醫院辦出院手續後，於九月入本院。身受爆破傷害。傷患數月無法行走。聽力受損。去年開始言語。罹患慢性失憶症但持續改善中。傷患記得幾項人生細節。自述姓魯伯特，已婚，育有一女，以前住在河邊。」

瑞秋再次詳閱——一來是想確定，二來是拖延時間——但她無法讀完這一頁，也沒必要讀完。這頁內容已在她腦海蓋章。她看著相片，不知不覺觸摸著克勞迪雅的臉。

「是妳。」她說。然後，她癱進椅子，苦甜參半的淚水潸潸流下，為本家兩位女主人啜泣。

瑞秋壓低帽簷，拉高大衣的領子，將被人認出長相的機率降到最低點。在車站，熙來攘往的每一位陌生人都讓她覺得似曾相識：搬運工像理察——或理察的孿生兄弟；胖胖的驗票員令她聯想起巴克上尉。

「請給我兩張呂北克來回車票。」她以德文說，同時出示護照以證明她有旅行權。她的德語能力已大有進步，但仍不夠流利，票務員改以英文溝通。

「另一張票是誰的？」

「一個朋友。」

「妳朋友在這裡嗎？」

「還沒到。要不要我等他到了再來買票？」

「妳朋友是英國人嗎？」

「德國人。」

票務員看著她的證件。「妳這一趟的目的是什麼？商務或遊樂？」

「目的……」

「對。目的是什麼？」

「遊樂。」

「這班火車沒有占領區人員專用車廂。妳要和德國人一起坐。」

「可以。」

「小姐，妳還好吧？」

「還好……我……感冒了。」

「哪。車票。妳朋友的。」

瑞秋擦擦鼻子，走向沒有指針的時鐘，依約站在下面等。她將旅行箱放在兩腳之間，用腳踝緊緊夾住，但過了幾分鐘，她仍不覺得安全，於是拎起來，用手臂勾住提環，摟在臂彎中。

她點菸抽。野鳥在無玻璃的車站屋頂飛進飛出。抽菸完全無法平定她的情緒，她只抽兩口，就把菸丟向月台。一名男子過去彎腰撿拾。浪費的舉動令她苦惱，內疚之餘，她把抽剩的整包菸送給他。

一群英國軍方人員走過來，她再加強偽裝，帽簷往下壓。她聽見這些人對話的片段——說著「布萊頓（Brighton）比特拉沃明德更氣派」云云。她和英國度假小鎮布萊頓沒關聯，也不特別懷念，但一聽見這地名，一想到這地名，她立刻害思鄉症。

魯伯特從拱門進來。即使相隔五十碼，她仍能看出他一見她就興高采烈。他高舉著報紙，手臂像潛望鏡，引導他穿越人海走向她。來到她面前時，他肆無忌憚親吻她嘴唇。

「史蒂芬……」她不得不推拒。「你的車票，」她說：「我們該排隊搶位子了。」

看樣子，漢堡居民全都趕著搭上前往呂北克的列車，其中許多人是所謂的「囤積民」，大包小包連帶籃子裝滿食品，全是他們在鄉下拾荒的成果，裝起來貯藏。月台上已排了三四行人。火車進站了，乘客一湧而上爭座位。幾名無票年輕人跳進緩衝器之間，被吹口哨的衛兵粗暴拉下車。火車的狀況狼狽：車廂壁彈痕累累，座椅是陽春型的硬面長椅。瑞秋擠進兩位女士之間的空位，旅行箱擺在大腿上，不提上行李架放置。魯伯特在她對面坐下，叫鄰座擠一擠，好讓他能靠近。車廂瀰漫著代用菸味和狐臭，魯伯特對著空氣嗅嗅，調皮地暗示，異香來自瑞秋的左右鄰居。

女子之一換坐姿，以表示不滿。瑞秋使眼色叫他別亂來。他彎腰湊近瑞秋。

「我有個問題請教妳。問卷第一百三十四題：快樂成這樣，算正常嗎？」

她被迫望車窗外拒答。

天空連續三天放晴，讓太陽有上班的機會，在緩坡綿延、古意盎然的原野上融雪。這片景觀簡直是英國薩塞克斯（Sussex）或肯特郡，而非什勒斯維希—霍爾斯坦（Schleswig-Holstein）。她看見一位農場幫工手持鋤頭，擊碎水槽裡的冰。火車行經另一片原野，她看見一組馬正在犁田，翻攪著已被白雪覆蓋數月的凍土。著名的尖塔映入眼簾，呂北克到了，魯伯特為了看得更清楚，從座位起立。

「我的出生地，」他驕傲說：「看那些尖塔……」瑞秋看得見：青銅皮的尖塔矗立在青天之下。

「聖馬利亞教堂（Marienkirche）的尖塔不見了，」他說：「不過，她照樣是全德國最秀麗的教堂。妳待會兒就能看個夠。」

火車到站，魯伯特為她提旅行箱，兩人並肩走向古城門，她勾著他的手臂。

「妳想先去旅館，或者想先參觀市區？」他問。

「趁天還亮，多走走看看吧，」她說。

魯伯特是一位情感豐富而博學的導遊，帶她來到城門外近郊的老家。父母在這裡住過，他也在這裡出生。

「郊區的災情慘重。皇家空軍的目標是漢堡，不過他們先拿這裡測試炸彈。木造古宅很容易著火。」他吸收眼前的景象，神情轉為肅穆。從前的生活情景逆流回腦海。「我親愛的好友柯薩以前住那裡。」他指向一棟只剩骨架的民宅。「他很迷電影。為了買票，他願意出賣外婆。」

「接下來，我要帶妳去參觀全德國最得我心的一棟建築物。」魯伯特繼續向前邁步，迫切想再和她分享內心世界。

霍爾斯滕門（Holstentor）是呂北克的城門塔，建立於中世紀，兩人從下面穿越，橫越運河，走向紅磚建造的聖馬利亞教堂。這座教堂雄偉但有節制，曾受炸彈洗禮，或許因身受戰爭殘害而更形醒目。最大的一座塔遭祝融之災，屋頂殘破，遮不住風吹雨打，寬廣的耳堂只能分隔空氣。魯伯特走進中殿，立刻在腦中著手重建教堂，隨即以雙手對著空氣畫圖。

「多麼秀麗啊，看見沒？即使被炸成這樣也美。美麗的廢墟。說不定，以後會重建這座塔——用木頭建築。」

瑞秋受兩座破鐘吸引。這兩座教堂鐘從塔樓墜地，躺在南禮拜堂的地上，岩造地板碎裂凹陷。這一區禁止進入，鐘被圍成紀念碑，或許可說是英國在賠罪。墜地的那一瞬間必定非常轟動：自由落體默默穿過三百英尺的空氣，鐘冠、鐘頭、鐘腰撞地時爆發轟然巨響。如今，兩鐘雙雙平躺地面，挺過高空墜地的打擊，如今依舊常相左右。

魯伯特誤解了她落淚的心意。「妳很感動。感動得很有道理。這的確了不起。相當了不起。」

他一手握住她手肘，牽引她繼續走。「值得參觀的地方還有很多，」他說：「我童年玩遊戲的街道、我的母校、全世界最大的杏仁糖膏店。」

專人導覽持續進行。魯伯特分享的個人往事越多，她在心中的追憶也越豐富。和路易斯結婚時，牧師曾說，兩份傳記已匯集成一本史書。她和路易斯的故事結束了嗎？儘管歷經滄桑，苦難仍在，婚姻更有可能破局，她卻不希望寫下完結篇。

來到阿特施拜赫旅館，魯伯特在登記簿上簽名為「白先生夫人」，預祝早日領到白色的良民證。房間簡素，裝潢帶居家風格。床頭牆壁高掛一幅巴伐利亞鄉野山景圖，畫得多愁善感。「畫得好差勁，」他說：「不過正合這房間。」

瑞秋摘掉帽子，把頭髮攏鬆，把偽裝放在窗前桌上。窗外的太陽仍未下山，一派火紅。魯伯特來窗口陪她，在她審視美景的同時審視她的臉，以兩指順著她的腮幫子畫線。

「現在，妳對我的了解深了一些。」

他親吻她，但她中途退卻，臉頰按在他外套上，擁抱他，態度不像情侶，反而比較像妹妹。她就這樣抱著他，尋找著合宜的開場白。

「漫長的冬天終於快結束了。」她說。

「妳怎麼聊起天氣啦！」他托起她的下巴，想看清她的思緒。「妳臉上怎麼寫著密碼？

妳有什麼心事？為什麼現在這樣？」

「我在想，我為你高興，史蒂芬。我慶幸你……你有個未來。」

他想再吻，但被她推開。遊覽行程帶動他情緒高亢，她要他從雲端走下來。她握著他一手，幫他解讀命運線。她看見掌心是一幅路線圖，有岔道，有交叉口，有些路突然不通，有些路越走越小。

「我覺得你的前途光明，史蒂芬。你對未來有規畫，妥善的規畫。重建你的人生，你的城市。你一定要實現。」

他的眉宇皺出一條溝。

她走向旅行箱，打開來，取出壓在一套換洗衣物底下的文件夾。這次整理行李是她有生以來最粗心的一次。她忘了帶美容包，反而帶來一本絕對不會打開來讀的書。她掀開檔案。巴克手寫的字條仍附在首頁上。

她翻到重點頁，交給魯伯特看。

魯伯特接下，看著克勞迪雅的相片。他凝視良久，不露一絲情緒，令瑞秋陡然懷疑相片的真偽。他繼續站著，半晌沒動作。後來，他開始左右擺著頭，非常緩慢，五官糾結成苦思不得其解的表情。他從迴紋針取下相片，伸直手，斜眼看著。他想把相片退還給瑞秋。「這其中有詐，」他說：「我找過她。接連找了好幾個月。她死了。」

瑞秋拒絕收回相片。「史蒂芬，是她……」

魯伯特再看一眼，仍搖頭，試圖以念力趕走現實。最後，他撫摸克勞迪雅臉孔的輪廓。他仍未能正視赤裸裸的現實——她一眼即知的現實——註記裡闡釋的現實。

「史蒂芬，你讀讀看。她住在布克斯特胡德鎮的方濟各安養院。她才剛開始恢復言語能力。她的記憶喪失了，不過她正在持續改善中，史蒂芬……持續改善中。」震驚太深的他仍然視而不見，所以她繼續說：「『自述姓魯伯特。』你的姓，史蒂芬。她記得夫姓。傷患說她以前住在河邊。是她沒錯。你的妻子。她還活著。」

魯伯特看著她。

「可是……妳我原本才剛開始……」這段新戀情已被他改成過去式。

「你喚醒我了，史蒂芬。你喚醒我，我才了解我遺忘了什麼。不過……」她停頓一下，不想深化他的傷痛，但也非道出事實不可。她以雙手包握他的手。他仍拿著相片。「結合你我的是失落感。現在，你已經找回你失落的過去。」她講到這裡，魯伯特啜泣起來，瑞秋握住他一隻手，他彎下腰，直不起身子。

第十三章

路易斯醒來，臉貼著副駕駛座的車窗框，沒闔攏的嘴在玻璃上留下唾液。巴克駕駛著賓士車，瞥他一眼，想笑也顯示關懷之情。

「你沒事吧，上校？」

「做噩夢了，」路易斯邊擦嘴邊解釋，坐直上身。「我剛有沒有講夢話？」

「你喊了幾聲。」

「希望沒洩漏國家機密吧。」

「你喊老婆的名字。」

剛才巴克去總部接他，他上車後，行車搖搖晃晃的感覺猶如浪濤，他因此睡著了。在睡夢中，他看見魯伯特家園，場景是他未曾見過的季節：草坪蓊鬱，繁花朵朵開——遍地是黃水仙。然而，此景有某一部分太鮮明了，喧賓奪主的黃水仙顯得突梯。

「我睡了多久？」

「十分鐘。」

路易斯揉揉臉，拍拍兩頰。「感覺像幾個鐘頭。」

戰時，像這樣小睡一陣後，他能精神奕奕起來，連續熬幾夜也沒問題，但今天他覺得疲懨難耐。在黑爾戈蘭島，他開始體驗到一種前所未有的無力感。起初，他歸咎於見縫就鑽的溼氣太重，空洞的公務加重身心的倦怠。他負責監督史上最龐大的一場非核子引爆案。然而，離開黑爾戈蘭島後，倦怠感變本加厲，只能以辛酸至骨髓來形容，就像喪子之初的瑞秋主訴的症狀。

「一切都妥當吧？」

「差不多和以前一樣，上校。」

「所以是，亂得一塌糊塗囉。」

「亂得雞飛狗跳了，上校。」巴克奸笑說。

假如巴克陪他去黑爾戈蘭島該有多好。娥蘇拉動身前往倫敦之後，庫妥夫、齊葛和波隆也看到他們想看的東西之後，時間變得度日如年。

「管制委員會放寬交好的禁令了。情報單位現在把焦點轉向東部，所以上級正在檢討問卷。大消息是美方提議的救援方案。數目字好大啊，我連記都記不住。俄方不爽。看情況，近期德國會分裂成兩個。對了，你還沒說將軍找你談什麼事。」

路易斯仍在分析將軍約談的用意。

「交代我一份工作。」

「我就說嘛。搞破壞比搞重建更能多加幾條槓。調去柏林嗎？」

「柏林。」

巴克略顯惆悵。「可惡。下一個前線。你接受了嗎？」

「我開兩個條件。一，不能叫我和俄國人、法國人、美國人同住一棟房子。」

「用不著擔心。柏林全是公寓。」巴克揶揄著，但他難掩路易斯轉調的失望之意。「另一個條件是什麼？」

「你跟我一起調過去。」

巴克瞥路易斯一眼。「可惡。」

「你不必現在回覆我。過五分鐘再回答也行。」

「可惡。」

路易斯注意到，後座有厚厚一疊「待處理」的文書，全是巴克帶來給他審閱的公文。

「又想丟給我東西，好讓我亂擺，四處找不到？」

「不好意思。裡面有一份是貴重文物非法輸出的報告，滿緊急的，你最好趕快看。上面寫著幾個熟悉的姓名。有點……慘不忍睹。總之嘛，你泡澡時可以看看。」

泡澡正是路易斯想做的事。再過幾分鐘，車子就能開到家門口：賓士車已經路過柯洛士達克街（Klopstockstrasse）上的幾棟君主之家。他再拍拍臉，增加一點血色，照鏡子檢查頭髮。他個人的感想是，氣色很難看。他的頭髮長度超出軍規，已有幾天沒刮鬍子。睡眠不足即使幾分鐘，他也泡泡眼畢露。他從來不喜歡自己的長相——嫌鼻子有點太長，臉有點太瘦——因此被瑞秋讚美時，他總是吃驚。儘管他從不需要妻子的讚賞，這時他照鏡子見到倦容，不由得想聽她美言幾句。

車子轉進易北路，路易斯往左邊看，見到易北河景出現在路樹的空檔。易北河已經冰封百日了——據說創下空前絕後的紀錄，但有些地方仍可見流水；冰開始融化了。

「娥蘇拉走了，你一定很惋惜吧。」

「因為白廳要我代找一個願意去倫敦上班的口譯員嘛。所以我推薦她。」

「可惜啊。柏林的女孩八成不夠格。」

路易斯看得見矮林地面冒出番紅花和雪花蓮。

「德國有黃水仙嗎？」

「我還沒看過。」

「看到就停車一下。」

擋風玻璃出現一道裂痕，迅速擴展成蜘蛛網狀，路易斯以為肇事者是蹦擊車窗的砂石，直到車子開始蛇行，路易斯才注意到巴克身體癱軟，頭向後仰，眉毛上方多了一個渾圓的黑紅色小孔。路易斯握住方向盤，挪開巴克踏住油門的腳，然後猛然摜起手煞車，車子震動起來，擦撞一棵懸鈴樹，最後停下，半輛車衝出路面。

血肉飛濺在後座和後車窗上。在他伸手摸巴克頸部脈搏之前，他早知巴克已經斷氣。他坐回自己的座位，從置物箱取出佩槍。他查看彈膛，發現自己手上有血，鮮紅，有溫度。中彈的擋風玻璃已裂成花白一片，他只好探頭出側窗看路況。背後，易北路有個彎道，他看不見遠處，前方是直路，樹木夾道，然後向右轉，遠離河岸。剛才那一槍必定來自河岸的宅邸之一。他看見一個人影，在幾百碼之外，正以百米速度過馬路，直衝河邊。

路易斯下車，脫掉外套拋進後座，拔腿追逐。他使勁狂奔，腎上腺素淹沒了身心倦怠和體能欠佳的事實。他終於跑到小弧度的轉彎處。他順著陸地渾然天成的線條，往下走向河邊，朝著身影繼續前進的方向跑。對方抵達河邊，踏上結冰的易北河面，才走幾步，一腳踩破薄冰，他急忙縮回岸上，沿著河邊走，尋找更穩固的河冰。找到後，他再次踏上河面，這時回頭看，也許是頭一次發現路易斯正在追捕他。他加快腳步，在河冰上邊走邊滑跤。這人身材苗條，身手靈活，路易斯判斷他是個年輕人。歲數不比男童大多少：頂多十七歲吧。

路易斯現在已慢成步行。他的肩膀有一陣陣如刀戳的刺痛，感覺心臟快蹦出咽喉了。等到他抵達河岸時，青年已過河大約一百碼。路易斯雙手按著膝蓋，彎腰喘息。他剛檢查過手槍的彈膛，這時再檢查一遍。仍然有六顆。仍有六次機會射殺那個射死巴克的凶手。

青年過河一半停下來，看著前方的河冰，面露猶豫狀，用穿著靴子的腳踏踏看。冰一踏就碎，他連忙往後跳開。隨即，河中央也傳出冰裂的聲響，宛如老舊的房門嘎吱叫。路易斯看著青年另尋厚冰過河。前方又有一塊河冰裂開了。青年無路可逃。

汗水在皮膚表面冷卻，路易斯感受得到。他覺得靈魂離身。這裡有一株傾倒的大樹，他在樹幹上坐下。青年不進不退，路易斯也看不見他身上有武器。路易斯等著看他下一步怎麼走。青年在河冰上團團轉，充滿亢進的活力。然後，他開始以德文喊話。

「Guten Morgen（早安），摩根！」青年以諧音揶揄他，哈哈笑一下，重複幾次，直到路易斯聽懂為止。對方為什麼知道他姓什麼？

青年平舉雙臂，以擴大肉身標靶。他剛脫離手槍的射擊極限。從這裡，路易斯可能射得中，但如果他想命中紅心的話，他可以踏上一塊穩固的冰雪突堤，對青年開槍。但路易斯停留原地，呼吸緩和至正常。他覺得自己像在觀賞一場冬運競賽。

「『我在這裡啊！』」

「快來啊，上校！」

路易斯不想射他。但他要青年一死。

「剛才那顆子彈要的是你的命，上校。不過也不要緊了。你的朋友就是我的敵人。」

冰裂聲再起，這次來自青年腳下的同一塊冰。

「冰就快裂開了。你離開德國的時刻到了。這是我的土地！這條是我的河！這是我的天空！」

青年在河冰上來回踱步，不停耍嘴皮。表演得相當精彩。他的笑聲和手勢如同躁症發作，激動得岔嗓，叫嚷聲退回童音。但他話越多，路易斯的沉默似乎越讓他惱火，挫折感更深。路易斯好像聽得出他的叫聲參雜著恐懼。路易斯繼續不語，讓對方嗓音中的恐懼占上風。感覺不錯。

「來逮捕我啊。」

河面不同地方傳來近似聲納的聲響。冰下的河水和天上的太陽正在串謀，想擊破河冰。路易斯閉上眼睛一會兒。太陽在他的視網膜留下印記，被他眨幾下眨掉。青年靜止幾秒，然後跳起冰舞，因為腳下的河冰支解成十幾個基座。他雙手平舉，跳上他看得見的最大一座，面積約莫一道門。這塊冰無法承擔他的重量，歪向一邊，把他倒進冰水中，他落水前兩手亂抓空氣一通。被冰水凍到，青年驚叫失聲，拚命想抓住浮冰，可惜怎麼抓也抓不緊。他掙扎幾秒，然後游向下一座小冰山，抓住邊緣，企圖引體向上，但冰山一直翻轉，他頻頻落水。他再試一次，然後再試試看，試到第三次，他心死了，委身黑河水，隨波逐流。

「『喂！救命啊！』」這時候不再吹噓了，語氣只剩恐懼。「丟樹枝過來。樹！」最後這字是英文。

即使從這裡，路易斯聽得出語氣中的震顫哆嗦。他冷眼看著，感覺到一陣隱隱約約的悲哀，因為他對青年缺乏關懷。

「求求你……上校！」

不到一分鐘，青年的語調從叛逆輕蔑，軟化為恐慌和哀求。

「樹！」青年再度喊著英語。

這時候，青年漂到距離突堤不到二十五碼。如果路易斯想救命，拿樹枝營救正是時候。但他肢體癱瘓了，病因是自古以來的一句自我辯解語，也是他從小到大駁斥的一句話。以牙還牙。一條男孩命償一條男孩命。這是天下至今仍運行的原則。

青年喘不過氣，言語破碎成單字。

「芙莉達！你。認識。芙莉達！」

路易斯徐徐意識到這名字。

「芙莉達……德國……好……姑娘……」

路易斯看著，默數著分秒。就快結束了。河水如此冷，青年踩水的時間已超乎常態，這時他開始順著流水，以慢之又慢的流速漂向大河心。路易斯聽見無奈的嗆水聲。青年最後嗚咽一聲——像在喊「媽」——然後沒頂。

路易斯站起來，觀察水面。他看著河流，聆聽嘈雜的冰裂聲，看著大融解運動收復冰雪竊據的疆域。他看著，想到有正事要辦，但也想到他不想再辦了。他感覺到內心有東西正在瓦解。他繼續看著地平線，感覺內心分崩離析。他如同被射裂的擋風玻璃。如果他能在某人觸摸他的心之前趕回家，他或許能防止身心徹徹底底崩解。

路易斯肩膀的刺痛加劇。每次狂奔，他的肩膀必痛，隨著年歲增長以及吸菸過度，肩膀痛上加痛。他揉一揉，轉一轉手臂，放鬆筋骨，但刺痛持續不消。快到了，他告訴自己，就快到了。

他硬撐了這麼久。他撐過了檢查巴克屍體，見到他眼球中迸裂的微血管，回程路過刑案現場，也向憲兵敘述案發經過。當時，他面對那具癱軟的空殼，刻意不把它和他惺惺相惜的巴克劃上等號。但如今，他走到魯伯特家院子門口，他再也不確定他為了什麼而硬撐。

兩個月前，他離家出差，當時地面一片純白，完美如圖畫，但現在冬去春來，寒天乍暖，融雪露出一片片斑駁的醜陋草地，白色當中交雜著褐色、灰色、黑色。他從側門入內，慶幸無人迎接他。他脫掉外套，揉揉臉，一時不知下一步該怎麼走：他想坐下，他想喝杯茶，他想抽菸，他想來杯酒，他想見艾德蒙和瑞秋——但還不是時候。他幫自己倒一杯威士忌，一飲而盡，讓嗆辣的酒精為自己回回神。他再倒一杯，然後上樓。

艾德蒙在自己臥房裡，站在梳妝桌前，照鏡子欣賞自己。他穿著一件像麥可的板球毛衣，不同的是這件頸部有個土耳其玉色的V字。才過兩個月，獨子已經長高了。路易斯想擁抱他。

「艾德。」

「爸爸。」

艾德蒙眼神大亮，但照鏡子被人發現似乎令他尷尬。

「你那件毛衣很好看。」

「是凱特姑姑親手幫我織的。」

路易斯發現自己握著門框，以免腿軟。光是爬樓梯，他的腿就痠痛。他從來沒暈厥過，但現在他懷疑，手臂裡的那種酥麻感該不會是暈倒的前兆吧。

「媽咪在不在家？」

「她好像今天會從基爾回來。」

「她去拜訪巴克曼夫婦嗎？」

「是的。」

「家裡一切都好嗎？」

「是的。一切都好。」

兒子看著他，眼神有些許警覺。「你還好吧，爸？你是不是割傷了自己？」

「我剛……出了一點意外……沒事。」路易斯看著雙手上的血跡。看起來比他的想法來得嚴重。他非趕快坐下不可。快。

「這麼說來，我不在家時，你幫我照料這個家囉？」他在扶手椅坐下問。

「是的。」

「魯伯特父女好嗎？」

「是的。不過，魯伯特先生不在家……他好像出門了。不知道去哪裡。好像跟他的良民證有關吧。我不確定。」

「所以……你自個兒看家？」

艾德蒙點點頭。

「我……離開這麼久，很抱歉。我又錯過了耶誕節。」

「沒關係啦。你有沒有炸掉很多東西？」

「幾棟工廠。幾座潛水艇港。最大的一個還在籌備中。他們正在找德國戰後所有軍火，集中在一個地方，然後一起摧毀。到時候，遠在倫敦的地方都能感受到。說不定，甚至你凱特姑姑在伯克郡也有感覺。」

路易斯從外套口袋掏出菸盒。這是他今天抽的第一根，吸進第一口時頭昏眼花。

「菸盒是媽咪送的嗎？」

「對。」

路易斯把菸盒交給艾德蒙。艾德蒙打開，看著哥哥麥可的遺照。麥可穿著他的板球毛衣。

「你為什麼不擺我的相片？」艾德蒙語氣平淡地問。

路易斯自己也不確定原因，但他直覺自己該撒個善意的謊言。

「是因為麥可死了嗎？」艾德蒙問，為爸爸解圍。「這樣你才能記住他嗎？」

「對……就是這原因。我沒必要擺你的相片，艾德。我有你就夠了。」

艾德蒙似乎能接受這套說法。

路易斯漸漸看清，地上的衣物並非隨地亂扔，而是有人蓄意揣摩地形地貌。他跟循襪子鋪成的大道走，穿越玩偶屋和毛衣島之間，看見拉岡達小汽車在路上。

「這裡是怎麼一回事？」他問兒子。

艾德蒙顯得欲語還休。「只是個沒頭腦的遊戲啦！」他說。

「滿好玩的樣子。」他說。

「車子代表你的賓士。丁奇還沒設計出賓士，我只好用拉岡達代替。那個是黑爾戈蘭島。」艾德蒙指向毛衣和襯衫堆積成的小山，山頂立著一個錫製玩具兵。

「那一個是我？」

艾德蒙點頭。

路易斯回頭看玩偶屋。他看得見臥房裡有兩個兒童玩偶，一男一女的成年玩偶斜倚在一樓的鋼琴邊。

「所以說，這個是媽咪，這個是魯伯特先生——正在彈鋼琴？」

「玩偶不是我擺的。是芙莉達……她隨便調換它們的位子，」艾德蒙紅著臉說，有點恨自己多此一舉解釋。

路易斯看著小瑞秋和小魯伯特，點點頭。

「看起來像歡樂一家親嘛，」他說：「看樣子，大家都能和好相處。這才最重要。」

瑞秋回家時，天色已晚，看得見家裡亮三盞燈——第一盞在客廳，第二盞在芙莉達位於頂樓的臥房，第三盞在她的房間。在瑞秋眼裡，彷彿這棟房子正瞇眼瞅著她。暮色將陽台上的木條渲染成冷笑狀。路易斯的賓士車不在車道上，但一想到即將見他，她心頭的小鹿亂撞。

女傭海葛在門廳接她，鞠躬為她提旅行箱。海葛比平常更戰戰兢兢，緊張兮兮朝客廳的方向望。瑞秋聽見鋼琴聲，感覺像有人正在彈〈魔王〉的開頭音，同一個音符斷斷續續敲個不停。

「一切都還好吧，海葛？」

「上校他……」海葛說。她再一次朝客廳望。

瑞秋把外套交給她。

「艾德蒙還好嗎？」

「是的。他上床了。」

瑞秋走向客廳，發現路易斯駝著背彈琴，一手支撐額頭。她進來時，他頭也不抬，只繼續敲擊琴鍵，彈奏不出接下來的琶音。

「路易斯？」

他不抬頭，繼續執意敲琴鍵。

「路？你為什麼彈這個？」

路易斯停下來，額頭依然擱在手上。他臉色蒼白，瑞秋留意到他外套的手臂上有血。

「開頭很簡單，」他說：「不過，接下來就……我不曉得妳怎麼辦到的。」

瑞秋當下的念頭是，被他發現了——一切。她走向他：「路……？」她在雙人椅慢慢坐下，和他並肩。譜架上的琴譜是德國名曲〈瓦倫姆〉。路易斯流著鼻水。她想抬高他的頭，看清楚他的眼神，但他持續偏頭看琴鍵，鼻水滴滴落下。

「發生什麼事了？出事了……」

路易斯用袖子拭鼻，這時瑞秋看見他手背有乾掉的血跡。她抓他的手過來；他的手冷如冰。「你的手。你有血——」

「不是我的血——」

「誰的血？路？你不要再嚇我了。」

「巴克的……他堅持要開車……早知道不該讓他開車……子彈是衝著我來的。」

「什麼子彈？」

「我眼睜睜看著死掉的那個年輕人。」

「誰死了？哪一個年輕人？」

「射死巴克的年輕人。年輕人他說……他認識芙莉達……」

跳躍式的說法令瑞秋連結不出意義。

「都怪我沒見到危機。危機就近在我眼前。就在自己家裡。」

瑞秋把他的臉轉過來，強迫他正視她。這一個路易斯心靈殘破，傷口血淋淋，令她看得心驚肉跳，也看得出神。

「我追過去……我本來可以救他。不過，我讓他死……我要他死……不只是為了巴克……也為了麥可……為了一切。」

路易斯伸出雙手，巴克的斑斑血跡如紅褐色的星座，布滿他手背。「我選錯路了，瑞。我在戰艦上掛錯旗子了。博南姆說的對……如果你見人就信，總有一天某人會付出代價。」

瑞秋雙手捧著他的臉。「不要說這個了——」

「可是，妳也知道這話是事實。告訴我……瑞。告訴我。我是不是太輕易信任別人？」

他凝視她眼眸深處。

「對……」瑞秋以手指輕拂他臉的側面，撩開頭髮。「不過……我要你……再信任別人……我要你再信任，路……」她吻他額頭，唇與鼻貼住他的皮膚，吸收他的氣息。

「我對不起妳。」

「該道歉的人是我。我對不起你。」

「我們是一對抱歉夫妻。」他說。

瑞秋拉他的頭過來，壓在自己胸脯上。「休息吧。」

路易斯頭倚在她胸口，她抱著他，輕緩搖動著。她很少見路易斯哭。有一次他說，她連他的份也全哭完了。她抱著他的頭搖呀搖，他發出悶悶的呻吟聲，持續不間斷。她從未想到他有發這種聲音的潛力，但她卻一聽就明白：這是哀悼兒子的聲音。

路易斯無法下床，但也睡不著覺。他因震驚和疲勞而癱瘓；而今自我憎恨和某種苦中帶甜的心情煩得他睡不著。他能領會智者說的話：閒人與勤勞者皆逃不過鬼門關，既然如此，勤勞有啥用？何必東奔西跑呢？乾脆躺著，成果也一樣。的確，從他最近辛苦的結果來看，合理的推論是，如果他再也不下床，這世界明天會更好。集合人力物力要靠某種程度的耐心和耐力——他已經用罄——也要靠一套信念——他不再相信。摧毀比建造來得輕鬆多了：堆砌千年的城市能在一夕之間躺平；人生能在「砰」的一秒終結。將來，艾德蒙和他的子女將學到飛機、坦克、戰役、侵略戰的名稱，也能流利轉述當時的暴行以及罪人的姓名。但是，修斷壁或補破網者的姓名，有誰能列舉任何一個呢？

路易斯躺在床上，浸淫在唯我論中。這份感受幾近滿足。也許他入錯行了。當初應該立志當詩人或走哲學路線，或者當個虛無主義者也好。

他能嗅到煤焦油香皂的味道。他舉起一手，看見瑞秋已幫他洗清手指上的血痕。她也幫他脫掉皮靴，鬆開襯衫鈕扣。不知什麼時候，打開窗簾的人一定也是她。塵埃在照進房間的光裡舞蹈。剛才一定是睡著了，因為他完全不記得這些事。他能回想瑞秋在鋼琴前抱住他，撫摸他的臉，端詳著他，把他視為失而復得的至寶。基於什麼原因，他忽然變得如此誘人而珍貴？是因為他差點被暗算嗎？她說她鑄下一個大錯。告訴他說，已經找到魯伯特夫人了。然後，她不打暗號，甚至也不拿暱稱做為緩衝，脫口就說愛他；而她從不輕言愛字。的確，她很久沒說了……上次不知是多久前的事了。

門打開，艾德蒙用托盤端早餐進來，有一顆立在銀製蛋杯裡的水煮蛋，有切成玩具兵形狀的麵包，有一杯附茶碟的茶。艾德蒙徐緩走過來，全神貫注，以免茶水溢濺出來。路易斯坐起上身，縮腳，好讓艾德蒙把托盤放在平面上。路易斯腰痠，腿筋也因追逐犯人而緊繃。
「媽媽要我中午叫你起床。提醒你說，你應該去總部上班。」
「中午了嗎？糟糕。」
艾德蒙看著，等著。「你不想吃蛋嗎？是我煮的。貴妲教我的。」
路易斯拿刀敲雞蛋較尖的一頭，想想不對，把蛋翻轉過來，讓鈍的一頭朝上。
「媽咪也是鈍頭族。我們全是鈍頭族。」
路易斯敲破鈍的一頭，把麵包兵的頭伸進去沾一沾軟得恰到好處的蛋黃。
「完美。正合我意。」
「魯伯特先生是尖頭族。芙莉達也是。我懷疑，魯伯特夫人應該也是尖頭族。」
「答案很快就能揭曉。」
路易斯用麵包兵沾蛋黃吃，然後拿湯匙舀蛋白。
「爸爸？一個人如果想到壞事，是不是和實際做壞事一樣壞？」
這問題敷衍不得。「看情況而定。舉一個例子給我聽聽。」
「呃，你昨天差點被殺死，我想著……幸好死的人是巴克上尉，不是你。即使有人死了，總是一件難過的事。」
路易斯把托盤移到旁邊，示意要艾德蒙靠近。兒子上前來，路易斯雙手捧著絨毛臉蛋，想對著額頭親一下，卻只吻到鼻梁，因為兒子尷尬縮頭。

「那算壞事嗎？」

「不壞啊，艾德。壞的是……你碰到這種事，不得不思考。」

「你也會想到壞事嗎？」

「對。我也會。我今天已經想過幾件壞事了。」

「有多壞？」

「這個嘛，我想到，乾脆不下床算了。因為有沒有下床反正沒差別。我再也不想幫助別人了。我開始想著，助人對自己沒好處，對別人也一樣。我不想幫助德國了，也不想幫英國。或魯伯特先生、或芙莉達、或媽咪、或你、或我自己。我想舉白旗。就這些。你認為這些想法很壞嗎？」

艾德蒙顯得莫衷一是。「你只想一想，該不會真的決定這樣做吧？」

「想了大概幾分鐘而已。」

「那些事不太合你的作風。」

「對。」

「你知道芙莉達被逮捕了嗎？」

「不知道。」

「軍方會怎麼制裁她，你知道嗎？」

「你認為應該怎麼制裁她？」

艾德蒙想了一想。「如果他們知道她媽媽還活著……他們可能會放她走。」

情治單位應該善用這種人才，路易斯心想。能節省幾個月的時光，用不著堆積如山的文書作業。他想再吻艾德蒙一次，再把他當成嬰兒抱抱，但一天親兩次似乎有點太超過了。

「你決定想怎麼做了沒？」艾德蒙問他。

「大概吧。不過，你得先對我伸出手。」

路易斯伸出一手，艾德蒙以兩手握住，拉爸爸起身。

第十四章

她坐在扶手椅上刺繡。她多了一撮白頭髮，臉變圓了，但圓得好看。她顯得平靜──比魯伯特印象中的她更為平靜。她也如同修女描述，看起來神智健全，有精神，能思考，眼皮靈活眨動著，更有著那份若有似無的熟悉笑容。

魯伯特曾要求「在她看見我之前先看她一眼」，修女負責人應允他，現在站在他身旁，等著他透過前廳的鬧門觀察克勞迪雅。

「她成天刺繡，」修女說：「她的作品相當豐富。我們有好多刺繡等著加框，掛在病房裡。她不刺繡時，都在寫東西：回憶事情。」

「她以前腦筋很敏銳，」魯伯特說，比較是自言自語，而不是對著修女說：「她的官能還在嗎？」

「她知道自己的心智還在──只不過，有些部分還在恢復當中。她是個高智商的女人。機智。富創意。反應快。」

魯伯特回想以前兩人吵架的情境。十之八九，吵輸的人是他！

「她記得一些東西嗎？」

「她能想起往事的片段──有些內容詳實──不過，才過不久，她又全忘記了。話說回來，她腦裡有幅畫正慢慢充實起來。一次一筆畫。每次她想起一小件事，往往能聯想到下一件事。最近幾個月，她的進步真的很多。我們鼓勵她想到什麼就寫下來。你看。她正在動筆：回憶東西。」

克勞迪雅把刺繡放在大腿上。筆記本和鉛筆放在椅子旁邊的柱台桌上，她拿起來寫字。

「這現象越來越常出現了。她每天都寫寫東西。也畫畫圖。」

克勞迪雅飛快寫著字，毫不停歇。

她在寫什麼？魯伯特納悶。她正在回憶什麼事？她會想到丈夫嗎？她記不記得丈夫？記得丈夫最美好的一面嗎？或者只記得最差勁的一面？他能達到她記憶中的水平嗎？

「她記得大轟炸那一夜的遭遇嗎？」

「她還沒提起。也還沒寫下來。不過，我相信她還沒有回憶那件事的準備。目前為止，她只記得好事——跟親情有關的東西。親人。好友。家。在這種病例很常見。大腦只記得心靈能忍受的東西。按照上帝的時間表，一步一步來。」

他羨慕克勞迪雅：能從零起步，能避開惡土，專挑沃土建新屋。這樣的起點具有某種精純。她看起來很知足。也許最好不要干擾這階段的她。白紙的階段。心靈的午夜零時。他的雜事繁多，只會引進烏煙瘴氣。

「我不是原來的我了。我沒有……我沒有忠實追思她。」

修女審視魯伯特的臉。修女的眼光散發慈愛，令他想回避，因為他自覺無福消受，但在她的慈光照耀下，他進一步告白。「我以為她死了。我想另外找個人，重新起步。找到一個我以為我愛的人。」

修女握住魯伯特雙手，對他的坦誠告白不表反感。

「你仍然愛著你妻子，魯伯特先生。就從這基礎走下去吧。」她握一握他雙手，傳達她的篤定。「來吧。我帶你去看一個東西。來。」

修女帶他走向一張桌子，桌上陳列三份刺繡成品。其中一幅是抽象畫，主要是花朵和「之」字形的圖案。另一幅是小學教室掛的十字繡字母圖。最後一幅是人像畫。「改天我們會把它們框起來，」修女說。然後，她拿起人像刺繡，放進魯伯特雙手。

「這是她繡的第一幅。」

這幅刺繡裡畫著一棟有柱廊的民宅，林蔭車道綿長，庭園盡頭有條河，河邊有一艘帆船。三人站立屋前：男人身穿德國傳統服飾，手持建築師量尺，女人戴著帽子，穿著老式裙子，兩人之間是一位綁著辮子的女孩。

「她說這是照以前她繡過的一副畫再製的。她不確定房子是不是她家、人物是不是她的親屬。她只知道船象徵希望。不過，你認得出來……」

在魯伯特心中，家裡那幅原版畫的地位並不高。有一次，他無情調侃克勞迪雅專搞「俗不可耐的嗜好」，之後就對她的作品喪失評論權了。但他的確認得這幅刺繡，和家中改掛進芙莉達新臥房的那幅一模一樣。

「這棟房子是你家？」

魯伯特點頭。

「這男人是你？」

「對。」

「這女孩子呢？是你女兒？」

「芙莉達。」

「這位是你妻子。」

他點頭。

「有沒有漏掉什麼？」

他搖搖頭。「沒有。全……包括了。」

——

「坐，上校。」

隔著辦公桌，路易斯在唯一的一張椅子坐下，對面是丹奈爾和博南姆。椅子仍有前人餘溫。丹奈爾上尉和博南姆少校站著，偵訊了漫長的一天，一副想伸伸腿、呼吸新鮮空氣的模樣。這一組偵訊雙人組當中，丹奈爾扮演的角色顯然是白臉，負有暖場的責任，博南姆則靜觀其變，伺機而動。

「巴克的事令我們很遺憾，」丹奈爾說：「我們當然是盡全力追緝凶手。我們掌握到一些線索。我們逮捕了幾名叛軍，其中一個是芙莉達．魯伯特。」

「你們偵訊過她了？」

「起個頭而已，」丹奈爾回答。「進行到一半，我們不得不放棄。她吵著說肚子痛。醫官正在檢查她身體。」

路易斯暗忖，她一定被整慘了。博南姆在桌上羅列他常用的酷刑道具：納粹暴行照——集中營、當眾行刑、人體實驗。路易斯看得見其中一張：和芙莉達年齡相仿的一名女孩，赤身裸體，神情驚恐，凝視著鏡頭外的不知名惡人。不入鏡反而更令人不寒而慄。

「我們在易北路上的一棟被徵用的民房找到她。據研判，叛軍以該空屋為基地，進行某種顛覆活動。」

「你們已經判定她有罪了嗎？」路易斯問。

「有罪？」丹奈爾問。

「罪名是這些。」路易斯以下巴指著驚心動魄的照片集。

博南姆見狀登場。

「上校，你嫌這方式太粗糙，不過，這手法仍算一種非常簡易又有效的試紙。有些人不敢看，有些人看一眼就看不下去，有些人看了又看。也有些人看了掉淚，有些人看得津津有味，更有些人看得哈哈笑。這些反應之間更有數不清的層次。我剛注意到，你的反應是看一眼趕緊轉移視線，顯示你對這主題有一種厭倦感，這情有可原，但你或許也不太願意面對眼前的惡魔，或者你有視而不見的傾向。」

博南姆說得不慍不火，彷彿這是憑經驗判定的事實。丹奈爾上尉大概以前聽多了，這時乖乖點著頭。

「那麼，魯伯特小姐的反應如何？」路易斯邊問邊掏菸盒。照理說，他不該緊張才對。他有點畏懼即將爆發的對峙局面。

「她不肯看相片。她堅持瞪我。」

「瞪輸的是誰？」

「什麼？」

「算了。所以，你咬定她脫不了關係？」

「我們知道她涉案，」丹奈爾說：「你看，這是我們在那棟民宅搜到的證物。」丹奈爾取出路易斯自認搞丟的機密拆廠文件，放在桌上，推給路易斯。「另外還有很多對她不利的證據。」丹奈爾查看筆記。「簡直像在開藥妝店。配給卡、口香糖、盤尼西林、奎寧、糖精、鹽、火柴、打火機燧石、保險套。應有盡有。甚至有一個裝滿方糖夾的行李箱。」

路易斯看著檔案但不伸手碰。他打開菸盒，拍出一根菸點燃。

「這能證明什麼？」

「她坦承盜取機密檔案，」博南姆解釋。「不過，她另外也供出很多很多東西。」

博南姆的偵訊手法耐人尋味。他宛如撲克牌手，勝算越高，他越不動聲色。

「想暗算你的凶手是某集團首腦，而該集團成員之一是芙莉達‧魯伯特。從她談論凶手的口氣研判，兩人關係親近。他想暗殺你的計畫，她聲稱完全不知情，但我認為不太可能。他的姓名是艾波特‧萊特曼，」丹奈爾說。他傳給路易斯一張相片。「被逮捕時，她皮包裡帶著這張相片。戰爭接近尾聲的時候，他的單位是史凡南威克（Schwanenwik）的阿爾斯特地對空砲兵隊。」

路易斯看著相片，心境哀戚。艾波特身穿地對空砲兵制服，頭上抹著髮油，站在發射台上，意氣風發地微笑。一位英姿颯爽、意氣風發、準備保衛國家的青年。

「唯有這張相片才能讓魯伯特小姐動容。」丹奈爾補上一句。

「你認得他長相吧，上校，」博南姆觀察後說：「你認識他嗎？」

「我倒覺得他比較像個孩子。」路易斯說。

「無論是成人或孩子，射殺副官的人就是他。此外，我們相信他和同夥人搶劫軍卡、盜用管制委員會財產。本區有不少模仿狼人防衛隊的叛軍，這集團符合這一型。」

「符合哪一型，少校？營養不良？無父無母？未滿十六歲？她不過是個有冤屈的女孩子。她被人操縱了，指使者也有冤屈，力量大過她。」

「德國上下都有相同的藉口：『庭上，我們被人操縱了！』」丹奈爾奚落著。

「別人對她多番展現善意，她卻絲毫不領情，」博南姆說：「她還怪罪我們摧毀她的國家、她的城市、她的母親。奪走她的家園。她無所不抱怨——連你老婆也挨罵。」

「瑞秋為了表示友善，盡了很多心血。」

「根據女孩的說法，她有點太友善了吧。我查一下。」博南姆翻找筆錄。「『摩根夫人企圖奪走我父親。』」

路易斯定睛看博南姆，等著少校說出他有所不知的內情。

「顯然，她既偏激又愛妄想，我們不能太認真看待她的見解，」博南姆繼續。「不過，上校，看情況，你似乎打不動她的心。」

「她才十五歲。」

「你知我知，她不能拿年齡當擋箭牌。她手臂上的記號就足以害她被槍斃。」他再引述筆錄。「『我不會說出他在哪裡。就算我被關一千年，我也不告訴你！』上校，你有沒有注意到，狂熱分子的想法老是以『一千年』為一個單位？」

期待中的路易斯心跳如鼓。

「上校，你保持沉默，意思想必是不希望萊特曼被逮捕歸案吧？你不想見他被繩之以法？」

「告訴我，少校，如果你逮捕他歸案，你會判他什麼刑？」

「法律會判他死刑。」

「死刑能滿足『你』嗎？」

「他被逮到，會被處決。」

「艾波特．萊特曼已經伏法了。」

博南姆平靜的臉皮終於起波紋了。他皺起額頭，以異樣的表情斜眼看丹奈爾，隨即以嘆氣透露倦意。

「我追他追到易北河上。他想踏冰過河，冰裂開，人落水。我看著他死。」

「你沒有對他開槍？」

「他溺死了。」

丹奈爾停筆。「上校，我想問清楚一點。你看見他淹死了？你確定嗎？他沒有逃走，沒有游到對岸？」

「我讓他死。我不會忘記這件事的。」

「向憲兵報案的時候，你卻忘記這件事。」

「當時我……驚嚇過度。」博南姆聽見這話的反應——縮臉輕蔑狀——異常令路易斯心安。路易斯繼續說：「少校，記得你曾經說，德國人民被蹂躪了，你想重建他們的心靈。你難道不是這麼說嗎？當著次長的面。『德國人民已過了十二年無知、不識字的生活，退化成牲口了。』」

博南姆不應。他佯裝悶得發慌，但路易斯不會上當。

「少校，我猜你還有心完成這使命吧。」

「就魯伯特小姐而言，她來不及了。」

「還來得及。」

「上校，別傻了，」丹奈爾抗議。「她是刺客的幫凶。我們掌握到證據。」

「她才偷一個檔案，你就想槍斃她？這樣吧，我想談個交易。如果你放她走，給我一天，我就能重建她的心靈。」路易斯不等對方回應。「我帶來了兩份報告，想上呈迪畢里爾將軍批閱。兩份都是巴克的心血結晶，主題不同，不過兩者之間不無關聯。第一份是統整醫院和安養院傷患的失蹤人口名冊，這些民眾等著和家屬團圓。匯聚名單的工程很浩大，我只出點子，不敢居功。不過，名冊顯示，魯伯特夫人還活著，目前住在布克斯特胡德鎮一間方濟各安養院。我相信，你不會想對魯伯特小姐隱瞞這事實吧。她以為母親死了，一心想為母親報仇而不惜一錯再錯。我想拿這份名冊給她看，然後帶她去探望母親。」

「聽起來是很有意思沒錯，」博南姆說：「不過，無法改變的事實是，魯伯特小姐是刑案的從犯，上校。」

亮王牌的時刻到了。

「另一份報告的利害關係比較直接。」

路易斯從公事包取出一份藍色檔案夾，放桌上，推給博南姆。博南姆看著標題：「擅自輸出德國貴重文物報告書」。博南姆翻開報告書，不露內心反應。他開始瀏覽相關內容——已被盡職的巴克標出重點。盜竊文物的數量令路易斯大驚失色。博南姆夫婦並非像松鼠左藏一點、右藏一些，而是大批大批掠奪。他等著博南姆動唇舌。

博南姆少校闔上報告書，視線抬不起來，儘管表情不動聲色，路易斯能意識到，權力重心已從辦公桌對面移到己方。無言半晌後，少校眨一眨眼，然後看著路易斯。少校的神態詭異，混合了疑惑和疑問。博南姆單手捧起報告書，彷彿想猜一猜重量。

「你……得饒人處且饒人的雅量……無窮盡。對我來說，你真的是……一個謎，上校。」

十五分鐘後，路易斯佇立看守所沉重的鐵門外，隔著探視窗觀察芙莉達。她抱膝駝背坐在長椅上。她看起來毫髮無傷，但鬥志已片甲不留，回歸十五歲女孩，反而不像嗜血叛軍。醫官已經檢查完畢，說他在女孩身上找不到營養不良、水腫、結核病等等德國同胞常見的症狀，但他能解釋肚子痛的原因。

「上校，沒啥好擔心的，不過家長的想法可能跟我們不同，」醫官說：「她懷孕了。」

路易斯進牢房時，芙莉達瑟縮畏怯著。為了讓她寬心，路易斯在門口止步，對她伸出一手。芙莉達退到緊貼牆壁，膝蓋縮得更緊，原有的叛逆和憎恨褪盡了，顯露出一個單純而無靈性的恐懼核心。

「我不知道……我不知道他在計劃什麼。」

「沒事了。跟我走。」

「去哪裡？」

「回家。」

「為什麼？」

「為什麼？呃，因為妳應該回家。」

「那裡已經不是我家了。」

「比回家還更好。」

「可是，那人不是說，我一定會坐牢？」

「我車子停在巴林達姆（Ballindamm）大道。我在外面等妳。」

路易斯離開，芙莉達盯著敞開的牢門看。他吩咐警衛不要催她。路易斯來到看守所外的階梯，點菸等候，看著兩名年輕人推著一艘帆船，推進冰雪融化的內阿爾斯特湖。湖濱散步道上的行人熙來攘往，各個有目的地，行動果決。一百個人正在做決定、犯錯、討價還價、談交易、幽會、許諾言。

一根菸抽完，芙莉達現身看守所大門口，走到路易斯身邊幾碼外駐足。路易斯撚熄菸蒂，指著去向給她看，然後前進。他走在她前面幾步，留心看她是否跟上，但也任憑她保持距離，順著她心意，陪她演出「你我非同路人」的戲碼，以免她覺得更丟人現眼。

湖濱散步道盡頭有一家嶄新店面，木製門面塗著白油漆，浪板鐵屋頂，賣的是甜食和報刊。路易斯進去買一包薄荷糖準備上路時解饞，也買一份《世界報》。頭版刊登一張黑爾戈蘭島空照圖，標題是：「黑爾戈蘭島大爆炸勢在必行。」他瀏覽第一段：「納粹戰爭體系的餘孽將一併炸毀。」

芙莉達停在門口幾步外。路易斯留著薄荷糖，因為他知道，公開請她吃，一定會被她拒絕。一群滿載瓦礫的卡車大陣仗駛上這條街，狀似鱷魚走路，砂石塵土飛揚，叮叮掉落地面。他們等著卡車通過，然後過馬路，來到路易斯這輛土褐色的福斯車。他為芙莉達開門，同時給她薄荷糖。

「送妳。」

她接受後上車。

車子先往南走，然後東行，通過漢堡港城（HafenCity）的大倉庫，沿著北易北河來到漢默布魯克區的焦土。

芙莉達裝啞巴，蜷縮坐著，臉不朝路易斯。車子駛上通往漢堡郊區布克斯特胡德鎮的高速公路後，她坐直上身。

「開錯方向了。」

「我知道。」

「你方向走反了。我家在那邊才對。」

「我知道，」路易斯說：「不過，我們今天換條路走。」

「可是，方向錯了啊。這樣走比較久。」

「相信我。這樣走比較好。」

第十五章

前往發證處的途中，魯伯特路過只剩一堵牆的藝術博物館，也就是尋親牆，牆上仍貼滿尋人啟事，新的貼在舊的上面，急著找尋親朋摯友。牆上新增的一區貼著兒童相片，供迷途兒童尋找父母。這時有一男一女正彎腰看，巨細靡遺檢查每一張。大災難發生後，民眾終於獲准回市區，魯伯特一連數月，幾乎天天來這裡報到。當時雖然是秋天，植物卻出現異象：夏天甫遭空襲而著火的樹木和灌木叢忽然又開花了。紫丁香和栗樹也挑錯季節綻放花朵。土壤承受過高熱，如今多了一分耐性，在廢墟容許奇花異卉進占：花毛茛、鵝腸菜、圓葉錦葵、柳蘭隨地生長，有親屬骨灰提供養分。克勞迪雅的朋友楚蒂親眼見到她被火颶風活活燒死，但魯伯特拒絕相信，堅持在一千張大同小異的尋人啟事之中再添一張。今天路過尋親牆不看一眼，這是魯伯特前所未有的舉動。

「希望你們找得到他們。」他對那對男女說，然後繼續走向士坦達姆大道（Steindamm）尾的發證處。

魯伯特目前冀望自己能獲頒良民證，好讓他能重操舊業。他努力克制期望的心情。前來領證的人未必各個歡歡喜喜離開：許多人空手而回，被告知日後將會再被約談，原因通常不得而知。然而，自從克勞迪雅回家後，他開始構思一些想法，憧憬著從瓦礫堆中蓋房子：重建市政廳、為易北河搭建大橋、在碼頭區興建音樂廳。這些點子異想天開，野心太大，或許充其量是失意建築師的視覺感懷，但這些想法持續興起。克勞迪雅叫他把以前的製圖拿出來。戰前他就已經不看這些圖了，如今拿出來一看，年少輕狂的作品令他會心一笑，也令他蹙眉頭。學生時代的理想主義和目中無人——感覺有點像閱讀早年的情書。他找到一張設計圖，名為「無史之屋」，是工人居住的村子，有庭園，有運河，有噴泉，也有休閒空間。號稱「無史」是年輕人的虛榮：誰設計過一棟和過去完全不相關的房子？更遑論有誰真的建造過這種房子。他當時的指導教授姓科拉姆，笑他的計畫被意識形態汙染，也太資產階級了。當時的魯伯特太稚嫩，無法跟博學的教授爭辯，但二十年後的現在，他自認能看出這些想法切中當前的時空現實。

等候室裡另有兩人：女人咬著指甲，男人讀著小說。魯伯特在兩人對面的長椅坐下，臆測著這兩人領到良民證的機率多高。女人頻頻看腳以確定兩腳完全平行，看似緊張，但魯伯特猜她能領到合格的灰卡。反觀讀書中的男人，他戴著手套翻頁，看起來太鎮定，不太可能清白。魯伯特很容易想像這男人是納粹黨衛軍，斜肩帶掛得整整齊齊，每早不忘把骷髏頭徽章擦得雪亮。和以前比較，現在的他劇降好幾階。魯伯特心想，「我怎麼會和這種人湊在一起？」

「你等多久了？」魯伯特問他，想從對方口中套出一些生平，以證實剛才的臆測。

「忘了。」

埋首書中的男人根本懶得抬頭。

「妳呢？」魯伯特改問女人。

「這是我第三次來，」她說，答非所問。「我知道的東西全告訴他們了，他們要問幾次才過癮嘛。我跟他根本沒結過婚。我們根本不是情侶！我只是陪他看過幾場電影而已嘛。現在，他們居然想把我抓去拘禁營。」

魯伯特能自行猜出這女人的背景：男方必定是納粹黨高官，而她是清白的騷包。這種故事屢見不鮮。

「冷靜一點，女人，」疑似納粹的男子說：「妳越囉嗦，我越不相信妳。省省力氣吧。說詞不要改來改去。只要妳堅持一貫的說詞，就沒啥好怕的。」男人語畢繼續看書。魯伯特敢確定：這傢伙和他穿的皮鞋一樣黑。

三人繼續等。也許這是發證處奸計：拖時間以利疑慮浮現；讓人坐在這個臭房間裡，和其他不清不白的人混在一起，等這些人開始交相指責。

「羅莎．騰維格？」

女人快步走向近似銀行櫃員櫥窗的櫃檯，窗戶下面有個洞，好壞消息全藉由這個洞傳遞。魯伯特拉長耳朵聽，但很難聽清楚。她領到東西了。

「這是什麼？」女人問。她忽然驚叫，一手猛拍櫃檯。「不要！不要再約談了！天啊，求求你！沒什麼好講的了。能說的我已經全告訴你們了。我需要良民證！讓我好好活下去！」

櫥窗裡的官員不輸送慰藉。只默然以對。女人繼續抗議，值班警衛上前來，帶她走，以免她繼續一哭二鬧三上吊。儘管她三度遭退件，魯伯特確信她被誣賴了。

幾分鐘後，只聞聲不見其人的官員喊，「布呂克先生。」

有這種姓的人鐵定和納粹黨脫不了關係。這混帳可要大吃一驚了。

他走向櫃檯。櫥窗裡悶悶傳出同一人的嗓音，隨即有東西從洞口鑽出來。布呂克先生看一看，舉起來。是良民證：一張美觀純白的良民證。

克勞迪雅說得對：「我的確太衝動了。」魯伯特心想。太快斷言了。正如同指導教授屢次給他的評語，正因為太衝動，他才是個非常優秀也非常差勁的建築師。

魯伯特不曾設想過自己沒過關——他相信自己的清白。他對英國司法制度只有朦朧的概念，但他對這制度深具信心。然而現在，新的疑慮朝著他步步進逼。也許官員挖出他根本不知道的底細，查出他和某地某遠親有掛鉤，查出他有個表哥曾和納粹黨祕書長鮑曼走得很近，某個舅舅和希姆萊有關聯。也許他和瑞秋的婚外情被起底了。

「史蒂芬·盧貝爾？」

不祥的預兆。英國官員以法文喊他的姓，結尾的t不發音。魯伯特起立，兩腿軟趴趴，感覺被幾百枝針戳中。櫃檯裡的職員穿深藍色管制委員會制服，上唇一小撮毛像牙刷，近似希特勒的招牌鬍子。魯伯特一向不喜歡任何形狀的小鬍子，私底下認為希特勒的鬍子是裝模作樣，傻裡傻氣。說也奇怪，許許多多英國軍人仍時興這種小鬍子。他們看不出自己像誰嗎！自身的未來掌握在一個像希特勒的英國人手上，那還得了！

「你的證。」

一張白卡，上面寫著「良民證，德國管制委員會」，從洞口傳遞過來。魯伯特凝視著。上面幾乎沒寫多少字，表面有一半是管制委員會的戳印和情報官簽名。情報官的簽名工整而收斂，唯有姓的第一個字母寫得花稍。博南姆。

魯伯特摸摸良民證，嗅一嗅，甚至把它當成情書按在胸口。良民證到手了！他想親親這位希特勒分身，舉起良民證揮舞，告訴全漢堡民眾：「我是清白的！我能自由工作了！我能自由旅行了！能自由活下去了！」

魯伯特出門上街，深吸一口氣，過馬路，站在殘破的市區邊緣。士坦達姆大道是大轟炸災情的極限。即使事隔四年，界線仍清晰可見：道路一旁有幾棟七層樓房，另一旁是被夷為平地的災區，向南延伸至漢默布魯克區，猶如一片大平原連接參差不齊的懸崖峭壁。地面上的生物只有一群赭紅尾鴝，正在融雪和殘垣中覓食。

他看著鳥，開始發揮想像力：瓦礫被清除一空，開挖地基以建築新樓房，未來高樓扎根開花，一座有義式涼廊的圖書館俯瞰中庭，一棟有拱廊的醫院，一間有圓模雕刻和凸岩雕花的學校！也有一間電影院，設有他拿手的樓台，以供戶外投影用。有道路供車輛行駛。有腳踏車專用道。有人行道。宜人的大道上有大樹。湖面上有船屋。高架鐵軌上有火車通過民房屋頂上空。噴泉放射出花式水柱。有公園與庭園供民眾思考、散步、談心、玩耍、爭吵、分享。他能想見一座嶄新的城市從荒原拔地而起。一座優質城市，住著兒童、雙親、祖父母、情侶、尋夢者，也住著殘破和復原的人，住著失蹤者和後世緬懷的人，住著迷失和失而復得的人。

終章

奧茲和恩斯特沿易北河岸走，想去善良英國人家的後院。

「你剛才幹嘛不宰了牠？」恩斯特問。「平白浪費好機會。」

的確。方才，奧茲握著莫辛–納甘步槍，等著扣扳機，蔡司四倍瞄準鏡的交叉點對準大野獸，槍托照波提示範穩穩頂住肩窩。在看到大野獸之前，他和恩斯特走在公園裡，效法獵人姿勢，腳尖向外，屈膝，尋找野雞，竟然發現一隻黑豹頭鑽進鹿屍的肚子裡，想扯掉骨頭上的肉，脖子上的肌肉伸伸縮縮。奧茲看得見豹牙如鋼琴白鍵，黑毛皮像貴婦大衣，眼珠如翡翠。「快射啊！」恩斯特悄悄說：「等什麼等？」奧茲大可一槍射死黑豹，但他下不了手。在遲疑的那一剎那，黑豹抬頭見到他，翡翠眼眨一眨，轉身溜走了。

奧茲聳聳肩。「不曉得為什麼。我沒法子解釋。」

兩人繼續在河邊走，奧茲拍趕著滿頭蒼蠅。

「我敢發誓，我們會被蒼蠅糾纏一千年。整個城市被這些小雜種占領了。蒼蠅不挑剔。蒼蠅連一坨大便都願意徵用，住進去之後，還邀請全家人和所有親戚搬進來，以屎為家。」

「我現在好懷念雪，」恩斯特說：「下雪起碼不會臭成這樣。」

來到河彎。這裡有一座突堤，奧茲曾走到突堤盡頭撒母親的骨灰。他這時懷疑母親到哪裡了。河能把人漂到哪裡，不得而知。她有可能漂到庫克斯港。黑爾戈蘭島。敘爾特島。最好不要被格呂嫩代希（Grünendeich）的泥灘困住，以免被混帳肥烏鴉當成早餐啄食。撒骨灰時，有一陣風把骨灰吹回他靴子上，飛進他嘴巴，當時後悔其實應該帶她去漢默布魯克的廢墟，或撒在炎尼士公園的草地上。但他繼而想起母親老是說：「我想住河邊。」於是，他等著風勢平息，從蛋糕錫盒裡抓起一把骨灰，拋向河面，這次骨灰如雪花飄落易北河，朝西流向大海。

接近英國人房子的時候，恩斯特緊張起來。

「做這種事不太好吧。你覺得我們應該做這種事嗎？」

「艾德蒙是我們的朋友。他常給我們菸菸。」

「警察可能還在找我們。」

「我們躲在樹幹後面走，跟大野獸一樣狡猾。」

離開河岸，他們穿越幾座庭園，過馬路，從一棵樹躲到另一棵樹，最後來到院子門的對面。兩人爬樹，以眺望庭園圍牆裡面的狀況。奧茲剛才從槍上拆下瞄準鏡，這時從口袋掏出來，開始瞭望。

「看見他沒？」恩斯特問。

車道上已經看不到上校的舊車，旗桿也不見英國的國旗飄揚。四處看不到艾德蒙和上校夫婦的蹤跡。一個鬼影也沒有。

「我沒看到英國人。」

「搞不好他們回國了，」恩斯特猜想。「現在他們八成坐在溫莎堡白懸崖邊，拿希特勒的卵蛋開玩笑。」

一想到這事，傷感的狂潮撲向奧茲的心，原因不只是他想要香菸。他繼續瞭望屋子和院子，希望瞧見好友──只要是善良的英國人，隨便哪個都行。

奧茲發現樓下窗戶裡面有動靜。他調整瞄準鏡，看見有男人站在梯子上，只看得見他的腿。波提女友的父親正在調整東西：牆上的一幅畫。奧茲觀察片刻，然後繼續探狀況：窗戶──牆壁──窗戶──庭園。他看見一個女子坐在椅子上，面對易北河。她拿著針線，奧茲看不清楚她在忙什麼。

「你現在能看見什麼？」

「有個女人。不過她不是艾德蒙的媽媽。我沒看過她。她的姿色還可以。只不過她和瑪琳·黛德麗沒得比。」

「有人正在庭園裡走，」恩斯特說：「一個胖妞。」

奧茲放下瞄準鏡，看見一女孩穿越庭園，走向坐在椅子上的女子。

「是波提的女朋友。」他再拿瞄準鏡觀察。「有人從她裙子下面塞進一個藥球。」

「什麼？」

奧茲放下瞄準鏡。「波提的女朋友快要當媽咪了。」他把瞄準鏡遞給恩斯特，繼續以肉眼監看。他想起哥哥。這種事應該通知他才對。

「有個男人走過來了。」恩斯特說。

奧茲看見波提女友的父親穿越庭園，端著一盤咖啡和蛋糕，走向母女倆，放在桌子上，拉一張椅子過來，在女子身旁坐下，對她講一句話，握住她的手。

「待會兒再回來好了？」恩斯特問。「奧茲？你想怎麼辦？」

「我們再觀察一下下，」他說：「我只想看看會發生什麼事。」

銘謝

感謝家父告訴我，祖父 Walter Brook 曾在一九四六年的漢堡徵用一棟民房給家人居住，同時做了一件不尋常的事，允許屋主留下來一起住，因此從二次世界大戰結束後一年開始，德國和英國兩家庭同住長達五年。

感謝伯父 Colin Brook 與家父提供當年的基本背景資料、回憶、文本（以及相片）。若無這些素材，我斷無可能在內心勾勒當時情景，更寫不出故事。

感謝經紀人 Caroline Wood 多年來騷擾我動筆寫下這故事，堅持我以小說形式創作（也寫劇本），一直騷擾到我交出像樣的字數，好讓她去找有意發行的出版社。

感謝 Scott Free 製片公司的電影製作人 Jack Arbuthnot，因為他聽完我的簡述後請人寫腳本，進而觸發我的經紀人變本加厲騷擾我，逼我完成這部小說。

感謝 Penguin 出版社編輯 Will Hammond 以及 Knopf 出版社編輯 Diana Coglianese。兩位見到才完成六分之一的故事，冒險對我下賭注，協助我把後來交出的黏土塑造成值得一讀的成品。

感謝諸多好友這些年來鼓勵我再寫一部小說。我本來不確定會不會、應不應該再寫一本。這些人是誰，各位心裡有數。

感謝身兼總編輯的妻子 Nicola。過去二十年來，她一直在傳授真正偉大的文學，在家卻處處寬容苦寫不出東西的我。

感謝造物主。

讀書會討論主題

列舉以下問題、討論題綱與書單，用意在於促進讀書會討論《情，敵》。得獎作者瑞迪安・布魯克的這本新作場景設在二次戰後動盪不安的德國，內容勇敢堅強，真摯感人。

討論題綱

一、乍看之下，原文書名「餘波」（The Aftermath）的意思一目了然，但裡面深含種類繁多的寓意。你認為書名象徵什麼意義？

二、「大野獸」是什麼？有什麼樣的象徵？

三、在第十一頁，威金斯說，魯伯特父女是德國人，所以「沒有失望的福氣」。他的意思是什麼？誰才有失望的資格？

四、書中幾度提及「午夜零時」。歸零的概念如何迫使書中角色裹足不前，對他們有何助益？

五、和其他英國軍官相形之下，路易斯顯得心太軟，你認為原因是什麼？故事中的瑞秋似乎不滿他太寬容，然而，在戰前，路易斯同樣的個性是否讓瑞秋另有一番見解？

六、為何麥可之死對一家三口產生不同效應？三人分別如何開始療傷？

七、書中有數個家庭、數個孤兒。家庭成員的生死如何影響家人的態度？

八、瑞秋學習演奏舒曼名曲〈瓦倫姆〉，魯伯特告訴她，曲名「不太能直譯。字面上是『為什麼？』不過，比較接近『這事為什麼發生？基於什麼原因？』」後來，槍擊案發生後，路易斯想彈奏同一首曲子。為什麼這橋段含意深遠？

九、一般人對「抗某某運動」的印象有別於本書中的反抗運動。在閱讀本書前，你對戰後德國的反抗運動所知多深？

十、芙莉達為何很容易對艾波特和他的理念心動？

十一、艾德蒙發現父親的菸盒裡獨缺他的相片時，為何反應如此平靜？後來，他問父親這件事，為何不逼父親解釋？

十二、家教老師被揭發曾任納粹祕密警察之後，路易斯告訴艾德蒙，「有些時候……人的壞心眼……藏得相當深。」這句話也可以用來形容本書裡的哪些人？

十三、雖然路易斯認為寬恕是「軍火庫裡火力最強大的武器」，很多其他角色卻難以原諒宿敵。討論寬恕的概念：到最後，哪些角色總算踏上寬恕的路？哪些人沒有？

十四、魯伯特從牆上卸下的畫中人是誰，你發現時是否和瑞秋一樣驚訝？如果你和瑞秋角色互換，你會有什麼樣的反應？

十五、二次大戰有數百萬生靈在集中營化為骨灰，接著盟軍大轟炸漢堡市，故事中的波提將母親的骨骸扔進爐火，你認為作者想強調什麼？

十六、假設你是瑞秋，發現克勞迪雅還活著，你會以什麼樣的方式告訴魯伯特？

十七、瑞秋對魯伯特說：「結合你我的是失落感。現在，你已經找回你失落的過去。」瑞秋失而復得的東西什麼？

十八、路易斯死了兒子，平平靜靜接受，為何卻死命追殺巴克的凶手？

十九、路易斯向瑞秋解釋自己的行為時說：「博南姆說得對……如果你見人就信，總有一天某人會付出代價。」他的意思是什麼？

二十、博南姆徵用民房住還不夠，竟然搜刮房子裡的物品，為何他自覺行為正當？被路易斯揪出時，他為何驚訝？

二十一、多數時候，故事情節的主軸是路易斯一家人。你認為作者為何以奧茲的故事開頭並收尾？

國家圖書館出版品預行編目（CIP）資料

情，敵 / 瑞迪安・布魯克(Rhidian Brook) 著 ; 宋瑛堂譯.
-- 初版 . -- 臺北市 : 遠流 , 2019.04
面；　公分
譯自 : The aftermath

ISBN 978-957-32-8506-9（平裝）

873.57　　108003440

情，敵
THE AFTERMATH

作者／瑞迪安・布魯克 (Rhidian Brook)
譯者／宋瑛堂
總監暨總編輯／林馨琴
編輯／楊伊琳
行銷企畫／張愛華
封面完稿／王信中

發行人／王榮文
出版發行／遠流出版事業股份有限公司
地址：臺北市南昌路二段 81 號 6 樓
電話：(02) 2392-6899
傳真：(02) 2392-6658
郵撥：0189456-1

著作權顧問／蕭雄淋律師
2019 年 4 月 1 日　初版一刷
新台幣定價 360 元（如有缺頁或破損，請寄回更換）

ISBN 978-957-32-8506-9

遠流博識網
http://www.ylib.com
E-mail: ylib @ ylib.com